拯救姐妹

郭睿 王向葵 著

武汉大学出版社
WUHAN UNIVERSITY PRESS

图书在版编目(CIP)数据

拯救姐妹/郭睿,王向葵著. —武汉: 武汉大学出版社,2013.10
ISBN 978-7-307-11517-0

Ⅰ.拯… Ⅱ.①郭… ②王… Ⅲ.纪实文学—作品集—中国—当代 Ⅳ.I25

中国版本图书馆 CIP 数据核字(2013)第 210376 号

责任编辑:夏敏玲　　责任校对:王　建　　版式设计:马　佳

出版发行:武汉大学出版社　(430072　武昌　珞珈山)
(电子邮件:cbs22@whu.edu.cn　网址:www.wdp.com.cn)
印刷:武汉中科兴业印务有限公司
开本:880×1230　1/32　印张:9　字数:203 千字
版次:2013 年 10 月第 1 版　　2013 年 10 月第 1 次印刷
ISBN 978-7-307-11517-0　　定价:22.00 元

目　　录

人妖作为泰国一种独特的社会现象和文化现象，引起了世界各地人们的兴趣和关注。据泰国《世界日报》报道：泰国人妖的总数在2万人以上，主要集中在人妖歌舞团、歌厅、酒吧和夜总会。“她们”具有艳丽的容貌、婀娜的体态、丰润的肌肤、妩媚的神情，外貌与女性无别，有的甚至美若天仙。然而，“她们”一般活不过50岁，长期靠雌性激素维持容颜，在灯红酒绿的商业社会里强颜欢笑，“她们”短暂而又迷茫的一生充满着人世的辛酸和凄苦。

医院是一个纷繁复杂的世界，这里每天发生着许多不为人知的故事；医院是一个丰富多彩的舞台，这里每天上演着人间辛酸苦辣的悲喜剧。生病住院，无论是高官厚禄、大款富人，还是凡夫俗子、平民百姓，大家如同站在上帝面前，待遇平等，不同的只是各自的病症、心态、意志力、选择医治的途径和最后结果。

拯救姐妹

8 年前，年仅 14 岁的鄂西少女宋兰英被人贩子拐骗到广州、东莞、海口等地强迫卖身，而后被拐卖。3 年后，宋兰英机智勇敢地逃脱了虎口。为报仇雪耻，也为了营救同乡的其他 7 名姐妹，宋兰英置生死于度外，4 年来不畏艰难险阻，孤身一人奔波于全国 12 个省 50 多个县市，在茫茫人海中苦苦追寻拐骗、强迫自己和同乡 7 名姐妹卖淫、而后将她们拐卖的人贩子，主动协助公安机关抓捕犯罪分子。公安机关在宋兰英的大力协助下，终于将贩卖人口的恶魔人贩团伙摧毁，使犯罪分子得到了庄严法律的应有严惩。

7 名被拐骗拐卖的姐妹在宋兰英的帮助下，终于被解救回乡，与亲人们团聚。而今，这 7 名姐妹在宋兰英的帮助和支持下，走出了昔日厄运的阴影，在家乡携手共同创业，过上了幸福快乐的美好生活。

一、误入狼窝

鄂西南秦巴山区，春天虽然比平原来得迟缓，但这里山清水秀，民风淳朴，山民的日子虽然闭塞贫瘠，倒也安闲踏实。山民们非常重视对儿女们的教育，巴望儿女们学好文化知识，将来能走出大山，奔个好前程。

坐落在双叉河畔的百乐中学，是鄂西南的一所县级重点中学，每年招收方圆数十公里二三百名新生。该校每年升入县、市、省级重点高中的升学率，让这所位于深山僻静的中学远近闻名。

该校掩映在秦巴山区的崇山峻岭之中，四周群山叠嶂，绵延起伏。校门前的一条小溪，长年累月溪水潺潺碧波悠悠，沿溪两岸杨柳依依，春暖花开时节，一望无际的映山红在明媚的阳光下辉煌灿烂。

1996 年 3 月 22 日清晨，百乐中学校园响起了庄严嘹亮的国歌声。

操场上，年仅 14 岁的少先队旗手宋兰英正在全神贯注地拉升着迎风飘扬的鲜艳国旗。

升旗仪式完毕，宋兰英与同学们一道高高兴兴地走向初二（1）班自己的教室。

已是上午 7：50 了，教室内，学生开始预习，等待着教师上课。

身为班长的宋兰英，像往日一样，高高兴兴地走上讲台，在黑板右上角一隅，写完了当天的课程和活动安排，转身准备走回自己座位的当儿，蓦然发现窗外有一位服饰华丽的大姐姐微笑着向她招手。

宋兰英以为这位漂亮的大姐姐是新来的老师，抑或是实习的大学生，她连忙放下手中的粉笔，走到教室门口。

大姐姐满面笑容地拉着宋兰英的手，兴奋地自我介绍，她叫谭小蓉，是宋兰英的表姐。

宋兰英满脸绯红地认出了表姐，她早就听说过大姑妈家这位 20 出头的小蓉表姐在南方发了大财，让大姑妈家里盖起了三层洋房，买了一辆卡车。宋兰英昔日一直羡慕着这位有出息的表姐。

谭小蓉笑容可掬地拉着宋兰英匆匆来到校园一角，温情地说道："表妹，广州一家工厂正在招工，包吃包住月工资800元，姑父姑母已经同意我现在就带你去上班。"

天真的宋兰英对表姐的话信以为真，但她转而一想，自己初中还没有毕业怎能外出打工，再说父母事先还没有当面准许她外出打工，她不想轻易辍学，她的理想是将来考重点高中，考重点大学，等到读完大学就去当一名记者，因为她有一个非常美好的理想：长大了当一名记者。

宋兰英婉言拒绝着谭小蓉的盛情邀请。

谭小蓉软缠硬磨，反复地劝说宋兰英，直到宋兰英不得不答应跟她回家。

谭小蓉拽着犹豫不决的宋兰英，以宋兰英母亲病危，向正在上课的老师和班主任请假。收拾好东西，谭小蓉牵着宋兰英的手走出校门。宋兰英一步一回头地离开学校时，两眼盈满了泪水，因为自己的理想从此就要泯灭了。

宋兰英依依不舍地回望着自己生活了两年的美丽校园，她舍不下关爱着她的老师，舍不下朝夕相处的同学，想着这些，她不禁泪水涟涟。

谭小蓉拿出一套漂亮的外衣让宋兰英穿上，并说："村里许多人求我都不让他们去，机不可失，时间来不及了，车子正在前面等着我俩呢!"

宋兰英第一次穿这么华丽耀眼的漂亮服饰，显得格外激动。

谭小蓉对宋兰英说："为了赶时间，来不及告别你父母了。"宋兰英被表姐拽上迎面而来的一辆三轮摩托车。

摩托车奔驰在连接着学校门口与葱翠悠远山坡的乡土公路上。

宋兰英见车内还坐着本村 18 岁的宋运红姐姐，心安了许多。

中午时分，一行三人到达百乐乡长途车站，在稀朗零落的一家饭摊上，匆匆吃过午饭，便上了一辆开往武汉的客车。

宋兰英坐在车厢内暗自流泪，她想，父母同意她外出打工，是因为家里太穷了。父亲右腿残疾，母亲长年卧病在床，弟弟读小学三年级，因为无钱辍学。这样不辞而别地远行，让她更加挂念家中的父母和弟弟，留恋学校，想念同学。

经过一个下午与一个晚上的颠簸，总算抵达了武昌火车站。

火车站广场熙熙攘攘。谭小蓉领着宋兰英和宋运红在火车站广场附近就餐、逛商场。

宋兰英第一次走出大山，置身在陌生的繁华都市，好奇、激动，欣赏着这座大城市与大山深处自己家乡不一样的景致。

川流不息的车流，来来往往的驿动人群，花花绿绿的霓虹灯广告，高耸林立的高楼大厦，让宋兰英既兴奋，又仿若梦中。

谭小蓉的同乡男友丁建平早已买好四人的车票，等候在火车站候车大厅。

谭小蓉眼看南下广州的火车快要启动了，便带着宋兰英、宋运红走在前，丁建平在后，排队进站台检票，而后依次上车。

卧铺车厢内，丁建平热情，大方，侃侃而谈广州的美景，吹捧宋兰英和宋运红这么年轻漂亮、能干，到了广州后肯定能够挣大钱。

丁建平像兄长般关心、服侍着宋兰英和宋运红，一路上谈笑风生。

宋兰英很少言语，因为她生性腼腆羞涩，尤其是在一个陌生男人面前。沿途，宋兰英大多数时候凝视着窗外，看着窗外一闪而过的山水、树林、田野和村庄……

深夜，宋兰英难以入睡，她想到自己这么鲁莽南下，父母在家里肯定会担心，老师和同学们不知她的去向也会着急。她是班长，班主任交代的几件事情她还没完成……宋兰英不知不觉地进入了梦乡。

待到宋兰英醒来，天已是大亮，火车开进了广州城。

宋兰英提着她的学校行李和书包，拽住表姐的衣角，怯生生地随着人流匆匆地走出广州火车站。

丁建平拦了一辆红色的士，上车。四人直奔市区南郊，来到一条背面小街。街的两面是一家挨一家的发廊、美容院、浴室、性保健品商店，以及做人流、治性病的私人诊所。宋兰英随着丁建平、谭小蓉走进了他们的终点，小街深巷的“小美人发廊”。

午饭后，宋运红和宋兰英见发廊里来了两名穿着裸露、打扮妖艳的小姐阿婷和阿琴，他们与两名陌生男人眉来眼去，打情骂俏，不一会儿，四人就进到里面的房间，发出一阵阵亲昵的吻声与呻吟声……

宋兰英听得心惊肉跳，她不知道里面发生了什么，但凭她的感觉，她想，里面的人一定是在干见不得人的龌龊事。她实在听不下去了，来不及休息，她就迫不及待地请求表姐送她去工厂报到，早点上班挣钱。

谭小蓉面善心和地劝宋兰英和宋运红休息，说他们自有安排。

两个男人心满意足、满面潮红地搂着阿婷、阿琴走出来，各自高兴地哗哗数钱给了谭小蓉，满意而去。

那两个男人走出店子后，丁建平以到工厂办理有关手续为由，强行搜走宋运红的身份证和宋兰英随身携带的学生证、团员证。

下午，阿婷和阿琴又接待了几个男人。傍晚时分，丁建平昔日家乡的牢友李正奇、方士权此时也回到了发廊，一眼瞥见店里又来了两个年轻纯朴的家乡妹子，不禁高兴地淫笑着。

深夜，三个男人与谭小蓉、阿婷、阿琴一直兴奋地饮酒，抽烟，划拳，取乐。

宋兰英、宋运红躺在里间一张窄小的床上默不吱声，回想着这两天一幕幕梦境般的生活。

迷迷糊糊之中，宋兰英隐隐约约偶尔听到“处女”、“开苞费”等字眼。

宋兰英似懂非懂，她开始有些胆战心惊，盼早点天亮去工厂上班。

直到凌晨两点，阿婷、阿琴才下班走人。

丁建平、李正奇、方士权三个男人与谭小蓉、宋兰英、宋运红三个女人同睡在发廊内。

宋兰英第一次出远门，与这么多陌生人同居一室，她很不习惯，羞怯难眠，辗转反侧，心烦意乱。

身在异乡孤苦落寞的宋兰英，此时越来越想念父母，想念弟弟，禁不住号啕大哭。

丁建平暴跳如雷，露出真实面目，威胁宋兰英：“哭死啊你，还没破身就哭，找死！实话告诉你，我们三兄弟杀过人，轮奸过不少女人，坐过几年大牢，出来后合伙办了这家店子，从今天起，你不乖乖听话，我们就先整死你，再杀了你全家。”

宋兰英吓得浑身哆嗦，不敢再哭了，直到此时，她才意识到自己上当受骗落入了淫窟。她现在插翅难逃，只得蜷缩成一团，暗自流泪到天亮。

二、遭遇欺凌

天大亮了。

外屋的三个男人和里屋隔壁的谭小蓉，一直在睡懒觉。

直到上午 11 点多钟，他们四人才懒洋洋地起床。

丁建平来不及洗漱，便半躺在沙发里，跷着二郎腿，一边打着呵欠，一边吸吮着带有白粉的烟支，慢慢地吞云吐雾，一串串烟圈袅袅飘逸，不一会儿，满屋里就飘荡着呛人的浓浓烟味。

宋兰英、宋运红躲在被子里，小心翼翼地商量着该如何向李建平和谭小蓉求情，请求他们看在亲戚和老乡的分上，不要坑害她们二人。

宋兰英和宋运红穿好衣服，怯怯地来到表姐男友丁建平面前，声泪俱下地苦苦哀求丁建平还她们的证件，哀求谭小蓉借点钱让她俩尽快回家。

丁建平没等宋兰英说完，便掴了她两耳光，气势汹汹地骂道："小婊子养的，你想就这么走人？你不给老子挣个十万八万的，就别想活着出去！"

宋兰英见丁建平如此的绝情卑鄙和冷漠凶狠，便转而在表姐谭小蓉面前长跪不起："表姐，看在你我是亲姑舅老表的分上，你放我回去继续读书吧，我一辈子会感激你，我爹妈也一定会好好感谢你的。"

谭小蓉冷漠地说："我和建平大哥好不容易花了这么多钱财将你和运红两人弄来了广州，你们想就这么撒手走人？哪有那么容易！再说，我刚来广州时，也与你一样想保住纯洁，一样死心眼地守住处女身子，结果还不是被丁大哥破了身子。做女人的，一旦被逼下水了，也就慢慢习惯了这种有钱有笑的日子。你想想，我们花了这么大的精力把你们从家乡弄来广州，总不能白费钱财呀。事到如今，你做也得做，不做也得做，别太死心眼了……"

宋兰英见恳求自己的亲表姐都无济于事，吓得紧紧地抱住自己的身子，大声哭泣："表姐，你也是被人害的，为什么现在要来害我，我还小，我只有14岁啊，救救我吧，放我回家，放我回去上学，我一辈子会感激你的……"

一屋子人，没有一个人理会和安慰宋兰英的哭泣与哀求。

气急败坏的丁建平拿起一条毛巾，将宋兰英的嘴堵住，不让她哭喊出声来。

宋运红吓得蜷缩在一旁，默不吱声。

丁建平、方士权、李正奇三个男人死死地看住宋兰英和宋运红，不时地恐吓、猥亵着二人。

打扮得花枝招展而妖冶性感的阿婷、阿琴总是坐在发廊门口，频频向来来往往的过路男人媚笑、招手，诱惑那些好色男人进来嫖娼。

一个下午，她们接待了五六个男人。当她们数着各自丰厚的小费时，毫不在意宋兰英苦苦的哀求与泪水。

那些来嫖娼的老少男人，对年幼漂亮的宋兰英眼馋地偷窥着。

夜幕降临。

宋兰英如同一只关在笼中生命行将奄奄一息的柔弱小鸟，她多么渴盼有人能够拯救自己，或自己作生命的最后一搏，冲出囚笼。

宋兰英不时地窥视着发廊门外，市郊街头人流、车流来往不息，街头对面灯红酒绿的酒吧里，不时有男人女人欢声笑语地出出进进，她多么希望这些人中有一位好心人能来拯救她出去啊。

墙壁上的挂钟敲响了十下。

夜，正在渐渐走向深沉寂静。

丁建平用手机联系的一位40多岁老板，驾车来到了小美人发廊门口，想接走宋兰英到外面包夜。

老板姓刘，财大气粗，一进屋就推开放浪媚情的阿婷、阿琴，他一眼瞥见了胆怯清纯而又漂亮俊秀、稚气未脱的宋兰英，他满脸淫笑着走近宋兰英，直勾勾贪婪的眼光令宋兰英毛骨悚然。

丁建平笑迎着刘老板直奔后面的暗楼。两人谈妥了5000元“开苞费”。

丁建平沙哑着喉咙，呼唤宋兰英上楼去。

宋兰英预感到即将要发生什么了，她心里十分惧怕，拒而不答。

丁建平急匆匆冲下楼，示意方士权、李正奇强行将宋兰英抬上楼。

宋兰英紧紧地抱住楼梯口的栏杆，大声哭泣、呼救。

其他人都冷漠无语地木然坐着。

丁建平气急败坏，打开电警棍，恶狠狠地触打着宋兰英：“你老实接客，不然老子电死你!”

宋兰英被电警棍触得无力地晕倒在暗楼楼梯口。

方士权、李正奇趁机将无力反抗的宋兰英抬上了暗楼的床铺，立即将宋兰英衣服扒光。

宋兰英在痛苦中惨遭色徒强暴。

三、初次出逃

深夜。

小美人发廊暗楼包间，幽暗昏黄的灯光，似在悲伤哀怜。

宋兰英渐渐苏醒后，身子深处一阵剧烈的疼痛，让她下意识地抚摸着腹部，只见下身一股热流在流淌，她吓得支撑着身子坐起来，看到两腿之间鲜血直流，她号啕大哭起来。她痛哭自己这么年幼就遭人强暴，她痛不欲生。

宋兰英懊悔自己太轻信表姐的话了，她不该糊里糊涂地被谭小蓉哄骗来广州遭受这般非人的磨难，她将来哪还有脸回家做人啊。她做梦也没有想到自己昔日崇拜的表姐，为了钱竟然丧尽天良，连自己的亲表妹也要陷害。眼看自己的命运就要毁在谭小蓉手上，此时，宋兰英恨不得将她千刀万剐。

楼下，谭小蓉正在与刚才占有宋兰英的刘老板有说有笑。刘老板为了感谢谭小蓉献给他一个真正的小处女，慷慨地给了她 1000 元小费。

谭小蓉收好钱，千恩万谢笑盈盈地将刘老板送出了门。

丁建平坐在里屋的沙发上，叼着烟，兴奋得哗哗啦啦地数着刘老板刚才付的一摞崭新的 5000 元钞票。

宋兰英满腔怒火，她强打精神站起来，穿好衣服，一口气跑下楼冲向丁建平，哭唤着抢过丁建平手中的钱，用力地撕毁着。

丁建平恼羞成怒，一脚将宋兰英踹倒在地，一边奋力抢夺宋兰英手中已经撕毁的钞票，一边命令李正奇、方士权进来将宋兰英一阵狠打，直到打得宋兰英没有力气哭泣和动弹，二人才善罢甘休。

已是凌晨两点。小美人发廊不紧不慢地关门打烊。

阿婷、阿琴被两个当地男人交了600元钱后，被包夜带走了。

店内，丁建平、方士权、李正奇三个男人与谭小蓉、宋兰英、宋运红三个女人，又同睡在一屋。

丁建平告诫李正奇、方士权，夜里不能碰摸宋运红的身子，留她一个处女身，明天接客卖个好价钱。

丁建平独自走上暗楼，本想占有宋兰英一夜，但见她的下身仍在出血不止，他只好怏怏不乐地抱着宋兰英强行亲吻了一会儿，才放过她，住到楼下。

第二天，宋运红也同样被强迫给一个有钱男人破身了。

接下来的几天里，宋兰英和宋运红成天被看管得很严，而且时刻被强迫着接客。有时还要遭受丁建平、方士权、李正奇兽性大发时的百般欺凌。

宋兰英虽然不到15岁，但她长得漂亮白净、清纯端庄，脸庞俊秀，而且身材苗条丰润，所以嫖客进店后都争着点她上楼侍候。

宋兰英常常接完一个客人，来不及清洗身子，下一个嫖客就饿狼似地搂着她上楼。她稍有不从，必定会遭到丁建平一伙人的毒打。

宋兰英每次300元、500元的点费和小费，待到嫖客们一走出店门，就都被丁建平、谭小蓉搜刮一空。

宋兰英不仅身子遭受极大的摧残，而且内心深处早已伤心至极，已经郁结为满腔仇恨，她恨谭小蓉，恨丁建平，恨这个店子为虎作伥的所有人和来店里寻欢作乐的所有男人。

为了早日逃出淫窟，宋兰英硬拼拼不过这伙暴徒，便开始绝食，她宁愿早日饿死，也不愿意长期遭受男人们的百般折磨。她见自己一时难以饿死，就干脆撞墙，用生命抗争眼下的厄运。

丁建平和谭小蓉全然不在乎宋兰英的生与死，只在乎她一天能多接待几个男人，给发廊带来收入。只要宋兰英还有一口气，就得接客，就得上交男人高兴过后给她的钱物。

宋兰英经常从噩梦中哭醒："我还只有 14 岁啊，我要回家读书……"

宋兰英一直在暗中寻找机会，巴望早日能逃出这肮脏的淫窝。

一天凌晨 4 点刚过，整夜未眠的宋兰英趁店里所有人都熟睡之际，轻轻推醒了睡梦中的宋运红，悄声商量着二人如何从暗楼窗口逃跑。

两人使尽全身力气，悄无声息地掰弯了暗楼窗口的两道钢筋，掰开了一个能钻出人身的洞口。而后，两人用床单、毛巾和衣服悄悄地结成了一根长长的绳索，供她们顺窗而下逃跑。

宋兰英身材瘦小一些，在她先尝试着从窗口顺墙而下的瞬间，绳索倏然断开了，宋兰英重重地栽倒在窗外的地上，不能动弹。

宋运红的惊叫声立刻惊醒了隔壁包间的谭小蓉。

谭小蓉立即推醒了身旁酣睡中的丁建平。

丁建平翻身下床，大声唤醒楼下的方士权、李正奇。

三个男人来不及穿好衣服，就扯开店门跑向店后的窗口，迅速将不能动弹而且浑身是血的宋兰英拖回发廊。

泯灭人性的丁建平、李正奇、方士权脱光宋兰英的衣服，用铁链将宋兰英捆绑在按摩床上，用胶布封住宋兰英的嘴，狠狠地抽打她，并不时地用燃着的烟头在她身上一阵乱烫，威胁道："你再想逃，就活活地整死你。即使哪一天你逃脱了，我们也会有办法找回你，如果找不着你，我们就杀掉你的父母和弟弟。”

三个男人一直折磨到宋兰英示意屈服，才罢手。

四、再次逃跑

宋兰英和宋运红首次逃跑未遂后，被看管得更严了，丁建平一伙人每天不让她俩迈出大门半步。

丁建平规定宋兰英和宋运红每天至少得接 8 位客人，每次 300 ~ 500 元的费用全额上交，不得擅自留有一分钱的私房钱。

宋兰英和宋运红每天含着血和泪挣得的钱，被丁建平、谭小蓉、方士权、李正奇四人用来吸毒、赌博和玩乐。

宋兰英越来越瘦，而且她成天担心自己患上性病，她实在忍受不了这种非人的折磨，一心盼望着能早日逃出去。

宋兰英开始佯装讨好那些找她作乐的顾客，为了博取多一点小费，她尝试着对男人说一些虚情假意的甜言蜜语。她小心翼翼地暗中收藏着男人给她的每一次钱物，她努力积攒着出逃的费用。

宋兰英已经偷偷地在鞋垫之中私藏了 200 元钱。

一天，宋兰英送走了一位客人之后，正在往鞋垫中藏匿 50 元钱，不料被谭小蓉发现了，她二话没说，搜走宋兰英的全部私房钱。

从这天起，丁建平、谭小蓉每天都对宋兰英和宋运红以及她们的床上床下搜刮多次。

端午节来临。

街头节日气氛日渐盛浓。

宋兰英翻着日历，不禁泪流满面，自己已经离家在生死两难中苦撑苦熬两个多月了，回顾六十多天来的血泪日子，她如同身在一场不堪回首的噩梦之中。

俗话说，每逢佳节倍思亲。明天端午节，家乡该是赛龙舟的热闹场面，家家户户亲人结伴赶集……想着想着，宋兰英不禁失声痛哭起来。她想，一晃两个月过去了，父母和学校不知道她真正的去向，该是何等着急。母亲更不会料想到女儿会被她娘家的亲侄女骗到远方强迫卖身……宋兰英更是想念父母，想念弟弟，她渴望回家。

宋兰英见硬拼是拼不过这伙人，就伪装乖巧温顺。端午节这天夜里，她主动服侍好丁建平、方士权、李正奇、谭小蓉，让他们一个个喝得酩酊大醉。

宋兰英让宋运红赶快收拾好衣物，趁机两人一起逃跑。

宋兰英和宋运红刚赶到广州火车站，就被守候在进站口的丁建平等 6 人一把拦住了。

宋兰英一边极力挣扎，一边大声呼喊救命。

谭小蓉对围观的人群谎称宋兰英是她的妹妹，有癫痫病，与丁建平谈朋友闹别扭。

周围许多人冷漠地观望着，任凭丁建平一伙将宋兰英拽出了火车站，将宋兰英和宋运红塞进了出租车。

出租车载着宋兰英和宋运红，半个小时后，返回了小美人发廊。

宋兰英再次遭受一顿毒打，浑身青紫着，麻木生疼。

宋兰英陪侍过各种各样的顾客，她也曾多次想委托顾客报案解救自己，但她担心这些顾客都是丁建平和谭小蓉的熟人或朋友，不敢轻易暴露自己真实的心声。

发廊的楼上楼下都安装了窃听器、暗孔。宋兰英时时刻刻都被人密切地监视着。

丁建平、谭小蓉企图长期控制宋兰英这个挣钱的“机器”，二人想出一条毒计，以毒品牢牢地拴住宋兰英。

丁建平、谭小蓉一改往日的凶狠，温和地一步一步引诱着宋兰英、宋运红学会了抽烟。宋兰英和宋运红不知这每日的烟中早已配置了海洛因。

宋兰英在不知不觉中染上了毒瘾。

从此，丁建平等人除了用武力征服宋兰英和宋运红外，还以毒瘾来控制她俩。

8 月中旬，广州市开展了一场声势浩大的打拐行动。

丁建平等人闻风而动，为了逃避这次行动的打击，丁建平和谭小蓉一伙当即转移至东莞市虎门镇。

他们到达虎门镇后，在靠近海边的一条偏僻的小巷子里，租下了一间偏僻闲置的民房。一周之内将房子稍作装饰，“红人发屋”便悄然开张营业。

为了在虎门这个陌生偏僻的地方大干一场，丁建平让谭小蓉回乡以南方招工为名，又骗来了两名年轻漂亮的少女：刘芸、周明洁。

丁建平等人同样以残酷的手段，强迫着刘芸、周明洁不分白天黑夜地卖身。

一天，宋兰英意识到自己该来的月经已经有两个月没来了，她心烦意乱，害怕怀孕，自己毕竟才 15 岁啊。她吓得以死威胁，逼着要谭小蓉带她到医院检查。检查结果显示，她真的怀孕了。

谭小蓉带宋兰英来到附近一家私人诊所，给宋兰英做了人流手术。

第二天，一个男人走进发廊，一眼瞥见宋兰英有一副细细的腰身，一双水汪汪的大眼睛，脸蛋白皙俊俏，硬是点着要宋兰英给他做“业务”。宋兰英不干，丁建平一伙竟惨无人道地强迫着她接客。

宋兰英虽然年龄最小，但她不像家乡上当受骗而来的几个姐姐那样听天由命，她一直在抗争，并不时地寻找着合适的机会逃跑。

宋兰英多次暗示宋运红、刘芸、周明洁联合起来抗争，或逃走。

然而，宋运红、刘芸、周明洁她们胆小怕事，只好默默地强颜欢笑，承受着被人任意折磨和欺凌的苦痛，盼望各自为丁建平、谭小蓉等人挣足了10万元钱后，再请求他们放自己回家。

一天深夜，宋兰英毒瘾发作，她怎么也难以抑制自己的毒瘾，折腾得以身撞墙，痛不欲生。

丁建平趁机给宋兰英提供少量掺假的毒品，并逼迫着宋兰英在一张协议书上签了字，以她往后主动卖身的钱来冲抵毒资。

五、辗转海口

1998年春节期间，丁建平、李正奇、方士权三人赌博，欠下当地黑道10多万元钱的赌资。

黑道将丁建平扣押着做人质。黑老大放出话来，如果三天之内再不交齐赌款，就撕票。

丁建平他们一伙毕竟是外乡人，到虎门半年来，只顾拼命用几个女孩子的身子赚取嫖客的钱，没有料到当地黑恶势力时刻都可以吞噬他们的危险。现在他们才认识到，每个“鸡头”背后都有当地黑恶势力一位有威望的大哥“保护”，有了靠山，黑道就不敢轻易整治他们。而今他们已经惹着了黑道，在本地又没有任何势力可以依靠，面临丁建平的生死关头，他们深知黑道上说话算话，毫无回旋的余地。李正奇和方士权吓得连夜与谭小蓉密谋，迅速将宋兰英、宋运红、周明洁、刘芸四个女孩，以每人3万元的价码，卖给李正奇的表哥金世国——海口市“一品红”娱乐城的老板做小姐。

海口市“一品红”娱乐城老板金世国正在为寻找漂亮的小姐一事发愁，当他听说虎门有十分年轻漂亮的家乡小姐之后，就让手下的亲信和妈咪开着一辆中巴车，连夜赶来虎门“红人发屋”看人，相中后，当即付款12万元，将宋兰英、宋运红、周明洁、刘芸接至海口。

李正奇和方士权将10万元交给黑道后，丁建平才被黑道释放出来。丁建平深知当地黑道已经盯上了他们，他们在虎门再也难以待下去了。他们手头没有了宋兰英她们四个女孩赚钱了，他们挥霍无度的日子难以为继了。

丁建平、谭小蓉、李正奇、方士权四人揣着卖掉宋兰英她们四个女孩子剩下的2万元，南下来到海口，图谋发展。他们一时难以找到合适的事做，就乞求李正奇的表哥金世国，留他们在“一品红”娱乐城打工。

他们四人名为打工，实为娱乐城的看管和打手，专门照管宋兰英她们姐妹四人。

宋兰英她们四人卖淫挣的钱，一部分要上交给娱乐城，剩余的一部分不得不暗中上交给丁建平等四人，供他们吃喝玩乐、嫖赌吸毒。因为宋兰英等几名弱女子害怕丁建平等四名恶魔的严刑拷打与非人的折磨。

1998年仲夏的一天下午，丁建平暗中用钱物诱奸妈咪时，不料被妈咪的情夫捉奸在床。丁建平凭着自己练武出身，将妈咪的情夫打得不能动弹。

妈咪的情夫打电话迅速招来了十多个兄弟，与丁建平四人展开了一场血腥厮杀。

老板金世国当天不在家。整个娱乐城被打杀得天翻地覆。

混乱之中，宋兰英乘机从后门的狭缝口逃脱了出来。宋兰英辨不清逃跑的方向，只能沿着一条窄巷，头也不敢回地一直向前跑，她沿路提心吊胆，生怕后面有人追赶。

拐过了三条街道，宋兰英实在跑不动了，她偶尔歇两步，喘口气。身无分文的宋兰英没有任何证件，16 岁的她还不知道报警电话是免费的。她一心想，只能靠自己的运气，能逃多远就逃多远。

天空渐渐黑了下来，街头华灯初照。宋兰英不知自己身上汗透了多少遍又干了多少遍，她不得不忍饥挨饿，东躲西藏，尽量在阴暗僻静的地方疾步奔走，沿途小心翼翼地打听能够逃出海口的车站码头。

已是凌晨 3 点，宋兰英好不容易找到了码头。她迫不及待地找了个僻静幽暗的角落蜷缩着，等待着机会偷偷上船。

宋兰英坐下来不一会儿，就遭受几个流浪汉对她动手动脚满口淫秽的骚扰。

心烦意乱的宋兰英不得不换个地方，刚一坐下，又遭到一群乞丐的调戏与猥亵。

宋兰英再换个地方，又不断遭受到打工仔的骚扰和人贩子的利诱。

天快亮了，宋兰英好不容易伺机混进一只开往内陆的货船，刚找一个角落坐下，就被追赶而来的李正奇和方士权强行拖下了船。

宋兰英被李正奇和方士权押回市郊租住的两室一厅民房。

已经被人打残了一条腿的丁建平，一见到被拖拽回来的宋兰英，两眼血红。他认为宋兰英在他生死攸关的时候，竟无情无义地临危脱逃，他恨透了宋兰英，便将一腔恶气发泄在宋兰英身上，对她一顿凶残狠打。

丁建平打累了，为了寻找乐趣和开心，他用烟头在宋兰英左手腕上烫起了3个大血泡。丁建平还不解恨，他又用玻璃片在宋兰英的左脚背上划了一个深深的“丁”字血痕。

丁建平冷漠地威胁道：“你再逃，死路一条！”

六、卖做人妻

丁建平一伙在“一品红”娱乐城惹下一场风波后，已经干不下去了，金世国十分恼火，让他们走人，另谋生计。

走投无路的丁建平不愿就这么两手空空地漂泊着，他们也想像金世国那样，在海口发财，开办一家属于自己的公司。他们为了走捷径赚钱，几经商量与考察，最后在海口市郊区城乡结合的位置租了一套房屋，作为谋生发财的窝点。

丁建平、方士权、李正奇为了尽快捞取更多的不义之财，将过去的损失早日补回来，商议利用出租屋，巧设美人计，严密分工，逼迫宋兰英、宋运红、周明洁、刘芸引诱男人来房中实施抢劫和敲诈。

海口郊区的街头，每当夜幕来临，谭小蓉、李正奇、方士权三人就押着宋运红、周明洁、刘芸上街勾引来来往往的男人。一旦有花心男人上钩，便带回出租屋里，趁男人嫖娼酣畅之际，里应外合地实施抢劫和敲诈。

宋兰英死活不愿意去干勾引抢劫男人的这种伤天害理的事，即使被打得遍体鳞伤不能动弹，她也拒绝上街勾引嫖客。

丁建平恼羞成怒，气恨之下将宋兰英捆绑起来，扔在一间黑暗潮湿的地下室里，将宋兰英关押了两天两夜。

两天两夜里，宋兰英饿晕了，哭泣累了，喊叫累了，大小便失禁了，都一直无人理会。宋兰英饿得天旋地转，连睁开两眼、张开双唇都很困难。

最可怕的是毒瘾发作。毒瘾发作时，她四肢不能动弹，哭也哭不出来，喊也喊不出声，浑身如万箭穿心。

宋兰英生不如死，以头撞墙，欲死不能。

直到宋兰英被逼得答应上街拉客，丁建平才让人给她松绑，给她饭吃，给她毒品吸。

傍晚时分，吃过晚饭，谭小蓉、方士权带领着宋兰英、宋运红、刘芸、周明洁上街拉客。

街头驿动的夜景，穿梭的车流，来往的行人，狂躁的音乐，让宋兰英晕头转向，她仿若置身某场梦境之中。

宋兰英穿着裸露性感的超短裙，在一家娱乐城门口徘徊了一个多小时后，才有一位五十岁开外的男人色迷迷地走近她，愿意用300元搞定她。

宋兰英初次当街拉客，胆战心惊，她于心不忍，却不敢拒绝，因为她身后不远处，方士权一直紧紧地盯着她的一举一动。

宋兰英生怕被警察碰见了，她沿途忐忑不安地尽量走一些阴暗街道或林荫小路，带着男人好不容易来到了出租屋。

打开房间，二人稍许休息，男人就迫不及待地抱起宋兰英上床，待到那男人玩得正高兴时，李正奇冒充宋兰英的男友一脚踹开房门，冲进屋内捉奸。

正在此时，丁建平、方士权身着警服，假冒警察冲进来，一本正经地抓住嫖客，要带嫖客到派出所进行处罚。直到嫖客求饶，花1万元钱私了才肯罢休。

身在狼窝的宋兰英，这一夜又失眠了，她违心地替丁建平一伙干着丧尽天良而又随时有可能犯法坐牢的事，她非常害怕，她害怕说不定哪天会因此坐牢。黑夜里，她越发思念着家乡，思念家中的父母和弟弟，多次梦中哭醒，想回家，想继续上学。

宋兰英一直在伺机逃跑，但一旦逃掉，她更担心无恶不作的丁建平这伙恶魔会真的杀害她父母。可她如果不逃走，就要整天过着人不人、鬼不鬼的日子，终日提心吊胆。

宋兰英常常在噩梦中哭醒。

丁建平和谭小蓉看见宋兰英在一天天消瘦，脸色日趋枯黄，全身开始长出一些可怕的红疹，便送宋兰英到附近一家私人诊所检查，发现宋兰英已经患有晚期的梅毒和尖锐湿疣。

丁建平与谭小蓉暗中商量，趁早将宋兰英卖为人妻，可以捞个好价钱。

谭小蓉找到曾来出租屋与宋兰英相识的广东省连县打工仔贺少兵。

丁建平、谭小蓉与贺少兵经过一天的讨价还价，最终以1万元价格谈妥，将宋兰英卖给贺少兵为妻。

宋兰英见丁建平和谭小蓉要将自己卖给贺少兵，她为了早日逃出淫窟，不得不将计就计，表面乐意答应了，但她内心想，自己与其被丁建平等人肆意折磨干着犯法的勾当，不如随着贺少兵一道离开恶魔远走他乡，日后再寻机逃跑。

七、机智逃亡

第二天，贺少兵付给丁建平1万元现金后，高高兴兴地帮着宋兰英简单地收拾了几件衣服和两双鞋子，装进一只布袋里，笑嘻嘻地向谭小蓉告别。

贺少兵牵着宋兰英的手走出屋子的时候，宋兰英还是大声地哭了起来。

宋兰英的哭声，感染着宋运红、周明洁和刘芸，她们三人再也控制不了自己的泪水，也号啕大哭起来，哭泣彼此悲怜的命运和不测的未来……

宋兰英努力控制着自己的情绪，抱着宋运红的头，悄声地说道："我出去后，一定会想办法救你们几个回家的，请你告诉周明洁和刘芸，你们三个今后更是要多保重。"

说完，宋兰英揩拭着泪水，跟随着贺少兵一道走出了一直令她胆战心惊的出租屋，直奔海口码头。

贺少兵已经是一个三十好几的光棍汉，因为家中父亲残疾，母亲长年卧病在床，两个弟弟都是痴呆，一家人就数他生理正常一点，也只有靠他一个人这么多年来打工撑持着家庭。他一直未能遇见看得上他的女人，今日花钱买了个年轻漂亮的宋兰英，他一路上高兴得总是围着宋兰英转，生怕丢失了这个昂贵的媳妇。

经过一天一夜的长途颠簸，总算到达了广州城。

已是1998年的初秋了，广州街头仍是一片繁华喧嚣，热浪滚滚。

贺少兵牵拽着宋兰英，打的寻找去连县的车站。

宋兰英多次想趁机逃跑，但她身无分文，又没有任何证件，即使逃脱了，离开了贺少兵，她现在也是寸步难行。

宋兰英在贺少兵面前，只好佯装温柔多情，言听计从，以赢得贺少兵的信任和关照。

当夜，广州没有车子到连县。

深夜，贺少兵领着宋兰英住进车站附近一家私人旅社。贺少兵登记付完钱，走上二楼，一进门，他就迫不及待地脱光宋兰英的衣服，抱着她在床上一阵凶猛地折腾后，便倒头酣睡入梦。

宋兰英见怎么也难以推醒贺少兵，她想此时是一个难得的逃跑机会，便迅速穿好衣服，蹑手蹑脚悄然地逃出了旅社。

宋兰英沿着僻静的街道一路小跑，并不时地回头看身后贺少兵有没有追踪她。

宋兰英吸取以往逃跑未遂的教训，她没有直奔车站，她知道在车站很容易被贺少兵追寻抓回。

宋兰英这一夜，不知走过了多少条大街小巷，她一直不停地走着，直到天亮，她仍疾步穿行在街头巷尾，四处躲避着，隐藏着。

一整天，她饿得实在走不动了，就到餐馆捡着别人未吃完的残渣剩饭充饥。她此时只有一个念头，只要逃出了广州城，贺少兵就难以找到她了。

不知不觉，广州城的夜晚又来临了。

饥饿交困的宋兰英双脚已经肿得走不动，她不得不停下来，在街头阴暗的一隅，歇下来残喘着微弱的气息。迷惘之中，她不知不觉地睡着了。

凌晨时分，宋兰英突然被一阵尖叫的警报声震醒了，原来是全城在清查“三无”流浪人员。

宋兰英也被当作“三无”人员强行拽上了车子，与其他“三无”人员一道，被送进市郊的收容遣送站。

在收容遣送站里，宋兰英虽然吃不下饭，睡不着觉，但她感觉到日子比往日她在发廊、娱乐城或出租屋时好过多了，也比流浪街头安全了许多。在收容遣送站，她至少不会受丁建平、谭小蓉一伙的折磨，也没有那些花钱买乐的男人们的疯狂肆虐，还能躲避贺少兵的追寻。

宋兰英觉得她很对不起贺少兵，他借钱凑齐了1万元钱买下她，到头来却落个人财两空。然而，她要不逃跑，将会落得怎样的命运呢?

在收容遣送站的几天里，被关进来的人，只要家里人来交了钱，就可立即释放回家。像她这种无人认领的，只有等到有朝一日被遣送。

宋兰英后来渐渐知道，自己每天得交30元伙食费、住宿费、卫生费……

宋兰英早已身无分文，她哪有钱交啊。她想，不交钱，自己怎能出得去?

一天，宋兰英佯装称病，她趁上卫生室的当儿，沿着卫生室后面厕所的一条臭水沟，顺着流动着的臭水和粪便，蹚出了收容遣送站的高墙大院，掉进了一个深深的黑水河沟。

宋兰英好不容易爬上岸，沿着田间中的河堤一路小跑，望着离自己越来越远的收容遣送站，她长长地舒了一口气，她总算能逃离广州城了。

宋兰英为了能够安全回家，毅然选择乞讨回乡。

八、乞讨回家

宋兰英逃出了广州城，为了不再忍饥挨饿，她开始收捡一些破烂，翻捡着垃圾。

傍晚时分，宋兰英来到北郊一家废品收购站，卖掉了一天收捡的废品。

宋兰英怀揣着卖掉废品的钱，买了一本全国地图册、一张吊网床、一双碗筷，她准备乞讨回乡。

宋兰英活着的唯一目的，就是尽快回家，与阔别了三年思念了三年的父母和弟弟团聚。

宋兰英小心翼翼远离着广州城。她毅然踏上了北上乞讨回家的艰辛征程。

宋兰英为了防止坏人的骚扰与欺凌，她故意不梳头，不洗脸，穿着破衣破裤，蓬头垢面佯装成精神病人，让人见了都避而远之。

宋兰英偶尔遭遇那些不怀好意的男人的侮辱，她装痴卖傻，机智地逃脱这些男人的纠缠。

宋兰英艰难地奔走在北上的公路上，“活着回家”这一强烈愿望支撑着她忍饥挨冻，日夜兼程，她强迫自己每天从早到晚一定得奔走100多里路程。

宋兰英饿得实在走不动了，就沿着公路两边的村庄挨家乞讨，填饱了肚子，她又得继续赶路。

每当到了夜晚，她就赶往附近村子，窝宿在路边人家的屋檐或草垛里过夜。待到天刚蒙蒙亮，她就迅速上路北上。

宋兰英最害怕的是穿行深山老林，白天还能赶路，路上有来来往往的车辆给她壮胆，但到了夜晚，路边很少有村子，人烟稀少，深沉的夜色黑黢黢阴森森的。

她不得不趁着夜色降临时分，早早地在路边较为隐蔽的地方，将吊网高高地系在两棵大树之间，爬上树后躲进网中苦熬着漫漫长夜。

夜深人静时，不时地有野兽、动物在她身下出没着，号叫着，她吓得屏声敛气，蜷缩在高高的吊网中，浑身颤抖。身上裹着的一床捡来的破棉被，难以御寒，全身总是被寒冷凄厉的夜风吹冻得冰凉，但她不得不强忍着，一直熬到天亮。

宋兰英更害怕的是她毒瘾发作，浑身乏力，天旋地转，心头如同万千蚂蚁在啃噬着，折腾得她死去活来。她有时只有紧紧地抱住树干啃咬着，撞击着，直到她人事不知，如同晕死过了一回以后，她才稍微镇静下来，咬几口干粮，喝点路边的河水，再重振精神赶路。

宋兰英在用顽强的毅力抗争着毒魔。

身无分文的宋兰英历经了三个多月的艰辛跋涉，凭着顽强的毅力日夜兼程，沿途走过了广东、湖南、湖北三省五十多个市县。

历经三个多月的抗争，宋兰英竟奇迹般地戒掉了毒瘾。

宋兰英走出湖南的汨罗江，进入湖北境内，当她一眼望见路边“湖北省赤壁市”的字样时，她扑通一声跪向北方，放声地哭泣：“爸爸、妈妈，我快要回到家了，你们的女儿还活着。”

沿路村庄噼噼啪啪的鞭炮声，一路上山乡集镇的繁闹喧嚣，让宋兰英感觉已经到了年关时节。她回家的心情更是迫切了，她更是加快了赶路的进程。

1999年春节前夕，宋兰英终于回到了她日思夜盼的熟悉的鄂西南大山区。

正月初九，夜幕来临之际。

宋兰英苦熬苦奔，终于走近了自己曾经朝思暮想的百乐中学。

她边走边泪流满面，望着脚下的这条路，三年前由于她的轻信，从这条路走上了令她痛悔一生的深渊。她想，假如那时她不听信谭小蓉的谎言，即使听了她的谎言却不跟她一起从这条路上走出去，她现在是多么安稳幸福啊，依她的成绩，现在早已是市重点中学高三年级的学生了，正在潜心备战高考了。

她现在真的感到非常后悔，人的一生，关键的一步走错了，无论以后再怎么挽救，也是难以回到从前本该拥有的那份好日子。

天空完全黑了下来。宋兰英快步走近学校大门。校园内一片清冷寂寥，放寒假了，学校早已空无一人。

宋兰英在日夜思念的校园门口歇下来，在门垛里找了一块干净的地方，卷着早已又脏又黑的被子，靠紧墙壁，迷迷糊糊地睡过了整整一夜，这天夜里，她在梦中浮想联翩……

天刚蒙蒙亮。

宋兰英走到她昔日熟悉的池塘边，掬捧着凉幽刺骨的塘水洗脸，然后对着水面一边梳着头，一边流着怎么也抑制不住的泪水。自由自在地用着这学校的水，已是时隔三年了啊。

在塘埂下沿的坡坎里，宋兰英换上了路经湖南汨罗县城时一位慈善的老奶奶送给她的一套大红外衣。此时的宋兰英，强迫着自己换上一副微笑的容颜，急步向着30里外的家里赶去。

翻过了一座山，又一座山，这山上的一草一木，曾经那么熟悉，而今却令她感到陌生。走在这既熟悉又陌生的山路上，她百感交集……

这段昔日只需要两个小时走完的路程，而今她回家时觉得是那样的漫长。宋兰英不知走了多久，她越走越艰难，越走越遥远，她恨不能生出翅膀，一下子飞到家中，扑在母亲的怀里畅畅快快地大哭一场。

不知走过了多少时间，宋兰英远远地望见了她家乡的村子，望见自家屋后那棵高大的红枫树，她激动得情不自禁跪在地上号啕大哭起来……

九、亲人相逢

三年没有任何音讯的宋兰英，刚刚踏进村子，远远地还是被她的弟弟认出来了。弟弟惊讶地走近她，大声地叫了一声："姐，你回来了!"便一把接过她手中的行李，直往家中冲去，向父母报喜。

父亲在后山坳里整地，只有母亲在家里收拾家务。

母亲见儿子一跑进屋子就不停地高兴喊道："娘，我姐回来了!我姐回来了——"

母亲寻着声音，刚一走出家门，只见宋兰英急匆匆地跑过来，一踏进家门，就扑进母亲怀里泣不成声。

思念了将近四年的女儿，终于回到了身边，母亲恍若梦中，亦如同置身于半醒半梦的迷惑之中。母亲不断地抚摸着女儿的泪脸，轻轻地呼唤两声："英儿，英儿，真的是你回来了?"

三年多来未见母亲面的兰英，抬起头来，真真切切地叫一声："娘，我真的回来了。"母亲紧紧地搂抱着女儿一阵号啕大哭，久久伤心地哭唤着女儿的名字。

山中畈地里的父亲，听说女儿活着回来了，扔下锄头和箩筐，一路跑着回家。当他一眼看见瘦弱的女儿活生生地在家坐着，他蹲在大门槛的石条上，痛哭流涕。三年了，他为了寻找女儿，几乎是倾家荡产，跑遍了周围二十多个县市。他一个四十出头的男人，头发都熬白了，因为他太爱这个聪明伶俐的女儿了，在他的心目中，女儿中学毕业后，会考取一所很好的大学，将来一定会有大出息。但他做梦也没有想到女儿在学校里一天之内突然失踪了，深重的打击让他猝不及防，一直让他痛苦寻找了漫长的四年。

宋兰英骤然回家，让一家人整整一个下午兴奋得沉默落泪。

宋兰英强忍着四年来的辛酸和痛苦，含着泪水安慰父母："都怪女儿这几年不懂事，擅自跟着表姐外出打工，一直没有给家里来信。现在工厂效益不行了，我就回来了。"

乡亲们听说兰英回来了，都不约而同地涌来兰英家，分享一家人团聚的欢乐。

乡亲们见兰英不辞而别外出打工了三年多，落个空手而归，便好奇地问起她这几年来在外面闯世界的经历。

宋兰英努力地控制住悲伤，强颜欢笑地回答着一些关心她爱护她的父老乡亲的问题。

大山的夜色来得早，一个下午很快就过去了。

乡亲们陆陆续续地回家了。

兰英和母亲送走了所有的客人，便帮着母亲做好晚饭，一家人三年多来总算吃了个团圆饭。

饭后，宋兰英对父母撒谎道："自己这三年在外一直过得挺好，她挣了不少钱，只不过在这次回家的路上，在火车上不小心，钱物都被人盗走了。”

父亲不断地安慰女儿说：“英儿，钱财是身外之物，不算啥，只要你平安回家，我和你妈也就放心了。”

团圆中的一家人，一直兴奋地聊着天，不知不觉地到了深夜。

兰英安慰好父母和弟弟入睡后，她独自坐在房间的黑暗中，回味着今日之前所发生的一幕一幕，她不禁心惊肉跳，那不堪回首的往事，如同一块沉重的铅云，压得她喘不过气来。

凌晨时分，宋兰英仍一直辗转反侧，躺在床上难以入眠，朦胧之中，她宛如梦见自己一会儿身在广州，一会儿身在海口，一会儿身在沿途的山村野外奔走……

兰英隐忍着三年来的所有伤痛，一夜无眠。

第二天天未亮，兰英早早地起床，扫地，挑水，收掇着院落。

父母见三年未见的女儿变得更懂事更勤快了，喜不自胜，也早早地起床，忙开了一天的活计。

冉冉升起的朝阳将整个村庄映照得绯红光亮。

父亲挑着箩筐走出家门的刹那，兰英望着父亲的满头白发，和他那过早衰老的容颜与过早累弯了的腰，她不禁泪如雨下，父亲全是因为寻找女儿而操劳过度，才如此未老先衰的啊。

兰英流着泪，转身走进厨房，只见动作迟缓的母亲坐在红红的灶火前，脸上缀满了皱纹，面容憔悴，她心里更难过。

三年前的母亲，与眼前的母亲，判若两人，母亲明显地过早衰老了，她真的无法想象，母亲从知晓她失踪的那一刻起，该要承担多大的打击和痛苦。这漫长的三年母亲是如何苦盼苦熬过来的啊！

兰英轻声地叫了一声："娘！"

兰英娘半晌才回过神来，迟钝地应了一声，起身拉着女儿走进光亮的堂屋，将女儿从头到脚再认认真真地仔细看了一遍，见女儿虽然长高了，但面黄肌瘦，娘心疼地说："英儿，你孤身在外，肯定遭受了不少苦头，今日你总算活着回来了，要是你再不回来，娘恐怕也活不了多久了……"

兰英一听娘提到她的过去，她再也忍不住灵肉深处的苦楚，紧紧地抱着娘，放声地痛哭起来。但为了自己的名声，她强忍着悲痛与愤恨，对自己三年来惨遭蹂躏的屈辱日子守口如瓶。

十、隐瞒真相

宋运红的父母听说宋兰英回来了，便急急忙忙地找到宋兰英的家，焦急地向宋兰英打听宋运红的下落。

宋兰英面对宋运红抑郁焦虑的父母，她有苦难言：自己不讲真情吧，望着宋远红父母那可怜期盼的迫切神情，她于心不忍；如果她吐露了真情，她又怕宋运红父母承受不了女儿遭罪的这份沉痛打击。

思虑再三，宋兰英还是隐瞒着事实真相，说，她也一直不知道宋运红的去向。

送走了宋运红的父母，兰英一整天焦灼不安，她为自己第一次这么狠心地善意撒谎自责不已。她能想象得到，宋运红的父母连从她身上也没能探听到一丁点女儿的音讯，岂不更是感到寻找女儿的渺茫？

夜阑人静，宋兰英一直没能入睡，她与宋运红、周明洁、刘芸所遭遇的一切，一幕幕地浮现在她眼前，自己总算逃脱了厄运，而她们至今仍在水深火热的淫窟里遭受磨难，她于心何忍？

下半夜，她又开始做噩梦，梦见自己仍然身在南方，与宋运红、刘芸、周明洁一道，被丁建平、谭小蓉、李正奇、方士权逼迫着遭受那些花心男人的疯狂欺凌……

宋兰英面临多次来家中一再探听女儿下落的宋运红父母，她只好佯称只是以前听说宋运红在南方打工，一切都好，宽慰着宋运红的父母，请宋运红的父母放心。但她一直不愿吐露真相，以免伤着宋运红年迈父母的心。

宋兰英越是隐瞒着宋运红的父母，她越是内心不安，有时感到心如刀绞。她有时将自己关在房间里，不断地扪心自问，她该不该告诉宋运红父母事实真相，该如何告诉这一事实真相又不至于让她父母痛苦和悲伤。

村里人只知道丁建平、谭小蓉、李正奇、方士权一伙在南方发了大财，不断地从家乡招收女孩去南方打工，但这些年来凡是被他们带出去的女孩，没有一个人能回来的，也没有一个人有任何音讯。这些女孩子的父母也曾多次找到他们的家，逼着向他们的家里要人，但他们的家人一口咬定，连他们自己都想找他们的亲人回家，却一直没有他们的身影。

所以这些女孩的父母也只好认命，一直在苦盼苦熬中期盼着。

宋兰英回家已经两个月了，她虽然天天能与家人在一起过一份安宁的团圆日子，但她的内心从来就没有安宁过，她一想到还有三个姐妹仍在远方受苦受害之中，她们在难熬的日子里，痛苦的面容、凄惨的心灵呼唤，越来越强烈地震撼着她。

她连每天做梦都还与她们生活在一起，任人欺凌与折磨。

一天上午，宋兰英正在菜地里浇水。

丁建平的大哥、二哥、小弟找到正在菜地里浇水的宋兰英，软硬兼施地威胁着宋兰英说道：“如果哪一天你敢说出你和其他女孩子在南方的真相，我们就会毫不手软地杀掉你全家。”

宋兰英吓得还没浇完菜地，就匆匆地回到家，紧紧地闩上家门，躲在房里心烦意乱地流泪，她不知该如何面对这些女孩子的父母，也不知该如何能保守这些不该保守的隐私。

宋兰英一边面临着丁氏兄弟们的时常恐吓，一边又要隐忍着三姐妹们仍在遭受的厄运给她带来的于心不忍的心灵煎熬，更让她难以忍受的是她下身越来越剧烈的流血疼痛。

宋兰英见自己不在经期，血量却比经期还多，她害怕自己患上了什么大病，抑或不治之症。

一天上午，她对父母谎称自己到昔日初中同学闻晓梅家去一趟，便独自偷偷地来到百乐乡医院妇科检查身体。

医生检查后惊讶而又冷漠地说道：“你的病情异常严重，必须到县医院诊治。”

宋兰英预感到自己得了重病，她想哭，却没有泪水，她的心情异常沉重。

宋兰英辗转来到县医院妇产科，苦苦哀求医生对她仔细地作一次全面检查。

妇产科医生检查后，得知她病情的严重后果，就让宋兰英赶快到性病专科门诊诊断。

宋兰英意识到自己患上了严重的性病。

宋兰英流着泪，等候在医院性病专科门口，不时地遭受一些来来往往的人的白眼、怀疑。

她强忍着屈辱，在门口流着泪，犹豫徘徊。

临到宋兰英就诊时，她鼓起勇气走进门内，脱光下衣，恳求医生对她全面检查、化验。

医生诊断结论：Ⅱ期梅毒、尖锐湿疣、淋球菌阴道炎。

宋兰英得知自己患有如此严重的性病，吓得当场就蹲在医院走道失声痛哭。

她神不守舍，饿着肚子，失魂落魄地收拾好自己的病历，一步一步艰难地走下楼，握着令她心痛的病历，她坐在医院林荫深处的草地上，伤心痛哭……

十一、正式报案

宋兰英羞于启齿，只能含糊其辞地告诉父母，说她得了一种难以治愈的怪病。

母亲见女儿近几天来一反常态，越来越沉默悲伤，她生怕女儿做出什么不测之事，便放下家中所有的活儿，焦虑不安地时刻陪护在女儿身边，防备着女儿干出什么傻事来。

母亲用心良苦地守着女儿，这让宋兰英整天内心悲痛欲绝，有时只好佯装病了，躺在床上暗自流泪。

夜深人静，宋兰英常常梦见自己在南方的某个海边，不是被一伙男人轮奸后抛入大海，就是被人残酷地折磨得粉身碎骨……

宋兰英每当被这些噩梦惊醒后，一睁眼就看见白发苍苍的母亲一直坐在身旁伤心落泪，她更是伤心难过，怨恨自己如此懦弱，多次欲言又止却最终没有胆量告诉母亲事实的真相。

宋兰英失眠了，她再也忍受不了郁结在胸中的极度苦闷，一天深夜里，她闩上房门，扑进母亲怀里痛痛快快地大哭了一场。

知女莫若母。母亲知道女儿外出的三年里，心中一定有许多痛苦和难以说出的难事，而今回家后一直憋在心头，隐瞒着父母，是怕做父母的伤心难过。今日女儿终于哭出了多日来的隐忍和憋闷，做娘的也只有陪着兰英痛哭，不断地安慰着伤痕累累的女儿。

宋兰英情绪稍微平静后，愧疚地慢慢坐起身来，紧紧地靠在母亲身旁，轻声道出了自己被表姐谭小蓉骗去广州三年多来的悲惨遭遇。

母亲听完了女儿泣血的倾诉后，心疼得抱着女儿痛哭到天亮。

第二天清晨起床后，父亲也知道了女儿三年多来在外所遭遇的事实真相，他气得咬牙切齿，恨不得马上找到大姐家，与大姐大闹一场。是大姐的女儿谭小蓉害惨了女儿兰英，毁了女儿本应该有的美好前程。

父母恨透了谭小蓉，恨不能立即找到谭小蓉，或者将她揍个半死不活，或者将她告进监牢，让她今生今世不得好死！

宋兰英劝说父母，如果再不即时告发丁建平、谭小蓉他们这伙作恶多端的狂徒，不但自己的一生噩梦难了，更可怕的是不知他们还会坑害家乡多少个无辜的女孩，还要毁灭多少个原本幸福的家庭。

兰英一家人围绕着报不报案，怎么报案，报案过后家丑抖搂出去，兰英今后怎么做人，激烈地争论着。

父母唉声叹气，如果报案，不但大姐家的女儿谭小蓉要坐大牢，而且自己的女儿兰英也会由此身败名裂，难以在家乡做人。

如果不报案，不仅女儿遭受这么大的罪孽无法雪耻，而且女儿的灾难与无穷后患，将来找谁个说理？找谁个赔偿？

宋兰英坚持要报案，她不但为自己遭受三年多的欺凌与屈辱报仇雪恨，更要为正在遭受欺凌的宋运红、刘芸、周明洁几个无辜的同村姐妹将被解救回家做点自己应该做的事情。

宋兰英反复说服父母，带着病历，在父母的陪同下，来到百乐派出所报案，泣不成声地控诉着丁建平、谭小蓉一伙人贩子组织强迫妇女卖淫的种种罪行，从而揭开了丁建平、谭小蓉等人拐骗、强迫、组织妇女卖淫、敲诈等大案的黑幕。

此时正值全国声势浩大的打拐期间，派出所感到此案案情重大，立即上报县公安局。

县公安局领导非常重视，立即组织抽调精兵强将，组成侦破专班侦查此案。

县公安局刑侦大队办公室，宋兰英将自己和家乡姐妹三年多来遭受丁建平、谭小蓉等团伙拐骗拐卖到南方强迫卖淫的不幸遭遇一一如实地倾吐了出来。

县公安局领导与刑侦大队长一起研究案情，连夜组织精干人员查办此案。

两天来，不断有警察来到宋寨村调查取证组织和拐卖妇女到南方的案子。

该案很快在全村引起了轰动。

全村人都知道了宋兰英在外的经历，有些人常常不怀好意地嘲笑宋兰英和她的家人。

乡亲们渐渐知道了谭小蓉、丁建平一伙长期以来依靠组织卖淫、贩卖人口发财的罪恶行径。

一天深夜，谭小蓉母亲带着钱物偷偷来到娘家，找到弟弟——兰英的父亲苦苦求情，乞求娘家弟弟、弟媳看在她的分上撤案。

谭小蓉的母亲跪在宋兰英面前，一把眼泪一把鼻涕地伤心哭泣着，哀求侄女到公安局求情撤案，侄女要多少钱，要什么条件，她都能答应。

宋兰英坚决不同意撤案。

第二天清晨，丁建平、李正奇、方士权的家人也纷纷来到宋兰英的家中，威胁恐吓着宋兰英一家人，如果宋家不立即撤案，他们宋家将家破人亡。

宋兰英早已将生死置之度外，她绝不撤案。

十二、暂缓此案

贺少兵一觉醒来，不见身边的宋兰英，他当即下楼四处寻找，还是不见宋兰英的身影，他急得焦头烂额，三天三夜寻遍广州城，仍没有找着宋兰英，他才确信宋兰英已经逃出了广州。

贺少兵懊丧不已，气呼呼地乘车折回海口，找到丁建平、李正奇、方士权、谭小蓉四人，哭丧着脸说，宋兰英半夜里逃走了，他现在人财两空，不知如何是好。

丁建平一伙深知，只要宋兰英逃回了老家，他们总有一天会翻船的。他们吓得一边哄骗着贺少兵说帮他找回宋兰英，一边商量着尽快撤离海口，到别的地方另谋生计。

他们慌忙逃到三亚市郊的另一个隐蔽的地方，继续开发廊，强迫被骗来的女子拼命地为他们赚钱。

四个月过去了。丁建平、谭小蓉、李正奇、方士权获知逃回家乡的宋兰英已经报了案，公安机关正在全力以赴侦查他们的行踪，他们吓得纷纷四处逃窜。

丁建平、谭小蓉已是一对难舍难分的情人，彼此互相需要，互相利用，两人急匆匆地将周明洁骗到三亚市一个小镇，以1万元的价格卖为人妻后，辗转逃窜到了珠海市前山镇隐匿起来。

方士权早已垂涎刘芸的年轻美貌，他用花言巧语诱骗刘芸做他的恋人，不顾刘芸的坚决反对，挟持着刘芸逃到了西安市，在一家桑拿城打工。

李正奇见方士权已经占有了漂亮的刘芸，并带着刘芸远走高飞了，他也横下一心，带上宋运红，直奔乌鲁木齐市火车站附近的棚户区隐藏。

县公安局为了早日侦破此案，在经费十分紧张的情况下东拼西凑，挤出5000元专案经费，即时南下，追捕丁建平一伙嫌疑犯。

一路警察马不停蹄地赶往广州，请求当地警方协同破案。

一路警察带着宋兰英，风驰电掣地赶到海口，竭力追寻。

两周过去了，仍没能寻觅到一点破案线索。

专班民警，眼看快要花光近5000元专案经费了，不得不尽快撤退。侦破线索就此中断了，两路警察无功而返。

此案一时陷入僵局，专案组只得暂缓侦查此案。

案件一放下就是一个多月，毫无进展。

宋寨村的村民不免说什么的都有，冷言讽语，同情惋惜，嘲笑谩骂……所有的议论都是冲着宋兰英而来的。

身为农村女孩，没有什么比“卖身”、“性病”等语言更可怕的，当名声被这些字眼污染后，她觉得在村里无脸见人，对生活和未来失去了信心。

此时，丁建平的几个兄弟、嫂子弟媳、姐姐妹妹，全家族二十多号人拿着锄头、铁锹、棍棒、砍刀，浩浩荡荡、耀武扬威地来到宋兰英家，将她家的锅灶缸碗、柜床桌椅，大凡能用的家什，都砸得稀乱，还当众撕烂了兰英的衣服，辱骂兰英是个臭婊子，害人精。他们威胁宋家尽快到县公安局“认错”，撤销报案，不然，宋家日后面临家毁人亡，公安机关也不敢把他们丁家怎么样。

李正奇的父母也趁机来威胁兰英的父母，如果兰英再要告下去，让公安局再插手他们儿子的事儿，他们李家要让宋家一个个不得好死。

方士权的两个姐姐跑来宋家，不管三七二十一，抓着宋兰英就是一顿狠打，骂她是个在外没人敢要的骚婊子，自己活不好，还要污蔑陷害她们的弟弟方士权。她们临走时丢下一句话，宋兰英如果再要去告方士权，她们就会撕烂兰英的嘴，打断兰英的腿。

兰英的姑妈也趁势来到娘家，劝她的哥嫂和侄女，凡事都得往好处想，谭小蓉好心带着兰英去南方发财，在那里有好吃有好喝有好穿的，还能轻而易举地快速赚到大钱，兰英干吗要逃回来，害得小蓉现在在外不得安宁，到处躲藏。后来，她泪流满面地告诫哥嫂，让兰英往后千万不要再告小蓉了，小蓉这些年在外孤身闯荡，赚点钱也不容易，等到小蓉将来发了大财，还能忘记舅父舅母表妹吗？再说，宋家再要是继续得罪丁建平、李正奇、方士权这些大户人家，日后在村子里待得下去吗？

兰英的父母听了妹妹的一番规劝，心里有些动摇了，闷在家中，苦口婆心地劝说女儿，尽快到公安局撤案算了，以免惹得这伙人成天来家里打闹得不得安宁。

宋兰英一连几天躲在家中，流着泪默默地帮助父母收掇着被这伙人打砸得破烂不堪的家什。看着被人打烂了的家，望着父母绝望而又无奈的神情，宋兰英在心中发誓，她就是豁出命来，也要告到底，不把这伙作恶多端的恶魔告进监牢，不把那几个还在受害的姐妹拯救回家，她死不瞑目！

见兰英如此的倔强，怎么也劝不了她回心转意，一家人整天提心吊胆，不敢出门，也无颜面对对他们家议论纷纷的村民和亲戚朋友。

孤注一掷的宋兰英，已是义愤填膺，她决定孤身追寻丁建平、谭小蓉一伙人的踪迹，为公安机关破案提供可靠线索。

十三、追寻人贩

2000 年春节来临，宋兰英一家人在恐惧和不安中，默默地挨着寒冷的日子，家里没有一点节日的气息。

挨到正月初三了。全村人都还沉浸在春节的浓郁氛围里。

而宋兰英在天还未亮就起床，早早地告别父母，来到昔日初中时的班主任家拜年。

班主任吴天林听完宋兰英这些年的不幸遭遇，一向正直耿介的他，义愤填膺，非常同情宋兰英，积极支持宋兰英孤自寻找破案线索的行动，当即捐助 500 元。

正月初四。

宋兰英来到初中同桌好友闻晓梅家。

已在市一中读高三的闻晓梅听完宋兰英近四年来的悲惨经历，也愿意帮助宋兰英讨回人生公道。她请求父母支持宋兰英，给宋兰英 600 元作路费。

正月十五，夜晚。

宋兰英的家人一夜未眠。

义无反顾的宋兰英，终于说服了父母，支持她走出村庄，去追寻丁建平、谭小蓉、李正奇、方士权他们的踪迹。

正月十六，清晨。

宋兰英打点好简便行装，在天亮之前悄悄告别父母，她第二次离开了家乡宋寨村。

宋兰英形单影只地走在冷冷凄凄的山路上，刺骨的寒风吹得她浑身不断地打着冷战，她感慨万千。逃回家乡之前，她无数次回味想象着家乡的一山一水，一草一木，这些都是支撑着她要好好活着回家的生命之源。当她真正回到了家乡时，她是踏着青山绿草，满目葱郁地回到村子的。而今，被这伙人的家属逼得她不得不远走异乡，去追踪这伙人时，家乡的山水丛林却是如此地满目苍凉。

宋兰英望着身后离自己愈来愈远的村子，她的心情也越来越凝重，她不知此次远行是祸还是福，但她只有一个信念，今生今世不将丁建平一伙人找着，不将同村的几个姐妹救回来，她誓不罢休。

宋兰英翻过了家乡最后一道山冈，她擦干了泪水，疾步地向着县城的方向走去。

宋兰英来到县城，县城有几家新的商城开业，门前是一片张灯结彩，人来人往，鞭炮声、锣鼓声、演唱声、广告声，此起彼伏，热闹非凡。

宋英兰没有闲心去观赏游逛，她径直向着长途车站走去。

偌大的车站，黑压压的一片人头攒动，外出打工的人将整个候车大厅挤得水泄不通。

宋兰英跟着购票的长长队伍，排了一整天的队，好不容易买到了隔日到武汉的车票。

第二天凌晨，宋兰英挤上了开往武汉的客车。

一日一夜后，总算在武昌长途客运站下了车。

中午，宋兰英挤上了南下的列车，直奔广州。

历经三天三夜的辗转颠簸，宋兰英终于到达了海口码头。

宋兰英下了船，走出码头的港口，睹物思人，她悲恨交加。

宋兰英来不及歇息，她就奔走在大街小巷的人流车流中，全城寻找着她曾经住过的地方，她依稀记得住过的地方附近有一所私立幼儿园。

一直找到天快要黑下来，宋兰英才好不容易找到了自己曾经无数次上街拉客时所经过的这所幼儿园，在幼儿园旁也总算找到了自己曾被关押过的出租屋。

夜幕中的市郊，依旧人来人往。这里的街头，仍然有不少打扮得几乎衣不蔽体的女子在招徕过往男人。

宋兰英不厌其烦地向出租屋的新主人打听半年前在此居住过的丁建平等人的下落。

房屋新主人说，姓丁的一伙人早已经人去楼空，连这套房子的房东也两易其主了。

大失所望的宋兰英不能善罢甘休，焦急中的她记起了一名秦姓老板的手机号码。

宋兰英找到街头公用电话亭，她又以风尘女子的身份约见秦老板。

秦老板乐颠颠地迅速赶来与宋兰英见面，并开车将宋兰英带到一家娱乐城的封闭包厢里娱乐。

宋兰英不得不陪着秦老板唱歌、跳舞，此时，她只能委曲求全，权当她是一个妓女暗娼，因为她只能让秦老板相信她是一个风尘女子。

宋兰英趁秦老板高兴之际，打听到了刘芸曾告诉过秦老板的一个信息，刘芸曾经告诉过他，家乡公安局的警察正在追查他们，李正奇带刘芸逃去西安躲避风头。

当夜，宋兰英与秦老板分手后，来不及休息，就直奔长途车站候车。

第二天，宋兰英赶早出发，乘船、转车，到达了广州火车站之后，她又迫不及待地买了去西安的火车票。

三个小时后，宋兰英好不容易挤上了北上的列车，蜷缩在车厢的一隅，直奔西安。

十四、解救刘芸

宋兰英走出西安火车站出站口，辨不清东南西北，眼前的一切都是那么陌生。

她随着人流来到古城的大街，街头熙熙攘攘，热闹非常。

宋兰英在书摊上买了一份市区交通地图，打开地图，她不知道从哪条街、哪条路开始找起。

她顺道走近火车站西侧的公交车站，还没有看清楚站牌上的路线，就被一些匆匆赶路的人连挤带夹地裹着上了一辆公交车。

过了大约四五站路，宋兰英感觉身后有人在动她的背包，她警觉地回过头，发现一个贼眉鼠眼的瘦高个子男人，正在伸手偷她的东西。她不禁一愣，她遇上小偷了。

小偷斜睨了她一眼，冷漠地咳嗽了两声，慢慢地将手从她的背袋里掏出来，若无其事地点燃了一支烟，不断地向宋兰英吐着一圈又一圈的烟云。

宋兰英临危不惧，向着小偷狠狠地骂了一句，臭不要脸的！车子刚好到站了，她余怒未消地下了车。

抬头遥望，大雁塔就在眼前，她来不及观赏久仰大名的大雁塔，径直走在街上，街头人海茫茫，车流如织。

宋兰英边走边揩拭着身上的汗水，沿着一条又一条的大街小巷，仔细地寻找着刘芸。

宋兰英在漫无边际的市区里，走了整整一个上午，才好不容易发现一个厕所，她实在憋不住了，匆匆忙忙地花了五角钱，走了进去。

待到完事了，她才感到如释重负，她情不自禁地想到，要是尽快将刘芸找到了，那该是何等的惬意！

宋兰英早已口干舌燥，她借上厕所洗手之机，捧着自来水一阵猛喝后才解渴。再掬着水洗了一把脸，对着镜子整理了一下面容，她才轻松地从厕所里走出来。

宋兰英沿途路过许多家餐馆，她的肚子早就饿了，但不到万不得已时，她舍不得随便花掉身上的一分钱。

已是下午三点了，宋兰英已经饿得虚汗淋漓，浑身没有一点力气了，她只好坐在一家餐馆门口，等候着吃别人的剩饭剩菜。

夜晚来临，宋兰英舍不得花钱住旅馆，又没有其他的安身之处，她想，火车站夜里人多，又有通夜不熄的灯光，在这个陌生的城市，只有火车站才是她最好的安身之地。

宋兰英转乘了三趟车，辗转来到火车站广场一角，她换上早已备好的破烂衣服，化妆成流浪乞丐，蜷缩在车站一个角落栖下身来，以免遭受他人的欺凌。

第二天天刚亮，宋兰英又开始了一天的寻找。

半个月过去了，宋兰英一无所获，她有些灰心丧气。

一天傍晚，宋兰英来到新城区锦西娱乐城，在门口徘徊犹豫着。宋兰英走了一整天，已经又困又累又饿了，她在门口的台阶上坐着，等候着别人未吃完的饭菜。她顺手拾起身边的一张废旧报纸，随意浏览起来。

宋兰英看到当地一篇关于严打的报道，在抓获的嫖客与卖淫女中竟然有一个“刘芸”的名字。她激动得一连将此文读了三遍，确信刘芸在西安后，她一下子忘记了饥饿和困倦，向路人打听抓获刘芸的派出所所在地，她在地图上做上了一个记号，起身乘车，朝着该派出所方向奔驰。

宋兰英来到派出所，向所长诉说着自己寻找刘芸的遭遇。

所长是个通情达理的中年男人，对宋兰英的身世深表同情，也被她不远几千里路，孤身来西安寻找姐妹的行动所感动，他当即帮助宋兰英向有关方面联络，并亲自送她到看守所寻找刘芸。

在看守所女会客室里。女警察押着刘芸与宋兰英见面。

姐妹二人在这种特殊的地方蓦然相见，不禁抱头痛哭。

刘芸诉说着自己被方士权挟来西安后，将她拐卖到西安一家桑拿城，被人强迫着卖身，在这次严打中被抓获……

接见完了，宋兰英找到公安分局，在局长办公室，宋兰英以自己与刘芸遭遇被拐骗与被强迫卖身的不幸经历，声泪俱下地向公安分局局长求情。

局长派人与宋兰英家乡的县公安局调查核实后，将刘芸释放了。

宋兰英在看守所接出刘芸后，心情特别高兴，就领着刘芸来到附近的餐馆。宋兰英第一次花钱请人吃饭，与刘芸一起狼吞虎咽地饱餐了一顿。

刘芸告诉宋兰英，方士权在东莞得知公安机关在抓捕他时，他就挟持刘芸逃到了西安。

刘芸将方士权的手机号码告诉了兰英，并劝说宋兰英："咱们惹不起他们这帮恶人。"

宋兰英斩钉截铁地回答，不抓到他们，我誓不为人。

当天夜晚，宋兰英带着刘芸，来到火车站。宋兰英买好车票，将刘芸送上了去武汉的列车。

她自己仍留在西安，继续寻找方士权的下落。

十五、逮住方士权

送走了刘芸，宋兰英假冒刘芸的声音，花了三天时间，好不容易打通了方士权的手机，称她"刘芸"现在已经想通了，想与他一道干一番大业——拐卖女孩赚大钱，她现在已在西安认识了两个非常漂亮的女孩，愿意在他的庇护下，与他合伙尽快卖掉这两个女孩。

方士权说，现在全国正在开展严打，风声很紧，各地警方查得非常厉害，待日后风声过了，再见机行事。他称自己已经远在黑龙江齐齐哈尔市，不便多谈，让"刘芸"多多保重。说完他立即关掉了手机。

宋兰英得知了方士权所在的城市，事不宜迟，她当机立断，立即买了一张去黑龙江的车票。

第二天清晨，宋兰英踏上北去的列车。

路途一日一夜的颠簸，宋兰英虽然疲惫至极，但她全然没有了一点睡意。坐在硬座上，车厢里挤满了北上打工的人群，人员混杂，时不时有些不怀好意的男人在她身边晃来晃去。一路上，她不得不强迫着自己时刻警醒着。

列车到达哈尔滨火车站，宋兰英顾不上连日来旅途的劳累与困顿，她立刻转车，直奔齐齐哈尔市。

到了齐齐哈尔，来到市中心，宋兰英找到一家公用电话亭。

她继续假冒刘芸，给方士权打电话，称自己已经将两名16岁的西安市处女带来了齐齐哈尔，请方大哥一定要见她一面，帮助她及早卖掉两名女孩，以免夜长梦多。

方士权虽然远在北方，但他本性难移，吃喝嫖赌之外，他一心想走捷径发大财。因此，他除了偷盗诱骗，他还一直为躲在珠海市继续开发廊的丁建平、谭小蓉二人物色北方的漂亮少女。今日当他听到刘芸现在也乐意从西安赶来了，主动加入到他们拐骗女孩的行列，并现在手头有了“现货”，他当即答应晚上9点在公园门口秘密见面。

宋兰英深知彪悍高大的方士权，既凶残狡诈，又诡计多端，凭她一个女孩子的力量，与方正权直接正面交锋，她无论如何也不是方士权的对手，弄不好还会打草惊蛇。

为了这次能万无一失地抓住方士权，宋兰英冥思苦想，犹豫之际不禁心生一计，她想到了先到附近公安机关报案，而后诚挚地请求警方一同抓捕方士权。

她事先来到公园附近的派出所报案，将自己不幸的遭遇和这次来齐齐哈尔的唯一目的，向派出所领导汇报后，请求所里派警察一起捉拿方士权。

派出所领导研究后，向公安分局请示，得到批示，便立即派人参加当夜的抓捕行动。

晚上九时，宋兰英准时来到公园门口。

五分钟过去了，十分钟过去了，半个小时也过去了，仍不见方士权的人影。

宋兰英焦灼不安，急得在公园门口不断地来回徘徊。

一个小时也过去了，宋兰英等得有点灰心丧气了，她正准备转身与潜伏在公园周围的便衣警察会合撤走时，蓦然发现不远处，一个高挑苗条的女子，穿着一身洁白的套裙，正在四周张望，非常警惕地向宋兰英走来。这女子在确信宋兰英身边没有别人的情况下，扬起右手，向着远处树荫下的一个高个子男人示意。

高个子急急忙忙地向宋兰英走来，不时地鬼鬼祟祟地东张西望。待到高个子走近了，宋兰英才认出此人正是方士权。

方士权到了公园门口，一见不是刘芸，而是宋兰英，他一把上前揪住宋兰英的头发，当面恶狠狠地骂道："你这个骚货，竟敢闯到这里来找死，还敢骗老子，看老子今天不揍死你。"

说完方士权挥起双拳，劈头盖脸地朝宋兰英一阵猛打。

宋兰英一边挣扎，一边朝着警察大声呼救。

三位便衣警察迅速冲上去，立即将方士权扑倒在地制服住了，当即带回派出所连夜审讯。

派出所审讯室。

面对预审警官，方士权一会儿装聋作哑，说他不认识宋兰英；一会儿说宋兰英曾经是他的女朋友，欠着他的钱财赖账不归还；一会儿说宋兰英是个娼妓，专门以美色敲诈好人、诬陷好人……

然而，任凭方士权百般抵赖，在事实面前，他最终还是交代了他拐骗、强奸、拐卖四名女孩的犯罪事实。

审讯完方士权，派出所马上与宋兰英家乡的县公安局专案组联系。

宋兰英家乡的县公安局刑侦大队副大队长带领两名警察经过两天的奔波，专程来到齐齐哈尔市押解方士权。

在异地他乡，宋兰英与家乡的警察相遇，百感交集，千恩万谢了齐齐哈尔警方后，和警察一起押着犯罪嫌疑人方士权，踏上了回家的征程。

十六、暗访李正奇

县公安局预审科。

方士权继续接受审讯。

在审讯中，方士权交代，李正奇逃到了乌鲁木齐，听说正在那里做服装生意。

方士权还交代了李正奇可能与他在武汉市汉正街做服装批发生意的二哥李正新有着密切的业务联系。

专案组迅速派便衣警察，连夜专程赶到了汉正街。

夜幕中的汉正街，商家店铺早已关门打烊，没有了白天南来北往的扁担客、三轮麻木车，也没有熙熙攘攘拥挤不堪的商贩人流，大街小巷一片冷清寂寥。

第二天，在汉正街派出所的协助下，便衣警察以商人的身份，好不容易在西巷口的一家店铺找到了李正新。

李正新说，这些年来，他只听说弟弟在南方赚了不少钱，又花了不少钱，但并不知晓弟弟究竟在外干了一些什么。直到不久前，弟弟从新疆打来电话，说他现在租住在乌鲁木齐市火车站附近某商城，开了一家女子内衣专卖店，让李正新在汉正街替他运去几批各种款式的女子内衣。

侦查专班虽然获知了李正奇落脚的城市，但公安局一时之间实在难以筹集到办案经费。

刑侦大队长与办案民警十分着急，四处筹措着办案经费。

宋兰英能理解公安机关的难处，主动提出自己先独自去新疆探听虚实，摸准了李正奇的准确窝点后，再电告专班，请专班刑警赶去捉拿李正奇，这样既可节省办案经费，又可以做到万无一失。

宋兰英家里前几年为了寻找宋兰英，早已是债台高筑，经济十分困难，没有钱让她走南闯北去追寻那伙作恶多端的歹徒。再说，现在即使抓到了方士权，又能怎样呢？方士权的家人三天两头跑来家中，不是打闹就是威胁，折腾得一家人不得安宁。

父母一再苦苦地劝告女儿，别再一个人冒着生命危险东奔西走，这伙人犯法了，应该由司法机关来惩处，不应由一个受害的弱女子去追寻。

宋兰英觉得父母说的都很有道理，但公安机关办案，也有他们办案的难处，除了人手紧张外，现在最关键的是经费严重不足，如果再拖下去，不但这伙狂徒得不到及时惩治，自己难以申冤雪耻，而且还有几个姐妹正在被他们强迫着过着非人的生活，她于心不忍。

宋兰英没有钱，凑不齐去新疆的路费，但为了早日抓到李正奇，她孤身来到武汉，找到武汉江边的一家港码头，替人搬运扛包、卸货打短工。

宋兰英趁自己年轻，有的是力气，她不怕吃苦受累，重活苦活，她都抢着干，一天下来能挣上30多元钱，这对一个乡下的女孩子来说，已经算是很不错的收入了。

一周后，宋兰英攒足了200多元路费，想启程去新疆，但她打听到没有直达新疆的列车后，她只好先乘车来到北京。

在北京街头，宋兰英为了再多挣一点钱，她见街头一些人擦皮鞋、洗车子来钱快，就主动帮人擦皮鞋、洗车。

宋兰英又挣到了300元钱后，她就乘着列车，直奔乌鲁木齐。

沿途宋兰英无心欣赏西部辽阔的风光，在她心中，尽快抓到李正奇，就是她最大的心愿。

宋兰英走出乌鲁木齐火车站，这里已是雪花飘飞的隆冬季节。

街头的气候十分寒冷。

宋兰英衣衫单薄，冻得浑身颤抖，但她还是舍不得买一件御寒的厚棉衣。她走在街上，几乎是一路在小跑，她以此方式来取暖。

火车站周围，北风呼啸，攒动的人群与来往的车流，让她在凄冷的寒风中不禁有些晕。

她咬紧牙关，开始在火车站附近寻找着李正奇的踪影。

宋兰英形单影只地穿行在火车站大大小小的商城，她不仅时刻要注意自己的人身安全，警惕着一些不怀好意的男人或小偷，更要注意自己不要先被李正奇认出来。因此，她不得时时将自己紧裹着，乔装打扮着。

两天过去了，宋兰英水土不服，吃不下饭，睡不着觉，由于寒冷还得了伤风感冒。她舍不得花钱上医院诊治，凭着她年轻的身体一直硬撑着。

宋兰英忍受着饥寒交迫与病魔的煎熬，强打精神，用顽强的意志，在以火车站为中心的附近商城，暗中寻访着李正奇。

十七、死里逃生

十天十夜，宋兰英寻遍了乌鲁木齐火车站周围所有商城及女子内衣专卖店，仍没找着李正奇的一丝踪迹。

宋兰英找得几乎有些失望了。

第十一天的傍晚，宋兰英将寻找的范围扩大了一些，她远离火车站，走在大街小巷里，仔细地边走边寻。

她不知不觉来到了一家名为“蓝星歌舞厅”的大门口。

宋兰英路过挂满大红灯笼的歌厅门口时，蓦然看见门里有一个非常熟悉的身影在吧台忙碌着。

宋兰英迫不及待地疾步走进去，绕到熟悉的身影正面，仔细一瞧，正是她日夜思念的宋运红，她不禁大声地呼唤着宋运红的名字。

两个曾经一同受害的姐妹在异地蓦然相逢，惊喜得紧紧地拥抱在一起，千言万语竟不知从何说起。

宋兰英担心在此地说话不很方便，便谎称自己来这里做葡萄干生意，让宋运红保密，今后对她要多多关照。

宋运红兴奋得说什么也要将宋兰英带回歌舞厅附近租住的家中做客。

二人来到家中，宋运红抑制不住自己几年来的屈辱和苦楚，她流着泪告诉宋兰英，她已经被迫做了李正奇的未婚妻。李正奇强迫她同居一年多了，对她一向管制很严。李正奇现在蓝星歌舞厅当一名

“鸡头”，手中控制着二十多个小姐。李正奇让她在歌厅当了一名服务员。她还告诉宋兰英，李正奇有一次与谭小蓉通电话时，她偶尔听说周明洁已经被丁建平和谭小蓉又转卖给了安徽省金寨县的一个光棍汉为妻。

宋运红唉声叹气地劝说着宋兰英：我们过去的事，就让它过去吧，这都是命里注定的，只怪我们这些姐妹的命苦，自己现在只有活一天算一天……

宋运红还偷偷地告诉宋兰英，李正奇名义上在这里做服装生意，实际上在歌舞厅里暗中为躲在珠海市开发廊和娱乐城的丁建平、谭小蓉物色年轻漂亮的新疆女孩，经常将这边不谙世事的漂亮女孩拐骗至珠海、广州一带从事卖淫活动，有时还组织一些女孩们偷渡到香港去卖淫。

宋兰英听了，不禁心惊肉跳，这伙人仍在猖狂地顶风作案，继续坑害着姐妹们，如果不及时地将他们绳之以法，不知他们今后还要继续坑害多少个无辜的姐妹。

宋兰英担心在宋运红家里待久了不安全，告别时，她让宋运红一定要保密她的到来。

李正奇又物色了一名高挑靓丽的新疆女孩，提前回家来，准备今晚就送女孩南下珠海。

李正奇推开家门的时候，正碰上宋兰英准备出门。

宋兰英见到昔日恣意摧残和折磨她的仇人，怒火中烧，怎么也抑制不住心中悲痛和仇恨。她冲上前去，一把揪住李正奇狠狠掴了他两耳光，并竭力地撕咬着李正奇。

李正奇见只有宋兰英孤身一人来到家中找他算账，他马上缓过神来，使尽全身力气，对着宋兰英就是一阵拳打脚踢。

身单力弱的宋兰英面对魁梧蛮横的李正奇，她毫不畏惧，拼尽全身力气，与仇人厮打着。

宋兰英知道自己硬拼是拼不过李正奇的，她在一边与李正奇搏斗时，一边大声地向着门外呼喊："抓—坏—人!"

李正奇作贼心虚，他怕被人听见惊动警方，会坏了他的好事。他立即抽出随身所带的匕首，朝着宋兰英就是一阵凶猛乱捅。

宋兰英实在支撑不住了，在微弱的呼救声中，她终于倒在了地上，血流如注。

宋兰英的呼救声引来了周围许多人围观，有人见发生了血案，就当即报警。

几分钟后，巡警就赶到了现场。

宋兰英血流满身，已经气息奄奄，但她仍不顾自己的生命危险，死死地抱住李正奇的双腿。

几名巡警很快制服了脱逃不远的李正奇。

巡警立即联系了附近急救医院。

救护车也迅速赶来了。

医生们立即抢救着伤势严重的宋兰英。

此时的宋兰英，血流满身，但她始终没有流泪，她望着警察押着李正奇上了警车，长长地舒了一口气。

宋兰英躺在医院的病床上，接受了当地报纸电视台记者的采访。她向记者们讲述了自己昔日的不幸遭遇，以及这次不远千里孤身追寻和勇斗歹徒的经历。

当夜，宋兰英看到电视新闻中自己勇斗歹徒、李正奇已经被抓获羁押的消息后，安稳地一觉睡到天亮。

第二天，市区领导和许多群众前来慰问宋兰英，令宋兰英欣慰不已。

十八、临危不惧

李正奇被抓捕归案。

孤零零的宋运红，此时已经有了3个月的身孕。

宋运红一下子失去了生活的依靠，独自一人冷冷清清地坐在空荡荡的家中，她不知今后的人生之路该怎么走。她在心中不断地责怪着宋兰英不该多事，不该大老远地从家乡跑来新疆，硬是将李正奇闹进了公安局。

宋运红好不容易找到了医院病房，她腆着已经微微隆起的肚子，气势汹汹地来找宋兰英大发脾气。她恨宋兰英不该欺骗她，她这些年本来已经被丁建平、谭小蓉他们一伙整怕了，已经走投无路了，只好默认自己的命苦，下半辈子就跟着李正奇在异地他乡将就着过日子，没料到宋兰英跑来新疆，一找到她，就将李正奇闹进公安局去了。

宋运红伤心地哭泣道："李正奇一旦要坐10年20年的大牢，我今后该怎么办？我肚子里的娃儿又该怎么办啊？你让我往后回家了怎么有脸做人?"

宋兰英望着满脸泪水伤心不已的宋运红，也跟着暗自落泪。她一时还不知如何来安慰悲伤中的宋运红，只好搂着仍在抽搐哭泣的宋运红，沉默不语。

待宋运红稍稍心平气和了一些，宋兰英再极力地安慰宋运红。宋兰英说，今生今世只要她宋兰英活着，她一定会尽其所能，努力地帮助宋运红过上一份安稳快乐的好日子。

医院的医生们得知宋兰英的不幸遭遇后，不仅免费为她治好了被李正奇砍伤的十多处刀伤，而且还精心地治好了她过去没能治愈的性病。

为了避免今后生活中多一个无辜的孩子作累赘，宋兰英一再劝说宋运红要打掉腹中的胎儿。

宋运红渐渐知晓宋兰英是真心实意地希望她早日醒悟，在努力帮助着她走出昔日的人生厄运，便听从了宋兰英的建议，同意打掉肚子里的孩子。

医院领导在宋兰英的一再恳求下，安排妇产科医生也免费为宋运红堕胎。

两个昔日一同被谭小蓉骗到广州受害的女子，历经几年的磨难，在患难之中亲如姐妹。

公安局审讯室。李正奇拒不交代犯罪事实。

宋兰英家乡的打拐专班接到宋兰英的线索后，迅速赶到了乌鲁木齐。

宋兰英见到家乡的刑侦民警，激动地将宋运红这些年以及在新疆的悲惨经历也如实地汇报了。

一周后，宋运红的身体完全康复了。

宋兰英和宋运红随着家乡的警察，一道押着李正奇，乘着南下的列车，返回了家乡。

宋兰英带着宋运红一道，回到了阔别已久的家。

宋兰英、宋运红两家人一时都沉浸在亲人团聚的悲喜交加之中。

李正奇的大哥、方士权的父亲邀约了一伙人，一齐找上宋兰英的家门，威逼着宋兰英到县公安局撤案私了，否则，他们两家会将宋兰英活活打死。

宋兰英理直气壮地说，她已经不知死过多少回了，她就是再死一次，也不可能撤案。

深夜里，李正奇的大哥、方士权的父亲纠集着三十多人，拿着凶器闯进了宋兰英的家，将宋兰英的家砸得稀烂。

宋兰英的父亲母亲被打伤在地，鲜血直流，弟弟也被绑架走了。

躲在后院的宋兰英，眼看自己的亲人一个个遭受如此的劫难，强忍着巨大的悲伤，机智地从后门翻越院墙，蹑手蹑脚地逃掉了，一口气跑到派出所报案。

派出所立即出动全体警察，火速赶到了宋寨村，抓捕了肇事的凶手，连夜将宋兰英的父母和弟弟解救出来，送往医院抢救。

为了安全起见，宋兰英一家人暂时被安排在派出所大院居住。

宋兰英见犯罪分子的家属如此猖狂，气恨难平，发誓如果不抓住主犯丁建平、谭小蓉，她死不瞑目。她决不能让他们这伙人再坑害其他姐妹和家人。

宋兰英极力安慰着父母，让父母就住在派出所大院里。她称自己暂时到武汉打工谋生。

宋兰英临走前，一再叮嘱父母和弟弟要多加小心、保重，等着她回来的好消息。

宋兰英决定再次南下，去追寻丁建平、谭小蓉的踪迹，解救被害的其他姐妹。

在武昌火车站，宋兰英买好了南下的车票后，她再一次打电话给派出所领导，请他们保护好她家人的生命安全。

十九、主犯落网

这一年的春天来得特别迟缓。宋兰英坐在南下的列车上，望着窗外，满眼仍是一片初春的凄凉。

宋兰英目睹窗外一晃而过的城镇、乡村、山山水水和漫无尽头而又蜿蜒的道路，她感慨万千，三年前自己沿途乞讨回乡的一幕幕不堪回首的情景，如同电影或梦境般交相叠映地浮现在她眼前……不知不觉她已泪流满面。

当宋兰英到达广州，走出火车站时，她不再是昔日那个羞怯而又不谙世事的初二年级女生了。睹物思人，她更是痛恨谭小蓉、丁建平一伙人，七年前如果不是他们将自己从家乡诱骗来广州，从火车站这个出口将她拽向红人发廊，她现在的命运一定会是另一番景致了。而今，她不远千里再次来广州，来追寻丁建平、谭小蓉的足迹，她发誓一定要找到他们二人，将他们绳之以法。

宋兰英在火车站广场乘车，直奔珠海市。

繁华灵秀的珠海，是一个与澳门隔海相望的花园城市，到处是一派春意盎然的南国风光，气候宜人。宋兰英无暇观赏这座美丽的城市风貌，一下车，就急匆匆地奔走在大街小巷，打听丁建平和谭小蓉的下落。

一周过去了，仍没有丁建平和谭小蓉的蛛丝马迹。宋兰英曾经听宋运红说过，丁建平在珠海除了开发廊外，还开办了一家娱乐城。她挨家挨户暗中寻访娱乐城，但仍然不见他们二人的身影。

宋兰英干脆将自己乔装成坐台小姐，夜里穿行在一些娱乐城坐台，暗中寻访丁建平、谭小蓉这两个恶魔的踪迹。

眼看身上的钱已经用完了，为生活所困，宋兰英不得不委屈自己，当起了三陪小姐，与那些放浪的花心男人们周旋。

一个月后，宋兰英听一位重庆的廖老板夸耀前山镇郊区有一家无名娱乐城，里面有多名俄罗斯小姐经常在夜深人静的时候表演脱衣舞，生意十分火爆。

说者无心，听者有意。宋兰英马上联想到宋运红说过，丁建平、谭小蓉经常从新疆招买来一些年轻漂亮的女孩冒充俄罗斯小姐，强迫她们跳脱衣舞赚钱。

宋兰英当夜请求廖老板带她去欣赏脱衣舞，不料廖老板却一下子来了兴趣，要她先当面跳一曲脱衣舞后，再带她去那无名娱乐城。宋兰英一听，强压住心中的怒火，婉言谢绝了廖老板的卑劣要求。

宋兰英在前山镇暗中寻访了一周，终于查实了该娱乐城的确是丁建平、谭小蓉两人开办的，并费了很大的精力终于找到了丁建平、谭小蓉深居简出落脚的秘密窝点。

正当宋兰英要到公安机关报案时，她听娱乐城里的小姐们说，丁建平和谭小蓉两天前已经带着两名新疆女孩到桂林旅游去了。

宋兰英深知丁建平和谭小蓉的险恶与阴毒，他们绝对不会这么赔钱请两个年轻漂亮的女孩子去旅游，一定又在干着变相转卖或拐卖女孩的勾当。这两个女孩的命运危在旦夕，她得立即赶往桂林，追寻丁建平和谭小蓉，阻止他们坑害那两个无辜的女孩。

她向无名娱乐城一位新疆女孩要了被丁建平和谭小蓉带走的一个女孩的手机号码，便急忙地登上了去桂林的列车。

到了桂林，已是凌晨四点。大街上仍是灯火通明，这座国内外闻名的旅游城市，如同白昼，车来人往，热闹非凡。

宋兰英找到一家公用电话亭，迫不及待地多次给被丁建平和谭小蓉带到桂林的其中一个新疆女孩打电话，这个女孩的手机关机了。

宋兰英心急如焚，事不宜迟，她沿着大街的一些宾馆饭店查询登记，查看是否有丁建平他们的名字。

一直找到第二天中午，她又渴又累，匆匆忙忙地吃过午饭后，她再试着给那个女孩打手机。手机好不容易打通了，宋兰英怕一时半会解释不清楚，就简洁地说，她是这个女孩的远房表姐，现在也在桂林旅游，希望能见上一面，并问她现在何处。

女孩心情爽朗地说，她现在在漓江上游的刘三姐家乡游玩，与他们的丁老板在一起。

宋兰英得知了他们的旅游地点后，当即乘车赶往刘三姐的家乡。

这里山清水秀，一片南方旖旎风光。在游人络绎不绝的一棵古老的大榕树旁，宋兰英远远发现了丁建平和谭小蓉的背影，满腔怒火窜上心头，但此时的她尽量压抑着自己冲动的情绪，一直暗中尾随在他们身后。

当他们回到了桂林市，住进了一家宾馆后，她暗中约见了那个有手机的新疆女孩。

这个女孩一见面，发现不认识宋兰英，转身要走。

宋兰英苦口婆心地以自己和其他几位姐妹的苦难经历，劝说着这个不谙世事的女孩，要她一定小心，谨防丁建平和谭小蓉将她和另一个女孩卖掉。并让她密切配合，见机行事，一起抓住丁建平和谭小蓉二人。

宋兰英叮嘱新疆女孩，她一直守在宾馆楼下的露天电话亭旁，并将该电话亭的电话号码输入了新疆女孩的手机，如果发生意外，让新疆女孩立即来电告诉她。

当夜十点，丁建平、谭小蓉在宾馆总算等来了北海市的四个男人，丁建平和谭小蓉以六万元成交，将两个新疆女孩卖给这四个男人。

宋兰英接到新疆女孩暗中打来的求救电话后，她当即打 110 报案，随后迅速跑进宾馆，请求保安将大门锁死，以免丁建平一伙逃走。

不一会儿，四辆警车赶来了，宋兰英立即打开宾馆大门，十多名警察蜂拥而上，在宋兰英的带领下，冲进了丁建平、谭小蓉与北海那四个男人正在进行交易的房间。

丁建平一伙人猝不及防，面对警察迅速束手就擒。

当丁建平和谭小蓉看见宋兰英也突然出现在眼前时，他俩万万没有料到自己在七年之后，居然还是栽倒在昔日这个文静而又倔强的家乡女子手中。

长达八年之久的引诱、拐卖、诈骗团伙的大案主犯丁建平和谭小蓉终于落网了。

至此，这个团伙及其成员全部被抓获归案。

二十、姐妹团聚

县公安局打拐专班组织经验丰富的精干人员，集中精力审讯丁建平和谭小蓉八年来所犯下的种种罪行。面对公安机关如此强大的凌厉攻势，二人的心理防线崩溃后，不得不如实交代这些年来他们引诱、组织、强迫妇女卖淫和拐卖妇女、敲诈他人的累累罪行。

丁建平和谭小蓉交代他们将周明洁、熊菊、李佳欣、沈静文分别卖往山东寿光、河南光山、江西宜春、湖南岳阳等地后，县打拐办迅速组织专班分赴各地，三个月之内将这些被拐卖的受害女孩解救回家。

唯有13岁的邵丽霞三年里被辗转拐卖多次，至今没有她的任何音讯。邵丽霞的母亲不久前在思念和抑郁中病逝。父亲一周之内头发全白了，整天精神恍惚，口中不断地念叨着："霞儿回家吃饭，霞儿回家吃饭……"

宋兰英能够体谅一位父亲没有了独生女儿的那份苦痛，她每天都要去丽霞家里安慰丽霞的父亲。她发誓，无论如何也要想方设法找到最后这个被拐卖的小姐妹——丽霞。

宋兰英告别父母，踏上了漫长的追寻之路。她从广西玉林，找到贵州毕节，再找到甘肃的天水，辗转两个多月，好不容易在嘉峪关找到了已经是两个孩子母亲的邵丽霞。

在离家几千里的地方，两个同病相怜的女孩相聚，千言万语化作不可抑制的泪水，两人抱头嚎哭。

等到二人平静下来，宋兰英再看看邵丽霞生活的家，家里除了几副碗具灶具与一张破旧得摇摇欲坠的大床外，几乎一无所有。那个花了8000元买她做妻子的丈夫，今年至少已经有50岁了，比丽霞的父亲还大十多岁。

丽霞当初13岁被第一次拐卖给广西玉林地区一个壮年男人时，她曾多次逃跑过，却又被多次找回，恐吓、毒打、捆绑、针扎，种种折磨手段她都遭受过，直到她不满14岁生下了一个儿子后，她仍然没有被制服，壮年男人便将她转卖到贵州，而后，又被转卖给现在的这个老光棍做妻子。

老男人一天到晚守住她，强迫她，逼着她早点生个儿子续香火。她知道逃是逃不走的，唯一的反抗就是绝食，在怀孕6个月时，她差点饿死。

即使生下了儿子，她也从未放弃伺机逃走的念头。她一次次逃跑，却一次次被抓回来毒打。她不知挨了多少打，已是体无完肤。她已经对生活失去了信心，多次想到了死。她喝过农药，上过吊，投过河，但都没有死成。如果不是思念远在家中的父母和牵挂眼前襁褓中无辜可怜的孩子，她也许早就不在人间了。

得知宋兰英专程从家乡赶来救她回家时，丽霞回家心切，想立即与宋兰英尽快回家。然而，她俩要逃出这个封闭的山寨谈何容易。宋兰英独自一人先机智地逃脱了那个老男人的视线，来到了当地派出所报案，请求当地警察帮助解救邵丽霞。

派出所警察知道邵丽霞的不幸遭遇后，十分震惊，当即立案，将邵丽霞解救了出来。在宋兰英的要求下，当地法院支持17岁的邵丽霞得到男人一次性支付孩子的抚养费5000元。宋兰英带着丽霞和她不满三个月的儿子踏上了漫长的归乡之路。

一路上，宋兰英一直隐瞒着丽霞母亲去世的消息，极力宽慰着丽霞，她想，等到回家后，她会尽一个姐姐的能力，尽力帮助丽霞过上好日子。

宋兰英带着邵丽霞历经几日几夜的长途奔波后，总算回到了她朝思暮想的家，与父亲团聚……

宋运红、刘芸、周明洁、熊菊、李佳欣、沈静文、邵丽霞等七姐妹终于全部回到了家乡。七姐妹在宋兰英家团聚的那一天，大伙都对宋兰英出生入死的救命之恩感激不尽。

宋兰英见这些姐妹都回到了各自亲人的身边，她这颗饱受凄苦与伤痛的心，总算安定平静了下来。

县法院开庭审判丁建平、谭小蓉、方士权、李正奇及该团伙的家族成员时，七姐妹在宋兰英的带领下，勇敢地出庭作证。在法庭上，她们每个被迫害侮辱与被拐卖的身心深处都有一段不堪回首的辛酸往事。她们对这几个作恶多端的恶魔恨之入骨，就是枪杀了这伙狂魔也难解她们的心头之恨，希望法律为她们伸张正义，让她们这些年遭遇的苦难得到应有的赔偿。

判决时审判长宣布：经查实丁建平、谭小蓉、方士权、李正奇等人，自 1996 年以来，以介绍到南方打工为名，拐骗拐卖湖北、安徽、陕西、新疆等地少女（幼女）14 人，年龄最大的 20 岁，最小的年仅 12 岁，组织和强迫她们卖淫，挣足钱后拐卖了 8 人……一审宣判：丁建平、谭小蓉、方士权、李正奇犯组织卖淫罪、拐卖妇女儿童罪、诈骗罪，数罪并罚，分别判处有期徒刑 20 年、18 年、16 年、10 年……这个团伙家族成员中的一些人也分别受到了应有的惩处。

在庄严的法庭上，宋兰英和姐妹们听到审判长凝重的宣判后，看到昔日风光凶残的罪犯分子今天一个个耷拉着脑袋被威武的法警押下审判台，她们喜极而泣，泪流满面。这个团伙的覆灭，其意义不仅仅在于判决了这伙犯罪分子，更重要的是警醒了当地的女孩们，不要再轻信那些以招工为名专门诱骗、坑害和拐卖妇女的骗子，尤其像丁建平、谭小蓉这种披着“善良”外衣的恶魔！

而今，宋兰英和姐妹们虽然一时还不能把昔日的灾难和苦痛从心灵深处抹去，无法忘记这几年中血与泪的人生经历，但她们毕竟已经走出了恶魔的阴影，走出了命运的漩涡，一步一步地去重新追求属于她们本应有的美好生活与未来。

宋兰英在当地党政机关和政法部门的支持与扶助下，终于抬起头来，在村里做一个堂堂正正的女人，渐渐地过上了一份安稳祥和的日子。

22 岁的宋兰英逐渐知晓人的一生中，有不幸，也有幸运。过去因为村里太穷了，导致她们这些贫困山区女孩的命运都无法自己主宰，一旦被诱骗或拐卖，她们都是那样的软弱无助、痛苦不堪，只得行走在不幸命运的边缘，无奈地苟活着。

今天的宋兰英，为了早日发家致富，带动这些被解救回乡的姐妹们过上富裕的生活，她在县妇联的帮助下，来到全县种植魔芋大户恒发良种场学习种植出口日本和东南亚的魔芋和莼菜技术。

学成归来后，宋兰英在乡政府的大力支持下，贷款 10 万元，承包了村里 500 亩荒山，邀请所有被解救回家的姐妹，和她一道共同种植魔芋和莼菜。

姐妹们噩梦般的灾难已经过去了，她们和宋兰英一道，生活在一座充满希望的山林中，同甘共苦创业，携手走向未来美好的幸福生活！

婚姻巨骗

一个男人，如果千方百计骗取一位痴情女人的婚姻和钱财，也许很容易；但如果他要同时骗取两位或两位以上女人的婚姻和钱财，就并非易事。

然而，现实生活中的打工仔张良仪，以他特有的英俊容貌频频实施“美男计”和情场多变的演技，在短短的5年间先后欺骗过20多位女人和她们180多万元钱财，致使这20多位上当受骗的女人追悔莫及，有的甚至痛不欲生。

高明的情场猎手最终未能逃脱法律的严厉制裁。2004年12月2日，当张良仪这个情场百变的婚姻巨骗在谋略欺诈最后一位女人时，被湖北省鄂东公安机关逮捕了。2005年2月26日，30岁的张良仪因诈骗罪、流氓罪被判处有期徒刑20年。

当记者在鄂东监狱采访正在服刑的张良仪时，他痛悔地回首自己昔日铤而走险的骗婚生涯——

一、头衔耀眼 “三陪女”甘当他的情妇

张良仪出生于鄂东大别山区举水河畔的张畈村。他上有四个姐姐，父母年过四旬才生下他这个宝贝儿子，一家人格外娇惯宠爱他。家里很穷，四个姐姐从未上过学，全家人把读书成才的唯一希望都寄托在他身上。张良仪读到初中时已无心读书，在校成天游手好闲。16岁时就已长成1.75米大高个儿的张良仪，有一副英俊面容，十分注重用名牌服饰将自己包装成一个富家子弟，在女生面前显得阔绰潇洒，讨得漂亮女孩羡慕与欢喜。当他模仿影视和小说中那些浪漫男人狂追本乡乡长女儿的恋情败露后，他来不及参加中考就被迫辍学。

初恋失意的张良仪沮丧地回到一无所有的家，眼看着村中的穷山恶水，他无心下到田间地头劳作，整天沉醉在一些言情小说和电视剧的爱情故事里想入非非，甚至当自己的四个姐姐是他幻想中的恋人亲搂拥抱，任凭父母苦口婆心地好说歹劝，他依旧过着衣来伸手、饭来张口的悠闲日子，稍不顺心就对父母和四个姐姐大发雷霆。

一晃几年过去了，四个姐姐先后出嫁，年过六旬的父母愈来愈苍老，家里就愈显贫困。此时，20岁的张良仪已长成1.82米的大男人了，虽有一副英俊的仪表，但好吃懒做的名声越传越远，尽管父母四处托人说媒，还是没有谁家的女儿愿意与他谈婚论嫁。

眼看村里同龄伙伴渐渐致富的致富，成家的成家，而自己的婚事犹如空中的彩虹，张良仪开始担忧着急了。

1995年春节过后，张良仪怀着对山外城市的憧憬与对城市爱情的渴望，跟随着双洲乡建筑队一道闯荡武汉。

建筑队承包了武珞路一段市政扩建工程，在工地上，张良仪虽挖

不动土，抡不起锤，但凭他的英俊外貌与伶俐口才，老板娘安排他当了一名管理员。

每天下班后，张良仪漫步在梦寐以求的繁华的街道上，身临大都市精彩世界的幸福和快乐，他深感自己前20年算是白活了。张良仪决定在城市里大干一场，活出个人样来让家乡那些瞧不起自己的女人们看看。

手头有了余钱，张良仪开始抽烟，酗酒，偶尔跑到附近的歌舞厅去跳舞，去享受城里年轻人一样的夜生活。

1997年深秋，母亲病危的噩耗将张良仪拽回家乡。张良仪回到家里，才知父母花4000元从人贩子手中给他买来一个18岁的河南信阳女孩做他的妻子。

张良仪见河南女孩虽然不是很漂亮，倒也长得清秀端庄、温柔恬静。当夜，张良仪并未急于与买来的媳妇同房，而是以大哥对小妹般的关爱、怜悯之情，安抚她，慰藉她被辗转拐卖的不幸遭遇，答应设法把她送回家乡。这位名叫许小燕的被拐女孩，对张良仪感恩不尽，与他倾心长谈了一夜。

身在异乡的许小燕觉得这位英俊潇洒的大哥非等闲之辈，便甘愿留下来做他的妻子。婚后的张良仪对妻子极尽温柔体贴，有时和妻子一起下田地劳作。

父母颇为欣慰，巴望花钱买来的儿媳能够帮着他们造就一个好儿子。

三年后，张良仪的妻子生下了两个女儿。为了支撑一个贫困的家庭，妻子日夜操劳，显得未老先衰，更没有过多的精力服侍丈夫，况且家中的日子愈来愈拮据。

时间久了，张良仪过不了这份艰辛乏味的日子，于 2000 年春节过后，他狠心地抛下父母和妻子女儿，独自来到武汉市谋求另一种生活。

张良仪再次踏进武汉这座城市时，站在夜幕中回望这五彩缤纷的世界，他深深地吸了一口气：我就是饿死在城市里，也不愿回到家乡那种封闭落寞的穷山村里苟活着。

第二天，天刚蒙蒙亮。张良仪怀着急切的心情在武昌大街小巷奔走，四处求职，虽然没有文凭、没有职称、没有一技之长，但他认为自己拥有一副高大身材与英俊容貌就可称心如意地找到工作。可悲的是他大事干不了，小事不愿干，一周过去了，工作仍毫无着落，眼看身上的盘缠已经花光了，他心忧如焚。

正在他走投无路之际，一家职业中介所介绍他到民主路恒发搬家公司当搬运工。白天，张良仪随老板外出搬运，夜晚，劳累困倦时少了妻子的悉心伺候，他倍感孤单与落寞，没有女人的日子，生活是如此的枯燥和无聊。

渐渐地，张良仪与工友们混熟了。工友们大多下班后换上清爽的服饰，带他到附近的白玫瑰歌舞厅门前逛荡。白玫瑰歌舞厅门前，每当夜幕降临，武汉三镇的“三陪女”便成群结队向这里涌聚，一个个打扮得花枝招展、亮丽妖艳、袒胸露腿地招引着来来往往的男人。

接下来的几天晚上，张良仪像发现新大陆似地早早地梳妆打扮，怀着兴奋的心情，前来观赏这道鲜亮驿动的女人风景，他甚至有时独自暗中学着那些富翁大款们的举止，漫步在这群“三陪女”之中，享受着这些风骚靓女们的巴结、讨好、献媚。

2000 年 6 月中旬，素有“火炉”之称的武汉市已提前进入炎热的夏季。白玫瑰歌舞厅门前的“三陪女”们的服饰越穿越少，也愈穿愈露，这使得早已不安分的张良仪更加心花怒放，每天不等天黑就早早地来到了白玫瑰歌舞厅门口，俨然大款们的派头，不可一世地在“三陪女”中挑选佳人，领略款爷们随心所欲玩弄女人们的浪漫风情。

张良仪离家半年了，他一直没有告诉家人自己在武汉干什么，也无心给家人寄去一分钱。他省吃俭用在边打工边艰辛地积攒着钱，为的是有朝一日挑选一位靓丽的“三陪女”做自己的情妇。至6月底，张良仪已有1000余元积蓄。

张良仪喜滋滋地揣着这1000多元钱来到白玫瑰歌舞厅门前，趾高气扬地在“三陪女”中精心挑选着，洽谈着……张良仪最后挑中了一位身材高挑、体态丰润、长相特靓的白衣女子。两人谈妥了价格后，白衣女子将他带到姚家岭附近一间低矮灰暗的出租屋准备共度良宵。

出租屋幽暗昏浊的灯光下，白衣女子显得更加妩媚多情。她的俊俏容貌与言谈举止，宛如就是张良仪十年前就梦过的恋人，他心神荡漾，却又竭力地克制住自己的激动，他要竭尽全力占据这位漂亮女孩的心，而后再占据她的身。

张良仪强压情欲的烈焰，并不急于与白衣女孩越界亲热，而是彬彬有礼地坐在她的床沿，赞美白衣女子的漂亮妩媚，同时劝诫她要趁年轻时走正道，不要继续堕落在风月场中过一种纸醉金迷的糜烂生活……

白衣女子见他与其他寻花问柳花钱买乐的男人不同，他高大英俊，规矩正派，一直对自己未动手动脚，并一出手就给自己1000元钱，这样老实厚道的男人她还是第一次遇到。张良仪称自己是研究生，在一家电脑公司担任部门经理，有着从农村奋斗到城市的曲折坎坷经历，而且为了事业至今孤身一人……

白衣女子听完他自述的经历，更是对他产生了好感，并在彼此笑谈中半信半疑请他出示相关证件。张良仪委婉地推说自己夜晚出来消遣，以带证件不方便为由来搪塞着。

临别时，张良仪才知道白衣女子名叫刘芳，系宜昌市秭归县人。他盛情邀请刘芳7月8日，在洪山公园相见。

张良仪为了引诱刘芳爱上自己，第二天，他为了圆自己是研究生和经理的谎言，便到武昌区大街小巷寻找制作假证的地方。好不容易在大东门立交桥下找到公开张贴“定做文凭”的广告。张良仪按照对方手机号码联系，辗转找到大东门菜市场后面一家地下假证作坊。

他看见假证作坊有国内各院校本科、硕士研究生、博士研究生的文凭，便花400元买了一本“××大学经济学硕士”文凭，再花380元伪造了一份“香港迪亚服饰集团武汉分公司经理”的聘书。

7月8日上午9时，张良仪精神焕发地拿着文凭和聘书在洪山公园与刘芳相会。刘芳见张良仪衣冠楚楚、风度儒雅，而且年纪轻轻的就硕士研究生毕业，并出任港资经理，她便主动投入张良仪的怀抱，犹如梦境般地遇上了一位才貌双全的白马王子，异常兴奋。

当刘芳获知张经理最近要在武汉招聘一名月薪3000元的秘书时，她喜滋滋地搂着“张经理”娇滴滴地大献殷勤，当即请“张经理”到中南饭店美餐一顿。

当夜，刘芳一再挽留“张经理”在酒店的包房里共度良宵。

三天后，刘芳接过“张经理”的聘书，异常兴奋地等候着当

"张经理"的秘书。

刘芳上任后，张良仪携着刘芳在武汉三镇游山玩水，并没有让她到公司报到上班，也从不谈业务上的事，这不得不引起刘芳的怀疑。刘芳一再央求"张经理"，自己身为公司职员、经理秘书，长期不到公司上班，怕遭人非议。

张良仪总是微笑地拍着胸脯说："公司我一个人说了算，我不会亏待你的！"

张良仪为了让刘芳确信自己，他偶尔带刘芳到汉口武胜路40多层的泰和大厦一楼大厅内转悠，说公司马上就迁到这楼上来办公，不过搬来之前暂时对外保密。张良仪谎称自己吃住在三星级的梅苑酒店，每天耗资上千元，而且经常有省市领导和新闻记者前来打扰，他特别烦，他想，不如干脆搬到刘芳这儿来同居，图个清静。

刘芳当然不敢怠慢"张经理"，便欣然同意了。刘芳担心自己的寒舍委屈了"张经理"，便在姚家岭租了一套三居室，并装饰一新。

"张经理"搬来同居后，刘芳日夜精心伺候着"张经理"，生怕"张经理"不满意。"张经理"有时称业务繁忙，经常不归"家"。他与刘芳如同一对难舍难分的恋人，一起时合时分地生活了三个月。

张良仪见刘芳已完全倾心于他，死心塌地地爱上了他，对他毫无戒意后，便以香港总公司钱款未及时到账、影响公司业务为由，让刘芳先垫付3万元货款，到期加倍偿还。此时，痴情的刘芳当即借给了张良仪3万元。

张良仪曾听说过戏子无情、娼妓无义，但他见刘芳是个专情于他的女子，并爽快地借给了他3万元，他顿时有了一种别开生面的感觉，谈情说爱还能谈出钱财来，这等好事何乐而不为！他想，以后不用再去搬家公司上班劳累了，以自己潇洒英俊的帅男形象，巧施“美男计”，通过谈恋爱这种方式来骗钱，钱来得容易多了。

张良仪将这笔钱骗到手后，见刘芳手头已开始拮据，他想如何趁机抛开刘芳，因为她过去当“三陪女”曾与诸多男人苟合的经历现在越来越令他生厌。况且他这颗不安分的花心也不可能守住一个“三陪女”过一辈子。

张良仪这颗放纵的野心在不断地膨胀，他暗自筹谋着逃避刘芳的计划，再如何去行骗其他女人。

2000 年国庆节这天，张良仪趁刘芳外出买菜之机，他携着 3 万元钱和刘芳的手机、BP 机匆匆潜逃。

二、诱骗善良　纯真女大学生在情雾中一错再错

张良仪在骗第一个女人刘芳时，还有所顾及，怕真相败露而落入刘芳手中或因刘芳能及时报案使他落入法网。而今，他顺利地逃过了这些后顾之忧后，他的胆子就越来越大了，觉得骗一个女人也是骗，骗 10 个 20 个女人也是骗，以至于后来他一直以自己英俊敦厚的样貌和工于心计、善讨女人欢心的谋略，使得一个又一个女人在他精心伪装的亲切感和安全感之中蒙受欺骗，为他失财又失身。

张良仪用骗来的钱财，将自己打扮成一位潇洒阔气的才子，身着名牌服饰，他再也无心回到搬家公司去卖苦力了。他风度翩翩地出没于武汉一些名牌大学，因为他曾向往通过读大学来改变自己的命运。

他悠然漫步在环境优雅、风景秀丽宜人的××大学校园，看到莘莘学子快乐幸福的生活和学习，他真后悔自己当初为什么过早地结婚生子。

张良仪在林荫道或丛林中羡慕一对对郎才女貌的大学生在旁若无人地亲吻拥抱、卿卿我我时，他心中更是渴望能找一位女大学生做自己的心上人，因为这些涉世未深的女大学生更容易被他潇洒的外表与编织的谎言所迷惑。

2000 年 11 月 6 日上午，张良仪在华中××大学门口刚下车，就被一个中年妇女神秘地拉到一旁低声搭讪："先生，要不要毕业证或荣誉证，品种齐全!"张良仪想，自己已经搞到了××大学的硕士文凭，但还没有××大学乃至湖北省的荣誉证书，他便爽快地答应做一套荣誉证书。

当假证贩子将一套印有"××大学优秀教师"、"湖北省教育先进工作者"、"中南××大学兼职教授"等荣誉证书卖给他时，他高兴得自言自语地笑了，有了名牌文凭，又有了名牌荣誉，自己可以在高校干一番"大事业"了。

张良仪不知从哪儿摸来了一本《××大学毕业生通讯录》，他精心研究这本小册子中的每一个单位、每一个人，琢磨着怎么与那些在高校任职且有权有势的领导们联系。当他看到离家乡不远的黄石市一所大学的校长的名字时，他喜不自胜，他要想方设法在该校谋职，利用职务便利在学校找一位家庭殷实富裕的女大学生与自己谈恋爱。

张良仪通过 114 查询台查到这所学校的电话，辗转找到该校校长，谎称自己是××大学人事处的一名工作人员，向该校推荐一名优秀青年教师。

该校长看在母校的分上，让他将相关材料寄来再做决定。张良仪当即跑到××大学邮局将假文凭和假荣誉证书复印后寄出。

一周后，张良仪又壮着胆子，假冒省教委×××副主任名义，说其侄子的事请多关照，催促该校尽快落实调动一事。假证和假电话竟然打动了校长。

2001年春节过后，新学期伊始。该校决定聘用张良仪教经济管理课程，试用期月薪1000元，并给他安排了一套两室一厅的住房。

初中毕业的张良仪住进空荡荡的新房里，一边沾沾自喜自己达到了理想目的，一边开始忧虑他站在讲台上如何面对教室里的学生们。

坐在房间的办公桌前，张良仪凝视散发着油墨幽香的教材痴愣发憷，他有些怯懦了。他买了一些高档烟酒，当夜找到校长家，请求校长让他改做行政，因为自己热衷于行政工作。

校长没有答应他的要求，因为校务会讨论调他来，就是因为学校缺乏教授经济管理课程的优秀教师。

开弓没有回头箭。张良仪见自己已到了上刀山下火海的地步，没有退路了，只得硬着头皮上讲台。

在课堂上，他打扮得仪表堂堂，故作幽默儒雅，凭着自己在社会闯荡练就的嘴皮子，东西南北地神侃海吹。一会儿吹自己在××大学学习和工作期间留学美国、日本的传奇经历，一会吹嘘自己有多少老师和同学在海外发财、有多少同学在省委机关身居要职或在南方开公司做大生意……

张良仪从不敢在黑板上写字，他怕自己歪歪扭扭的字在学生面前现丑露了马脚，实在没有什么好吹的了，就让学生看书自学。

张良仪到学校任教没两个星期，他那颗不安分的心又开始骚动起来，没有课的时候，喜欢将自己扮成风度翩翩的学者型教授，踱着儒雅方步在校园里转悠，见到活泼开朗、妩媚靓丽的女大学生，他便热情而又有礼貌地示意招手，他想尽快在女大学生们心目中树立良好的青年教授形象。

一天傍晚，落日余霞将整个校园映照得灿烂绯红。张良仪转悠到北湖岸边的垂柳下，抬头远望，蓦然发现湖心荷香亭中坐着一位身穿红色羽绒服的长发少女，她似乎在悲伤哭泣。

张良仪脚步轻盈地来到长发少女身旁，见她仍在抽泣，便主动和蔼亲切地询问："同学，为什么这样伤心啊?!"

长发少女立即收拾手中的信件，停止了悲泣，抬头见是自己班上新来的"张教授"，她马上起身笑着说自己思念远在广州的父亲才伤心的。

张良仪见自己班上原来还有如此漂亮而又多情的女学生，不禁怦然心动，他坐下来，温和地极力安抚着这名叫夏植的学生。

夏植今年19岁，广州人，三年前高考落榜后，经黄石的姨妈介绍，她来到黄石一所高中复读。

夏植离开广州后，苦了她心爱的男友何晓俊，这位顺利考入广州中山大学的高材生，几乎每星期要给她写三封信，用优美的文字和温馨的感情激励她复读期间发奋努力，而且要力争考取广州名牌大学。

然而，一年后事与愿违，夏植虽然竭尽全力拼搏，但最终仍是名落孙山。姨妈通过各种渠道帮忙，总算给她找到现在这所大学就读。

夏植上大学这两年来，心里一直郁郁不乐，她不仅觉得对不起男友的一片苦心，更重要的是父亲抛下她和妈妈，跟着一位"二奶"远走他乡。少了父亲的关心与疼爱，夏植顾影自怜，尽管寒暑假能在黄石或在广州与男友相会，但平日里只能靠书信给予她心灵慰藉。今年开学不久，何晓俊被查出肾炎。震惊之余，他首先想到的是不能让夏植知道自己的病情而担忧，况且她父亲与"二奶"私奔了，柔弱的夏植哪能经得住一次又一次的打击呢。他宁愿自己一人承担病中的苦痛，待到病情转危为安后再告诉夏植。假如自己不能治愈，他就拒绝夏植对自己的这份爱情，让她逐渐淡忘自己……夏植今天收到晓俊这封冷漠的绝交信后，令她痛不欲生，她想是自己两度高考失利，没有如愿考回广州与晓俊团聚，是晓俊看不起她。

夏植默默地承受着失恋的痛苦。

张良仪自从在荷香亭见到忧伤的夏植后，就格外关注这位小巧玲珑而又温柔恬静的南方靓女，在她极度郁闷之际，张良仪经常找她谈心，表现出对她的热情关怀。

夏植见“张教授”如此关心自己，便渐渐地将他这种异性的关怀当作父爱，当作兄长之爱。

毫无戒备的夏植经常主动来到张良仪的宿舍向他汇报学习和工作情况，有时还帮“张教授”洗衣做饭料理家务。张良仪渐渐感觉到夏植的心在走近自己，他开始以教授的尊严身份，引导她从失恋的苦痛中重新站起来，走好今后人生的每一步……

夏植深深感激“张教授”在她心灵最低谷最难熬时抚慰了她。

夏植一直住在姨妈家，有时上自习太晚了，“张教授”就亲自送她回家，直到她上楼拉亮窗灯，“张教授”才放心地转身离去。

夜阑人静了，夏植躺在床上辗转反侧未能入睡。耳旁有时回响着在这长长的归途中，“张教授”意味深长的话语：

“我女朋友××大学毕业后留学美国，我俩的感情在日益淡漠，总有一天她会弃我而去。我真心希望在身边能找到像你这样纯真善良的女孩子做我的终身伴侣……”

张良仪的不幸遭遇与坎坷的人生经历博得了夏植的深深同情。在以后的交往中，夏植渐渐体验到，“张教授”虽然比自己年长七八岁，但他英俊高大，风度潇洒，又有硕士学历和诸多荣誉，学识渊博，为人憨厚，尽管课堂上马马虎虎，但非常体贴人，善解人意，倘若将来与他结合在一起，婚姻一定会很美满……每当夏植想到“张教授”的这些魅力，她就情不自禁地笑了。

一天晚自习之后，张良仪盛情邀夏植到他宿舍去聊聊。

夏植进门后，张良仪拿出一套漂亮高档的进口毛呢大衣给她试穿，并给她戴上一根闪耀的项链。此时此刻的夏植沉浸在“张教授”给予她特别关爱的幸福之中，“张教授”一把将她揽入怀中，夏植没有挣扎，她如同回到初恋中被男友紧紧地拥抱、亲吻……

当夜，夏植没有回姨妈家，却拥住“张教授”一夜情欢。一旦占据了夏植的身心后，张良仪就故伎重演，以学术经费困难、应酬多等种种理由，隔三岔五地向夏植借钱。短短一个月，夏植就借给了“张教授”近万元。迫不得已，为了心爱的“张教授”的事业，她不得不向广州做海鲜生意的母亲要钱。孤身在家的母亲就夏植这个心肝宝贝，见女儿开口要3万元，便一口答应了。

此时的夏植早已视“张教授”为自己的恋人，不曾对他有任何疑虑，为了逃避师生的耳目，更好地与“张教授”生活在一起，夏植干脆在校外租了一套房子，与“张教授”同居。

两个月后，夏植发现自己怀孕了。惊恐的张良仪信誓旦旦：劝导夏植只能等到毕业后才能结婚成家生儿养女，现在两人应以事业学业为重，让她尽快做人流。夏植听信“张教授”，在他的陪同下，到医院做了人流。

学生们愈来愈感到“张教授”名不符实，纷纷向学校领导和教务处告状。面对学生们的告状，“张教授”在课堂上吹嘘：“我是省教委×××主任的侄子，也是校长的亲戚，若再有人不识相，我就不客气了！”学生们被吓唬得再也不敢公开告状了。但夏植的几位好友私下里劝她，千万不要上“张教授”的当。痴情的夏植哪里听得进旁人的规劝，她一往情深地与“张教授”相恋着。

何晓俊经过几个月的精心治疗，他的肾炎病竟奇迹般地治好了。他怀着大病初愈的喜悦心情来到黄石找久别的心上人。

见到夏植，何晓俊打开厚厚一摞病历，诉说自己的患病经历和良苦用心。

夏植冷冷地沉默着，痴愣愣地凝望着与自己曾经相爱了两年的男人。

中午，“张教授”兴冲冲来到夏植的出租屋，蓦然间看见一个陌生的年轻男人扶着夏植在伤心流泪，他强压住胸中的怒火，与陌生男人搭讪，正当他满腔妒恨地退出出租屋时，夏植一把拉住他向何晓俊解释：“他就是我现在的男朋友，我俩准备结婚了，请你以后多保重！”

何晓俊顿觉天旋地转，匆匆逃出夏植的出租屋，懊丧地回到广州。

这次两个男人相遇，使夏植彻底失去了何晓俊，此后，她更加珍惜“张教授”。

夏植尽力遗忘与何晓俊的旧情，一心一意疼爱着“张教授”，不久后，又为他去做了第二次人流。

夏植真心希望时间过得快些，再快一些，早日毕业，尽快与“张教授”结婚，过上一份真正意义上的夫妻生活。善良温柔的夏植怀着幻想与“张教授”继续保持同居关系。

为了捞到更多的钱财，得意忘形的“张教授”看中了电教室的几台崭新电脑。2001 年 4 月的一天深夜，他潜入电教室，将一台电脑偷回宿舍。电脑放在自己宿舍目标太容易暴露了，若被人发现，其后果就不堪设想。

“张教授”对夏植谎称，因自己教学科研成果突出，省教委奖励他一台电脑，他现将电脑搬到夏植的出租屋存放，让她也早日学会操作电脑。

电教室被盗，学校保卫科当即报案。黄石公安机关立即侦查。当警察出没于学校展开调查时，张良仪闻讯连夜逃走了。

夏植见“张教授”已经两天未来看她了，她放心不下，来到学校，才知道警察也正在传唤她，请她配合追查张良仪。

警察来到夏植的出租屋搬走电脑后，她才如梦初醒。当她得知自己半年来倾心相爱的“张教授”的假硕士、假教授、假荣誉，一切都是假的之后，她痛不欲生。

她回想起张良仪每次给自己看情书后又要了回去，陪自己去做人流后又借故将病历要走，说是给他保管……他这样做，是在销毁证据啊！

蓦然回首，夏植已经跌进了深深的爱情陷阱，难以回头，她的爱情一开始便是悲剧，结局当然也只能是悲剧！

三、白领丽人　征婚征来一匹大灰狼

张良仪在诈骗过程中屡屡得手的原因就在于他外穿“金缕衣”（总经理、大老板、拥有公司），内着“文化衫”（自诩研究生、教授……），这一张金牌，一张文化牌，具有极大的诱惑力，令漂亮善良和对未来充满憧憬的年轻女人难以抵挡。

姜胜男就是这样一个掉进陷阱的白领丽人。

在外资企业当翻译的姜胜男，高挑清秀，脸庞白皙娇嫩，一双晶莹黑亮的大眼睛勾魂摄魄，她既有男性的英俊洒脱，又有漂亮女性的端庄文静，是那种人见人爱的白领丽人。

姜胜男外语学院毕业后，以其自身综合素质和优势被录用在法国梦娇服饰公司驻武汉联络处工作。娇美的容貌与优越的工作条件，令她更加傲视身边所有的男性。身边一些有心追求她的男人，往往因她过高的要求望而却步。

她也曾有过烈火般的爱情，而这种来自心灵深处的对异性的初恋，已被大学期间一个英国留学生狠心地击碎了。那个英国男孩不仅欺骗了她全副身心的初恋感情，更重要的是她为此而付出了流产的代价。

由此，姜胜男直到参加工作很长一段时间，仍紧锁情感的心扉，以至亲朋好友的介绍、身边不少男人的追求她都置若罔闻。这令生活中对她一见倾心的男人总是在人流中擦肩而过，也失之交臂。

现在姜胜男的生活圈子更小了，除了几位男同事和男上级以外，她认识不到几个男人。加之自己全身心投入工作，除了上班就是回家，生活交际面太窄了，几经朋友介绍对象，都未成功，婚姻成了她的“老大难”。

渐渐地，姜胜男跨进了大姑娘的行列。

姜胜男在刊登征婚广告之前曾经作过深深的慎重思考，希望通过这次征婚成功，让自己早日驶进爱情的港湾。因为从媒体上得知，征婚有风险，一些征婚女人所遭遇的千奇百怪的人和事太多了，各种骗人和被骗的悲剧故事也屡见不鲜。

姜胜男对于自己的婚姻会不会通过广告征婚取得成功，不抱太大的希望，她知道征婚圈子里，其实地位、金钱、外表的因素更为重要。她虽然对自己征婚很灰心，但还是决定试试看。

姜胜男在知心好友的怂恿下，于 2001 年 7 月初，在武汉市一家发行量很大的报纸“牵手”栏目里刊登了一则配着艺术彩照的征婚启事：

某女，25 岁，身高 1.68 米，外语学院毕业。漂亮端庄，气质优雅，在外企公司任翻译，有住房。诚觅品质优秀、爱好广泛、事业有成的 26 ~ 36 岁的男士为伴。诚者信寄：武汉市沿河小区××号赵亮转收，邮政编码：430020

不久，全国各地的求爱信如雪片般络绎不绝地向姜胜男飞来。800 多封各种方式的求爱信与彩色照片看得她眼花缭乱。

一个男人一个面孔。一个面孔就是一个世界。

通过征婚，姜胜男才知道男人的职业、性格、兴趣、爱好、志向等都有着种种区别，也正是这种差异才构成男人世界里这样或那样一个个鲜活的灵魂与生命。

应征的 800 多个男人中，年龄从 18 岁到 40 岁不等，学历从高中到博士不同，职业从经理、教授、记者、作家到干部应有尽有。最可笑的是一位 18 岁的大学生来信：“爱情无界线，只要你是白领，有住房，我不在乎你的年龄。”

最可恨的是那位自称正在与女友“热恋”的大龄男青年在信中坦言：“如果你确实像征婚广告中那般漂亮有气质，又有住房，我会义无反顾地抛弃女友投入到你的怀抱。”

她在预选的30多封求爱信中，再精心挑选，竟没挑中一个称心的对象。她望着一捆又一捆的求爱信，慨叹：白领丽人征婚，咋就这么难以如愿！结识一群男人容易，但真正了解一个男人很困难。

不过征婚对姜胜男来说还是有益的，近段时期她所认识的男人比她过去三年认识的男人还要多，虽然没有一个真正令她动心的，但的确也见识了不少男人的可贵之处，有的诚实，有的谦卑，有的善良。

在社会上闯荡了几年的张良仪，看到姜胜男的征婚启事后，深知白领丽人一般在挑选白马王子时，宁肯嫁给比自己大10岁甚至20岁的出类拔萃的男人，也不肯与身边那些平庸的同龄异性恋爱结婚。因此，他化名“浪人”给姜胜男写求爱信时，故意夸大自己的丰富阅历与成功事业。

正当姜胜男灰心沮丧之时，她意外地收到一封署名“浪人”的应征信，该信措辞诚恳，而且心情迫切，又有着与众不同的坦率：

“我曾经有过女朋友，她长得很漂亮，是省直机关的干部，说实话，我真的很爱她，我俩谈了两年，我为她买了房子、服饰等等。她待我的钱用得差不多了，便与我分手了，投入一位大款的怀抱。我真的没想到如此美丽而又文静乖巧的女孩子，居然为了金钱却变得如此可耻！这次打击让我真不想再准备恋爱结婚了。3年来，我将孤独的身心全部投入到商界，我成功了，当我从痛苦中爬出来，我发现我还是希望有个家。许多热心人纷纷给我介绍对象，我都婉言拒绝了，因为大多数女孩把金钱看得太重，没意思。”

“今天来信，是想通过应征找个自己真正能信任的姑娘和爱情。我相信婚姻是缘，是天意，希望上天不会辜负我这个思想保守的痴情男儿……”

读完“浪人”入情入理的信，再仔细观察他的黑白艺术照片，“浪人”沉稳儒雅的举止，以及赏心悦目的英俊仪表，令姜胜男对他有一见如故的好感，便当即回信，请“浪人”将有关证件和照片寄去，便于增进了解。张良仪喜出望外，将假身份证、学历证、荣誉证寄去后，并不抱太多希望地期待着回音。

姜胜男收到“浪人”寄来的所有材料后，才知“浪人”真名张良仪。见张良仪身份证是××大学的，学位也是××大学的，荣誉证也是××大学和省级以上的，她分外高兴。

在姜胜男眼中，张良仪是名牌大学研究生毕业，又是香港迪亚集团武汉公司的经理，人也长得英俊潇洒，符合自己心目中“白马王子”的形象，直觉告诉她，张良仪很可能是适合做她丈夫的那类男人。

她激动得当即打电话约见张良仪。张良仪见面便吹嘘父母是鄂东市处级以上干部，自己当过教授，现下海经商，是个文化商人……

张良仪彬彬有礼地告别姜胜男。走在五彩缤纷的夜幕下，他心花怒放，他要趁机勾住美丽而又高薪的姜胜男！

张良仪开始精心谋划着，以尽快达到让姜胜男与他如影相随离不开他的目的……

姜胜男第二次见到张良仪，张良仪温文尔雅，斯斯文文的甚至有点羞涩。她觉得张良仪是那类稳重可靠的踏实男人。她这样想着，心里不禁美滋滋的。望着张良仪风流倜傥的容颜，姜胜男真有点希望张良仪轻柔地对她说一声：“我爱你!”然后紧紧搂住她，让她重新在男人的怀抱中享受恋爱的浪漫诗意……

姜胜男开始认真与张良仪交往，每当接到张良仪的电话问候，她便心动不已。姜胜男深深地明白，在800多个应征的男人中，她只选中了张良仪，她相信自己心中渴望的爱情已从天而降。因此，她必须抓住这个机缘，抓住张良仪对她抛来的爱的纤绳，向爱情的彼岸游去。姜胜男更懂得：要获得真正的爱情，必须用心去换取另一颗心。

张良仪经过精心策划后，邀请姜胜男赏光到他公司。

姜胜男很爽快地答应了，她想实地考察张良仪的真实实力。

张良仪花了五千多元，在汉口南岛花园租了一套两层楼别墅客房，精心准备后，租了一辆黑色奥迪车，迎接姜胜男的到来。

2001年7月25日。夏日的武汉已经进入酷暑季节。姜胜男装扮一新，坐着豪华奥迪来到张良仪租住的客舍，姜胜男楼上楼下欣赏完如同电影电视里的阔绰豪宅后，心情爽朗极了，她对张良仪的感情也不再仅仅停留在一般男性朋友的层面上。

这一天，姜胜男与张良仪在南岛别墅度过了一个情感升华的愉快日子。

姜胜男父母的思想特别传统，希望女儿找个踏实哪怕收入少的男人过一份安稳日子，他们不希望女儿嫁给一个外表俊美而道德品行不端的花心男人，便一再告诫女儿：一定要在婚姻选择上谨小慎微，以免上当受骗。

处在恋爱中的姜胜男冲破父母的阻力，一心只听张良仪的摆布，她被张良仪风趣幽默、活泼诙谐而又开朗坦诚的性格所迷惑。她非但不听旁人的提醒，反而觉得自己已经是25岁的人，已是一个成熟女人了，有自己真切的爱情追求与选择，她觉得自己正在用赤诚的心谱写的爱情篇章，最能尽情展示自己的爱情风采和个性。

姜胜男想考验一下张良仪对她的爱到底有多深，是否能经得起风浪。她将自己在读大学期间的恋情如实地告诉张良仪。张良仪听后不但不责怪她，反而安抚她，开导她忘掉过去。他会尽一个男人的责任给她一个美好的未来……

姜胜男被他善解人意和宽容大度的胸怀深深感动。

以后的日子里，张良仪不再花非常代价在南岛花园约会了，而是主动到姜胜男自己的住房会面。他三天两头地摆阔，给姜胜男买些高档服饰和化妆品，尽力用甜言蜜语拢住姜胜男的心。

姜胜男终于没能抵挡住张良仪精心设计的圈套，她毫不设防而且轻松愉快地将自己的婚事寄托在张良仪身上，她想，咱俩各方面条件相当，是当代青年恋人中的最佳配偶，只要两人齐心协力，未来没有不美好的，因为姜胜男一直憧憬着未来有个好丈夫，有个美满的婚姻与家庭。

2001年8月26日，是姜胜男的生日。

在姜胜男满25周岁这天，张良仪特意为她在五星级的亚洲大酒店订了一桌豪华的生日宴，并请来了姜胜男的父母和要好的同学同事。酒桌上大家都赞美姜胜男找了一位有才有貌又有钱的好男人。姜胜男被大家的赞叹声陶醉了，她庆幸自己找到了一个好男人。

在张良仪看来，姜胜男兴奋的笑容比这豪华的生日蛋糕还甜蜜。

就连一向严肃又曾反对姜胜男这门婚事的父母，在接受张良仪呈送的一份厚礼后，也被张良仪对女儿的诚意打动了。

这一夜，幸福的姜胜男郑重地在张良仪呼机上留言：“良仪，我爱你，我要嫁给你！”

节假日，姜胜男有时忽然想让张良仪用他的奥迪车载她出去兜兜风，或者外出游山玩水。张良仪不是说车子坏了正在修理，就是托辞朋友借走了。姜胜男也想再去南岛花园看看，张良仪借口在重新装修不方便，推辞了。

姜胜男隐隐约约感受到张良仪嘴上说的与心里想的，白天做的与夜里干的，有太多的矛盾，她曾怀疑他，但又确实很爱他，因此，没有去过多追究。

一天，张良仪撒谎道：“我今天下午要赶去广州签一笔1000万元的合同，但必须先缴纳10万元订金，现手头已有6万元，还差4万元。”张良仪盛情邀请姜胜男一道下广州去签订协议。

姜胜男因公司业务繁忙，未能与张良仪同行，但将自己多年来的积蓄3万元取出后，再找公司借了1万元，凑齐4万元给了张良仪。张良仪拿着姜胜男的4万元，主动打上借条，并许下种种诺言对天发誓：保证两周后连本带息归还！

三天后，张良仪谎称签约合同很顺利，只是出差广州期间接待对方花销1万多元还欠着账。张良仪要姜胜男再想办法借他1万元，待自己公司800多万元货款收回后，加倍偿还。

姜胜男找亲戚朋友，又借了1万元给张良仪。

一周过去了。

两周过去了。

还钱的日子过了多日，但张良仪根本不提还钱的事。

姜胜男每次问起还钱的事，张良仪都一再推脱，敷衍了事。

一个月后，公司和亲戚朋友限时还钱的日子到了，姜胜男已无路可退，逼张良仪必须当天还钱。张良仪很干脆地回答："我立即就到公司拿钱!"

姜胜男跟他一起来到泰和大厦，他眼看纸包不住火了，谎称自己上厕所，待脱离了姜胜男的视线后，他从另一个电梯下楼仓皇逃跑了。

姜胜男左等右等，心里一直很着急，半个小时仍不见张良仪身影，她请保安人员到厕所里找人，谁知张良仪早已无影无踪。无论姜胜男怎么打传呼都无回音，手机也关机了。直到此时，姜胜男方知不妙。

姜胜男慌忙下楼追赶，并拨打 110 报警。

面对自己失身失财的处境，面对父母的责难和亲朋好友的追问与讨债，姜胜男有口难辩，万般无奈的她萌生了轻生的念头。

2001 年 9 月 2 日凌晨，姜胜男给父母留下一封遗书后，带着满腹悔恨与忧伤从自家二楼阳台纵身跳了下去。万幸的是，姜胜男只是右腿摔成骨折，身上多处软组织受伤。

从昏迷中苏醒过来的姜胜男，发现自己竟没有死成，她躺在医院的病床上后悔地哭道：为什么那样轻信了一个婚姻骗子，害得自己活也活不好，死也死不了……

姜胜男康复后，千方百计地找到大别山深处贫穷辛酸的张良仪的家。张母见儿子害了城里这么漂亮的姑娘，她恨铁不成钢地骂道："他个不成器的东西，成天在外瞎骗，上次黄石市的警察追上门来，儿媳都给吓跑了，现在他还在外面害人……”

望着颤颤巍巍而又白发苍苍的流泪的张母，姜胜男想哭却没有泪水。

四、骗子骗骗子　他将色情公司的女骗子骗得云里雾里

张良仪常想，自己与那些包“二奶”、“三奶”的官员们，那些有钱有势、一掷千金买乐的权贵们，那些同时养几个“情人”、“小蜜”的富翁们，那些杀害女人劫财或者与女人合伙为非作歹的歹徒们相比，还算是“道德”的，凭本事冒风险在空手套色套财，靠骗色骗财过日子，没什么大不了的事。在这种错位心理的支配下，张良仪继续进行诈骗。张良仪将姜胜男的钱骗到手后，担心姜胜男报案使他落入法网。

胆战心惊的张良仪乘车南下，于 2001 年 10 月 5 日来到风光秀丽的珠海市。

他在情人路附近租了一间偏僻的民房住下来。他初涉南国绮丽景致，怀着新奇的心情观赏了花园般的城市风貌后，决定暂时在这里找一份职业栖身，再伺机找个女人弄一些钱财。

初来珠海，人生地不熟，张良仪孤身闯荡，又没有一技之长，求职的愿望一次又一次地落空了。

一天他在大街上闲逛，不知不觉发现天桥、电线杆、邮箱、电话亭、办公楼、广告栏，甚至厕所、垃圾桶，到处张贴着招收“公关先生”的广告，内容是：

本公司急聘五官端正、身体健壮的英俊帅男，专为港澳富婆提供服务，月薪 3 万元，有意者请打手机：1301885××××，联系人：

郑小姐。

一些盲目闯珠海的打工仔，尤其是“初出茅庐”、身在异乡求职无门却急欲发财的英俊打工仔，就很难抵挡这“3 万元月薪”的高额诱惑，不断有人跃跃欲试，上当受骗。

聪明狡诈的张良仪明知这是个色情陷阱，但他还是想体验一下这新奇刺激的个中滋味，反正自己没有什么事干，闲着也是闲着，太寂寞无聊了，他真的巴望自己能趁年轻体壮，去胜任这份“财色兼收”的职业，说不定傍个港澳富婆出境过上花花世界的日子，那后半辈子就不用愁了。

张良仪这样美滋滋地设想着，他按捺不住自己的贪心，便按照广告上的手机号码，与郑小姐联系，佯装初入道的羞涩帅男向郑小姐表达了自己急切的心愿。

郑小姐见鱼儿上钩了，便温柔甜润地告诉张良仪：“我们公司诚实守信，掌握了许多港澳富婆资料，我们将根据您的生活习惯、兴趣爱好，给您配上一位漂亮怡人的富婆，并为你们的私生活守秘。您若真心应聘，请一小时后到××大街××饭店面试。”张良仪放下电话，怀着刺激的游戏心情，拦了一辆出租车前往指定的饭店。

饭店门口站着一位身着红服、戴着红帽的迎宾先生，有礼貌地将张良仪迎进旋转门里面的大厅。空阔的大厅中央挂着一盏金碧辉煌的渔网式立体漩涡吊灯，大厅四壁镶嵌着古色古香的浮雕与塑像，总服务台几位身着墨绿色制服的靓丽小姐正在为男宾客们办理登记开房、退房。

张良仪以为这些靓丽小姐是和郑小姐一个道上的人，便上前询问“公关公司”的有关招聘事宜。张良仪见无人搭理他，便没趣地坐在大厅的红木沙发上等待郑小姐约定的时间。一个多小时过去了，张良仪仍不见郑小姐的踪影，他不耐烦了，跑到门口的公用电话亭给郑小姐打电话。

郑小姐告诉他："公司经理已经暗中对您面试过了，已经录用了您，请您赶快到××路××银行将600元报名费存进公司的账号里，账号014036××××。"

张良仪知道这一定是个骗局，便故作潇洒慷慨地说："如果你亲自给我面试，我可给你6000元报名费，我有的是钱，决不食言！"郑小姐犹豫了片刻，用娇柔甜腻的语气说道："你如果诚心，下午5点钟在情人路渔女塑像旁见！"

张良仪吃过午饭，回到出租屋美美地睡了一觉，待他醒来时，已是下午3点多钟了。他不慌不忙地换上一套崭新笔挺的咖啡色西服，到楼下美容美发中心将一头乌黑的头发打理得飘飘洒洒。

他乘出租车来到情人路渔女塑像旁，见四周无人，他不免有些失落，便坐在石礁上凝视蓝蓝的海面，倾听海水拍岸的悠悠涛声。

不知过了多久，张良仪回望岸边曲折蜿蜒的路亭，见路亭里不远处有一位身穿米色风衣、戴着墨镜的女子正在静静注视着他。他站起身，左手插进裤袋，右手夹着烟，风度翩翩地在原地踱步。

那女子左顾右盼等候了十多分钟，见张良仪仍若无其事，她更加疑虑重重，她担心张良仪是卧底的便衣警察，或是哪个道上人面兽心的歹毒人物。不过，她身后不远处有姐夫和堂弟跟梢。她试探着一步一步向张良仪款款而来。

待穿米色风衣的女子靠近自己时，张良仪见她漂亮丰润，又会眉目传情，便微笑着轻轻地呼唤她："郑小姐！"

穿米色风衣的女子略微一怔，环视四周，见无其他异常，便故作羞涩高雅地不搭理张良仪。

张良仪潇洒地从口袋掏出一沓百元大钞，对着女子落落大方地说道："这6000元一分不少，拿去后，别再干一些骗人的勾当，没钱用了，可随时来找我，我住在附近。"

穿米色风衣的女子见张良仪断定自己就是"郑小姐"，便也不多啰嗦，接过厚厚的一沓钱。她觉得张良仪不像那些穷途末路急于想当"鸭子"的婊子男人，倒像一位财貌双全的学者型儒商。

她情不自禁地深情看了一眼张良仪，转身离别时意味深长地丢下一句："需用得着我时，请给我发短信，在尾数上加三个'8'！"

张良仪站在原地，望着操湖南口音的郑小姐向岸上亭子的两个男人走去，而后一同钻进出租车扬长而去。6000元鱼饵抛出去了，不见得郑小姐这条美人鱼就能上钩。

张良仪这样想着，觉得自己这样冒险是有些不划算，但他转而又想，舍不得孩子怎能套住狼呢？况且女人天生喜欢贪便宜，郑小姐的贪心不会就此罢休。

张良仪善于运用欲擒故纵的手腕来套牢女人。两天后，他给郑小姐发了三个"8"的加密短信。郑小姐很快回话了，在电话的另一端嗲声嗲气亲热地称张良仪"大哥"。

张良仪耐不住没有漂亮女人的寂寞时光，他盛情邀请郑小姐当晚8点到口岸情侣酒楼相会。郑小姐先是婉言拒绝，可在她临挂电话时却说："若我来晚了，您一定得等着我！"张良仪暗暗欣喜，不等天黑，他就早早地来到相约的地点守候。

临近8点，张良仪激动得如坐针毡，漫步在酒楼门前恭候。

8点刚过，他有些焦躁不安。

直至9点，他等得已经心灰意冷了。他暗自骂道，过去只有自己骗女人，没想到现在女人反过来骗他，他饿着肚子越想越窝火。

情绪焦躁的张良仪低头冲出酒楼大门时，被一个身着一袭黑裙的女人撞个正着。他抬头一看，见黑裙女人一张白里透红的脸庞泛着匆匆赶路的慌张，他连忙道歉。黑裙女人叫了他一声："大哥!"他惊喜地认出她就是郑小姐。

两人来到三楼一间豪华包厢，点了几道海鲜后，郑小姐歉意地说："每时每刻被公司的人盯得很紧，很难有自己的自由时间，我刚才摆脱了'眼线'才脱身来与你相见。"

张良仪工于心计，酒桌上左劝右劝，硬将郑小姐灌醉了。

郑小姐身不由己了，说话越来越不关风了：她说她本姓周，叫水红，长沙人，今年22岁。今年6月初随姐姐、姐夫、堂兄一道来珠海打工，正当职业没找着，走投无路的姐姐、姐夫、堂兄逼她一道开办骗人钱财的"公关公司"，她起初害怕，不想干，但她在经常遭受打骂后，也就习惯了这种冒险的挣钱生活，她时时担心哪一天会坐牢的……

张良仪搂着昏昏沉沉的周水红，极力地安抚她，宽慰她，说自己闯荡珠海多年，身为千万富豪，这里的朋友多，公安局也有许多铁杆哥们，有他出面，天大的事儿也能摆平。张良仪扶着醉醺醺的周水红上到酒店的8楼，开了房间后，两人就住了下来。

周水红迷迷糊糊地醒来，感觉自己竟穿着背心和裤衩躺在一个男人的怀里，她惊悸地掰开男人的一双大手，一骨碌坐起来，揿亮电灯，当她仔细检验自己没有被身边的男人糟蹋时，恐慌的心绪才稍稍平静下来。再伸手看看表，已是凌晨3点。

周水红用力推醒身边的男人，并将他拉起来倚在身旁坐着，望着身旁“本分憨实”的英俊男人，她浮想联翩，自己也曾恋爱过，也曾被其他男人诱骗过，所以在她心目中，所有有钱有势有貌的男人见了漂亮女人没有不花心的。而今夜，头一次遭遇与自己同床共枕却这么规矩守己的男人，她的内心深处不由得对张良仪有几分敬意和钦佩。

张良仪趁机介绍了自己研究生毕业后在广州当过教授、记者、经纪人，而后投资珠海创办一家软件公司，边说边从高级鳄鱼皮包中搜出一些事先伪造好的各种证件给周水红过目。

谈到自己的感情时，张良仪一脸的忧伤，他说妻子是广州一家旅游公司的导游，前年离婚后随一香港老板私奔了，幸亏没有孩子拖累，自己现在全身心投入事业……

周水红对张良仪的情感遭遇深表同情和安慰，她抚着张良仪抑郁的脸，轻轻给了他一个吻。

不知不觉天已蒙蒙亮了。周水红得赶紧回到租住在前山镇某小区的“家”，以免姐姐担心和姐夫、堂兄拷问。

临别时，张良仪从包中抽出一沓百元钞票递给她：“走正道吧，你到我公司来打工，每月不少于3000元。”周水红接过2000元钱，准备褪去最后的内衣来报答张良仪。

张良仪一脸严肃地说道：“做人应自重，我不是那种花钱买乐的浪荡男人，在以后的交往中你会体验得到的。”张良仪几句“正人君子”的话，说得周水红既自愧又感激。

周水红重新穿好衣服，洗漱完毕，便依依不舍地向张良仪告别。

进了电梯，周水红回望睡眼惺忪的张良仪，内心暖融融的。

张良仪见周水红对他已经芳心萌动，他开始谋划下一步该如何变本加厉地从周水红身上诈取钱财了。

周水红只要接到张良仪的电话，便立即答应见面，并时常对姐姐、姐夫、堂兄撒谎，偷偷与张良仪约会。她将张良仪当作自己心仪已久的“酷男”，对他无所不谈。

张良仪渐渐得知周水红一伙都是长沙人，是个典型“家族式”的诈骗公司。他们分工很细，由周水红和姐姐利用手机引诱男人上钩，待受骗男人按账号付款后，姐夫和堂兄合伙高度警惕地取款，四个月来，他们已诓骗了200多人，获款15万多元。

一天傍晚，周水红与张良仪约会，手挽手在珠海大桥下的林荫道上漫步，正当两人谈笑风生之际，周水红的姐夫和堂兄追来了，气势汹汹要将周水红拽走。

张良仪面临两个五大三粗的壮汉，不敢鲁莽对阵，便镇定自若地笑道：“你们的事，受害人早已报案了，公安局早就要查办你们，如果不是我给哥们××局长打招呼，警车早就开到前山镇××小区将你们给逮起来了。”

闻听公安局长的赫赫大名与自己的租住地名，再仔细观察张良仪堂堂仪表，一副很有背景的大老板模样，周水红的姐夫和堂兄被唬得将信将疑，不得不盛情邀请张良仪到附近一家海鲜大酒店美餐了一顿。

为了敲诈这伙人的钱财，张良仪伪造了几封举报信，来到这伙人的租住地，耀武扬威地吹嘘：“这些信都是我从公安局哥们那儿拿过来的，只要你们心里有数就行了。”

周水红的姐姐、姐夫、堂兄为了巴结讨好这位与公安局打得火热的张良仪，一边经常成百上千地奉送张良仪钱物，一边怂恿周水红充当张良仪的情人。有了亲人们的极力怂恿，周水红便毫无顾忌地投入到张良仪的怀抱。

张良仪答应周水红当他的生活秘书，但从未带她到公司上过班，两人约会、相会一般都在宾馆酒楼。周水红几次提出到张良仪公司去看看，张良仪总是不耐烦地托辞道："公司正在搬家，乱哄哄的，待安定后，不会有人抢了你的宝座！"

2001 年 12 月 3 日。清晨。

张良仪来到周水红几个人的屋里，佯装密报："公安局又接到几宗报案，正准备在全市查捕你们，望你们尽快携款潜逃。"屋子里的四个人吓得不知所措。尽管他们骗取的钱款已寄回长沙一部分，但仍有 10 万余元存在珠海银行。

张良仪镇静地指挥着两个男人尽快取回了 10 多万元后，又指挥他们兵分两路逃跑：一路由两个男人带 2 万元向云南方向逃跑，即使让公安机关逮住了，他也会去说情保释出来；另一路则由两个女人带着余额向长沙逃跑，他说，女人携款一般不为人关注，尤其是年轻漂亮的女人一般不会被人搜查。

张良仪一再嘱咐，为了安全起见，他得亲自护送四人逃出珠海市。张良仪租来一辆面包车，五人一同来到广州火车站。张良仪和两个女人将另外两个男人送上先行启动的到云南的列车后，张良仪再将周水红姐妹俩送上开往长沙的列车。

北上的列车出了广州城，周水红姐妹俩惊魂未定，却不敢东张西望，死死地守住夹在两人中间的这个特殊的包裹。车至番禺市，周水红睨视四周，眼睛的余光瞥见一个熟悉的高大身影站在自己身旁。

她抬头仰望，蓦然发现张良仪也在车上，正向着她姐妹俩微笑。张良仪说，他正好想起一笔业务需要去北京洽谈，顺便赶上了乘坐这趟车，这大概算是前世的缘分吧。

有了张良仪在身边当守护神，周水红姐妹俩警惕的心才有所松懈。三人一路谈笑风生，沉浸在大难过后的喜悦之中。

列车快开进韶关市了，张良仪打开两瓶椰汁，递给周水红姐妹俩解渴。周水红姐妹俩接过椰汁，高高兴兴地一饮而尽。

列车进站停稳后，张良仪当即提着那个特别的包裹，抛下昏迷入睡的周水红姐妹俩便匆匆下了车，他一出站口就拦了一辆出租车，瞬间便消失在茫茫街头。

待到周水红姐妹俩渐渐清醒，列车早已到了湖南境内。姐妹俩发现张良仪不在身边，再看看身边没有了那个包裹，才意识到自己上当受骗了。悲愤交加的姐妹俩抱头痛哭，却不敢找乘警报案，因为那包裹的巨款毕竟来路不正！

五、绝望殉情　风流富婆与死神擦肩而过

2002 年春节前夕，一直在外骗色骗钱的张良仪不愿回家乡过节。四处漂泊的张良仪携巨款逃到了湖北省十堰市，他要在鄂北这座车城再创一番“大业”。

曾丽华身为十堰市一家汽车配件公司的总经理，正是年富力强、大干事业之时，生意十分红火，可她怎么也未料到自己后院会起火。在她还未弄清状况时，丈夫已经卷着巨款投进了一个年轻漂亮女人的怀抱。

毫无心理准备的曾丽华感到自己苦心经营20年的婚姻与家庭恍若一场梦，转眼落空，她一时难以承受如此巨大的打击。曾丽华顾不了自己的尊严，多次到襄樊市，与丈夫、丈夫私通的那个女人理论，没料到丈夫与那个女人心如一体，联合抗击着她，让她有理说不出，狼狈不堪。

回想起自己与丈夫同是来自东北的一对知青，她考取东北一所理工大学后，仍留恋在十堰东汽公司当工人的男友，毕业后毅然要求分配到东汽公司丈夫的身边工作。

改革开放后，曾丽华利用手中的权力和各种关系，倒卖汽车指标，让丈夫从中每台赚1万~2万元，每年倒卖近百台指标，三年赚了500多万元。他们成了十堰市首批发财的暴发户。

曾丽华感到夫妻之间20年的风风雨雨和恩恩爱爱足以抵挡任何外来侵袭，谁知到头来，丈夫竟然抛弃了她而另寻新欢。

一番痛定思痛，她终于明白强扭的瓜不甜，既然丈夫心不在她这里，她不得不忍泪与丈夫谈判：离婚后将女儿判给自己，并让丈夫付一笔女儿的抚养费和母女的补偿费用。

丈夫甩给她200万元现金支票，离婚后便匆匆赶到襄樊与那位情妇喜结良缘。半年后，单身的曾丽华一边将精力投入到公司事业中，一边精心辅导女儿考取了华中理工大学。

下班后，曾丽华独自在家，不免空荡寂寞。亲朋好友给她介绍过好几个男人，她都因丈夫这么好的男人都靠不住，更无心再去嫁给那些不曾深知的男人。曾丽华凭着自己物美价廉、诚信热情的服务，生意越做越顺，也越做越红火。

女儿上大学后也不用她时时操心。曾丽华的身心压力随之越来越小了，渐渐生出一种空虚落寞的感觉，尤其是夜阑人静失眠辗转反侧之际，她依然渴望有个温暖的家，有一个如同丈夫变心之前那样疼爱她的男人。

不知不觉中，她学会了喝酒，也染上了烟瘾，夜晚还时常到歌舞厅、卡拉OK包房去唱歌跳舞，以打发难耐的寂寞时光。

2002年春节，44岁的曾丽华渴望有家、有男人的那种迫切心愿愈来愈强烈，她渴望寻求一位体贴、关心她的男人做她的知心爱人，相互真情守候，携手走完人生。

一天，一位哈尔滨客户与她做成一笔生意，为了答谢她的让利服务，这位客人盛情邀请她到车城酒店进餐。酒酣之际，曾丽华深情地望着身旁这位高大豪爽的老乡，老乡相见，让她又想起丈夫，此时她已有些情不自禁地泪水横流。痛苦中的曾丽华喝醉了。

夜深了，这位老乡将曾丽华扶到他下榻的宾馆。醉眼蒙眬的曾丽华这一夜没有回家。有了这头一遭与男人偷欢的经历，曾丽华的身心就不再像从前那样必须为一个男人保守圣洁了。之后，只要情欲难抑时，她便主动或被动与男人结识，甚至保持一种同居私情。

正月十五傍晚，曾丽华烦闷之际，不知不觉来到市中心的“富豪单身俱乐部”。上楼后，她径直坐在俱乐部一个偏远阴暗的角落，聚精会神地倾听音乐。

张良仪也在这个俱乐部玩耍，当他注意到这个衣着华丽、珠光宝气的女人若有所盼地坐在一隅时，他便撇开所有年轻漂亮的女人，在曾丽华身边找个座位坐了下来，并热情礼貌地向曾丽华打招呼。

凭直觉，张良仪猜想她一定是个来找乐的富婆。于是他向曾丽华多看了几眼。这个四十五六岁的女人，身材很宽胖，脸型如同放蔫了的苹果，没什么水色，只是通过精心化妆，把苍白的脸庞衬托得有些潮红。细看之下，她的眼袋肿大，皮肤有些松弛，似乎显得有点纵欲过度，当她打哈欠时，面部的倦容更显得虚弱夸张。

张良仪主动邀请曾丽华跳舞。曾丽华见眼前这位20多岁的帅哥风度怡人、文雅礼貌，便起身搂着他下舞池旋转起来。

曾丽华见张良仪舞姿优美潇洒，便对他大加赞扬。几曲下来，他觉得自己不能满足曾丽华旋舞的要求，就携她进了一间卡拉OK包房。

孤男寡女，两人单独在一起，如同一对早已熟识的好朋友，曾丽华心如潮涌。在包房里，两人尽情地点歌，对唱，跳舞。有了属于两个人的自由空间，张良仪的胆子便越来越大了。舞蹈中，他将脸紧紧地贴着曾丽华的脸，双手紧紧地环在曾丽华的腰间。两人越抱越激动，在触景生情的曾丽华眼中，张良仪不仅才识过人，而且英俊健壮、忠厚老实，她便给张良仪留下手机号码。

张良仪深知再发展下去将会是什么戏了。他一念之间使自己清醒过来，不能急于让曾丽华得手，该吊住她的胃口。

凌晨两点，俱乐部所有的活动结束了。张良仪主动将手机号码也留给了曾丽华，他断定像曾丽华这般富婆最需要他这般英俊健壮的小伙子侍候。走出俱乐部大门，张良仪没有急于护送她回家，只是在给了她一个意味深长的飞吻后，便潇洒地消失在茫茫夜色之中。在张良仪的潜意识中，他知道曾丽华明天一定会迫不及待地找他。

有了曾丽华的联络号码，张良仪整天无所事事，时常邀请曾丽华到一些休闲地方去游玩。两人在渐渐熟识，心灵的距离也愈来愈近了。一天，两人兴奋之余，张良仪贸然提出愿意做她的情人。

曾丽华从张良仪如电的目光中，已猜中了他还想要说什么。她毕竟是经过风雨的成熟女人，也见识过各式各样贪财贪色的精明男人，她劝张良仪见好就收，彼此做个情侣也挺不错。

张良仪岂肯轻易放过这位风韵犹存的富婆，他心里明白，只有把富婆套上钩才行，不然就骗不到钱。他决定开始发起猛烈的“爱情攻势”，直至曾丽华接受他的浓浓真情。

一天深夜，两人从酒吧里出来，张良仪执拗地要护送曾丽华回家。曾丽华怎么推也推不掉，躲也躲不开他的缠绵深情，就破例第一次带男人回家。

已是凌晨一点多钟了，曾丽华洗完澡困倦极了，急于想休息。张良仪尽管自己也很劳累，但他还机灵地将曾丽华扶到沙发上，给她揉肩、按背、捶腿。

曾丽华渐渐感到身心轻松舒畅了许多，也就没有了睡意。张良仪趁热打铁，苦苦向曾丽华求婚。冷静谨慎的曾丽华怎么也不同意跪在她面前的张良仪的非分要求。见张良仪继续死缠硬磨，她最后发火了：“真荒唐，我的年龄比你妈小不了几岁，你死了这条心吧！”曾丽华恼怒地将张良仪向门外推去。

张良仪再次跪下来哀求：“你没听说北京一位60多岁的女演员与一位24岁的小伙子结婚，不是照样很幸福的吗？古往今来，老妻少夫的幸福伴侣多得很，世上真正的爱情是没有年龄界线的！只要您相信我，愿意嫁给我，我根本不在乎你的年龄！”

曾丽华见一个偌大的男人能如此跪着诚恳求婚，不像是一时心血来潮的举动，她有点动心了。

送走张良仪，曾丽华躺在床上怎么也睡不着，她在思索，张良仪这么热烈追求她，究竟是看中自己的人，还是看中自己手中的钱财?

此后，张良仪三天两头到曾丽华家中或公司找她，一再表明自己的真情实意，缠得曾丽华心神不宁。为了逃避张良仪，走投无路的曾丽华不回家，也不上班，外出旅游去了。

张良仪痴情地赖在曾丽华公司发誓宁愿自己的公司倒闭，宁愿自己饿死，也要留在曾丽华公司里打工。他不求报酬，只愿等待着曾丽华平安归来。

曾丽华回来后，见张良仪仍一如既往地如此痴心坦诚，她虽表面冷漠无情，但内心深处多少还是有点感动。她一再催张良仪回去打理自己的公司，至于两人的感情以后再谈。

张良仪胸有成竹地告诉曾丽华："我公司的工作早已妥善安排好了，不需我亲自操心了。再说，如今赚钱并不难，难的是找到一个知心的爱人。一个人事业没有了，可以再开创，但一个人的爱情一旦破灭了，就再难以寻回。人世茫茫，我能有幸偶遇你这位知音，我还奢求什么呢……"

张良仪的这番话说得曾丽华感动不已，她真心希望有张良仪这个精明专情的男人爱她、帮她，与她同舟共济，幸福地共度后半生。

张良仪得知曾丽华喜欢旅游这一嗜好后，主动买票邀请曾丽华外出游玩，在短短的半个月里，他带着曾丽华先后到过桂林、黄山、北京、新疆。张良仪沿途如同一个已婚的好丈夫，悉心关照着曾丽华的衣食住行。两人如同新婚夫妇蜜月旅游一般幸福愉快……

曾丽华原只想和张良仪玩玩而已，却没有料到自己竟会对这个毛头小伙子动了真情，只要与他在一起，一种久别相逢的感觉就会涌上心头。张良仪趁机炙热地追寻着曾丽华，两人不久如胶似漆地如同一对恋人。

曾丽华提出结婚一事，没想到张良仪略微一怔，面露难色地说：“能否过两个月再谈结婚事宜?”曾丽华见他吞吞吐吐，欲言又止，猜想他自有难处，就关切地问他原因。

张良仪痛苦地说道：“我结婚两年来，妻子一直瞒着我与她的大学男友偷情，一次被我逮个正着，以后就夫妻感情不和，经常吵嘴打架，我实在忍受不了她的折磨，便提出离婚，谁知她开口就要20万元青春损失费，一分也不能少。最近，我公司几百万元货款一时收不回，资金周转不灵，而我手头仅有10来万元，所以至今婚未离成……”

曾丽华见张良仪如此伤感，便安慰他：“不用急，我可以给你钱，但得先让我到你的公司和你的家里去看看。”张良仪一听曾丽华答应给他钱，他便感激地拥着曾丽华说：“能得到你的帮助太好了，我一离婚，就立即与你结婚!”

2002年5月，远在武汉读大学的女儿获知母亲与一个大不了自己几岁的男人谈恋爱，听说在考虑结婚的事宜，气得在电话中与妈妈大吵了一场，她责怪妈妈想男人想疯了，假如妈妈真的再与那个轻狂男人往来，她就断绝母女关系。

曾丽华也曾想中止自己的这份不正常的恋情，但每当面对情真意切的张良仪的爱抚与极力追求，她又不得不倾心于这个可爱的男人。再理智的女人，也最怕男人的软缠硬磨。

张良仪使尽招数，紧紧抓住了曾丽华这个多情女人的心。当他精心设计了一套骗局后，便盛情邀请曾丽华前往武汉。

2002年端午节。张良仪用事先高价租来的一辆奥迪车，接曾丽华和他来到武汉市区。他没有急于带曾丽华到他的“公司”，而是带她逛东湖、归元寺、黄鹤楼等名胜古迹；在几家大型商场给她和她的女儿买昂贵的首饰和服装。他假惺惺地催曾丽华独自到华中理工大学去看望女儿后，再接她到他与“妻子”相约的“家门口”楼下的草坪上与“妻子”谈判。

“妻子”是张良仪事先高价雇请的两年前与他厮混的发廊妹。

“妻子”按约定的时间等在“家门口”，见张良仪与曾丽华一出车门，冲上前来揪住张良仪就是两耳光，边打边骂他狼心狗肺在外偷情，逼他交20万元离婚。

曾丽华见这个年轻漂亮却又剽悍撒野的泼妇松开“丈夫”的手，正气势汹汹地向躲闪不及的自己袭来，她当着许多围观看热闹的人向泼妇怒不可遏地吼道：“不就是要20万元钱吗，我给！你放开我们，保证一周内付钱!”说完，曾丽华气恨难消地将张良仪拉进轿车直奔十堰市而去……

第二周的星期天，曾丽华生病了，一直高烧不退。躺在医院的病床上，曾丽华给张良仪打了一个上午的手机，却得不到任何音讯。当她拖着病体到张良仪居住的宾馆找他时，他揣着她给的20万元，早已逃得无影无踪了。

曾丽华做梦也想不到，自己经历过一次离婚苦痛，经过千辛万苦坎坷的心路历程后又好不容易看中的本来有心要嫁的男人，居然是一个十足的爱情骗子。

张良仪的骗婚恶行对曾丽华的打击太大了。当她再次悉心阅读女儿昔日言辞激烈的规劝信时，不禁泪流满面，心里如同翻江倒海般久久难以平静，失财失身后这种有苦说不出的阵阵辛酸，令她心痛不已……

曾丽华哭了一夜。翌日清晨，她怀着满腔愤怒来到辖区派出所的门口，在跨进派出所大门的刹那，她想到张良仪与她不是夫妻却经常住在一起，怎么解释。她没有勇气报案，毕竟这是一件极不光彩的家丑。她丢不起这人，碍于面子，曾丽华只好认吃哑巴亏。

六、“英雄少校”　欲擒故纵蒙骗痴情女教师

张良仪在社会上闯荡了多年，积累了丰富的骗色骗财经验。他知道要骗更多的钱，就得装大官，让人一看就认为你是大官能办事。他深知部队的军官在人们心目中的地位和威信，只要打着部队这块牌子，就能更随心所欲地去骗得更多女人的钱财。

2002 年国庆节之后，张良仪从一家军用品商店买来一套军服，并配上文职军人的肩章、领花、帽徽和大檐帽，穿上后对镜自赏，自己还真像一介飒爽英武的军官。

张良仪深知骗钱骗色绝非易事，要取信于人，必须精心装扮得天衣无缝。他大着胆子，花代价找人私刻“中国人民解放军广州军区某部武汉联络处”公章和钢印，印制部队工作证、通行证、身份证、招兵表、军用公文纸等。一切准备妥当，张良仪便开始招摇撞骗。

2002 年 10 月中旬，正值招兵前夕，张良仪来到孝感市一所中学，找到该校校长，称自己是某部“少校”、“副团长”，给校长看完一应俱全的证件材料后，声称他这次属秘密在地方上招少量特种兵，不宜走漏风声，泄露机密。

校长见是部队的机密，便严守秘密，只偷偷将这一好消息告诉给与自己关系尚好的饶丹丹老师。

饶丹丹当即将此事告诉了她的父母。她的父母这几年做生意发了财，赚了不少钱，唯一着急的是儿子今年高中毕业没考上大学，一直闲在家中无事可做。父母一心想让这儿子到部队去当几年兵，而后转业找份好工作。

饶丹丹的父母得知这是个机会，立即揣着钱找到女儿，让女儿带他们去见那位“副团长”。

饶丹丹和父母一道满城大小宾馆寻找“副团长”，好不容易在城郊一家军队招待所找到了身着军装的“石副团长”。见面还没寒暄几句，饶丹丹的父亲便急切地将3000元呈送“石团长”。

“不行!”“石团长”一脸严肃地推辞：“作为军官，我要严守军纪，秉公办事，不能像地方上某些贪官见钱才能办事。你们放心，只要你儿子合格，保证不花你家一分钱也照样让孩子当兵。”

饶丹丹和父母见“石团长”是个廉洁的正派军官，就再也不好意思强求“石团长”了。

第二天上午，张良仪来到学校，找到饶丹丹，悄悄告诉她，让她带着弟弟晚上8点到军招找他。饶丹丹目送身着便衣的英姿潇洒的“石团长”出了校门，激动得连忙换上新衣，赶回乡下娘家接弟弟来等候特审。

晚上8点，饶丹丹带着弟弟准时赶到军招三楼，见过道里排着10多人都在恭候着特审。

饶丹丹只好和弟弟焦急地等待着。轮到弟弟特审时，已是晚上9点钟了。

饶丹丹见“石团长”身着军服，给弟弟量身高、体重、眼睛、四肢及腰围，而后带着弟弟到套间里作特殊体检。待特检完毕，又询问饶丹丹有关家庭情况及弟弟的学业和表现。最后，“石团长”将饶丹丹叫进套间，面露难色地说道：“你也看到了，前面这么多符合条件的，我这次来孝感市仅录2人，凭各方面条件，你弟弟难以录取。”

饶丹丹一听就急了，连忙央求“石团长”网开一面，无论花什么代价她家都舍得。“石团长”一本正经地说：“花再大的代价，恐怕也难以录取，不过明天我与部队首长联系一下，看能否再争取一个指标，这特种兵的指标很难批，因为这种指标将来可以直接转干，一辈子可以吃皇粮。这个指标能否批下来，到时再通知你们。”

饶丹丹听“石团长”的口气还有一线希望，她当即盛情邀请“石团长”明天到家中做客。“石团长”略一思忖，说去她家影响不好，答应明天下午3点整，准时在××路××酒店与她的家人见面。

第二天，“石团长”真的准时来到酒店，再次见到饶丹丹的父母，他依旧热情礼貌地与他们在酒桌上笑谈，并透露，他已为他们的儿子争取到了一个指标，让他们现在千万不要泄露了消息。

饶丹丹的父母为了重谢儿子的恩人，将5000元钱再次塞给“石团长”。

“石团长”发火了：“你们把我当成什么人了，你们实在要这样做，我就不帮这个忙了。”

饶丹丹和父母见“石团长”如此清廉正派，便不好再说什么了，只一个劲表示，待儿子入伍后一定要在“石团长”这么好的军官教导下，好好做人，以最好的实绩来回报“石团长”，回报社会。

两天后，饶丹丹接到通知，到军招“石团长”房间替弟弟填写登记表、政审表等十多种盖有部队印章的表格。办完这些手续，饶丹丹心里才松了一口气，她想，弟弟今生今世遇上了“石团长”这么有知遇之恩的大好人，何愁将来没有个好前程。

“石团长”主动与饶丹丹拉起了家常，称他出身于高干家庭，爸爸妈妈都是中央军委的高级干部。他先就读于北京大学，然后被保送到军事院校读研究生入伍，虽然今年三十来岁，但现已是广州军区某特种部队的“少校”、“副团长”……

在饶丹丹的心目中，“石团长”是军中那种出类拔萃、不可多得的优秀人物，这不仅仅是因为他在这次秘密招兵时正派、廉洁，更是因为听了他的自述，并仔细看了他的各种证件后，确信他有着一连串的光辉履历。饶丹丹对“石团长”钦佩不已。

“石团长”见饶丹丹性格文静，又有过短暂的婚史，她与他过去骗过的女人相比，显得朴素无华，性格内向一些。虽然她不十分俊美，但妩媚小巧，身材丰润，特别是她圆圆的脸上那对微微一笑十分迷人的深酒窝，很有几份清爽悦人的甜妹情韵。

张良仪见饶丹丹信任了他，便从军用密码箱里拿出一份青年杂志，翻至“鹊桥会”征婚专版，指给饶丹丹看署名“石金晶”的一则征婚启事：

“石金晶，男，28 岁，1.82 米，英俊威武。1999 年军校毕业，少校。有车有房，可安排女方工作或随军，愿与一理解军人、文静温柔的女子结为百年之好。”

饶丹丹看完这则启事后，“石团长”笑着说，本来他不想过早涉及婚事，应以事业为重，但他的父母亲硬是逼他考虑个人婚姻大事，并逼着他在杂志上征婚。他说成百上千的女孩应征，他一个都没看上，他希望找个像饶丹丹这样才貌双全的女子为伴。几句话说得饶丹丹受宠若惊，她羞涩地低下了头。

一天傍晚，饶丹丹独自回学校，走到一僻静的小巷口，突然遭遇三个手持匕首的流氓。饶丹丹欲退无路，吓得急呼救命。正在这危险时刻，“路过此地”的“石团长”大喝一声，奋不顾身扑上去，赤手空拳与流氓搏斗，凭着一身“在军中训练的本领”，打跑了流氓，将饶丹丹护送回宿舍。

这是“石团长”雇请几个小混混上演的一出“英雄救美”戏。“石团长”的“见义勇为”更是赢得了饶丹丹的感激和爱慕。

离婚后的饶丹丹感到十分孤独和空虚，给学生上完课后，每当看到校内校外出双入对、卿卿我我的情侣，她既羡慕又顾影自怜。当“石团长”主动邀她到市中心的董永公园游玩，她当即应允了，陪着这位“少校副团长”在山清水秀的绮丽风光中散步。沿途每当遇到上山下坎时，“石团长”总是伸出有力的手臂搀扶着她。她出汗了，“石团长”主动递上手帕；她口渴了，“石团长”及时买矿泉水。饶丹丹感觉有点像在恋爱中享受男友的殷殷盛情。

夜色来临。“石团长”主动邀请饶丹丹到他下榻的“军队招待所”就餐。饭后，两人来到二楼歌舞厅跳舞。当舞姿娴熟优雅的“石团长”搂着饶丹丹翩翩起舞时，饶丹丹仿佛又感受到在男人臂弯里的那种温馨和陶醉。

“石团长”说：“你弟弟的事包在我身上，你再不必为他操心了。看得出来，你是个好姐姐，性情文静，温柔体贴，又明晓事理，善解人意。”“石团长”用惯用的甜言蜜语赞美着饶丹丹。

饶丹丹慌忙避开“石团长”灼热火辣的目光，她的心怦怦乱跳，脸色羞红，她用细柔的声音说：“‘石团长’，你不要把我说得那么好，我是个离过婚的女人啊！”

“石团长”接着说：“那是因为你前夫不懂得珍爱你，倘若是我有你这样好的女子做妻子，我会一辈子小心翼翼地爱护……”说完，“石团长”猛地把浑身颤抖的饶丹丹拉进了自己怀抱。

饶丹丹兴奋得闭上眼睛旋转着，飘飞着……

“石团长”毕竟是一位情场老手，几番甜言蜜语，便将有求于他的饶丹丹媚得心里乐滋滋的，她不由得对“石团长”由敬生爱。

滚滚红尘，痴痴情深，善良纯朴的饶丹丹愿将自己的全部身心献给“石团长”。当晚，两人便同宿宾馆。

两人有了这层关系，饶丹丹深感“石团长”能垂青自己，是她历经一次失败婚姻后老天的照应。在接下来的三天里，饶丹丹沉浸在自己又有了婚姻憧憬和弟弟即将入伍给全家人带来美好未来的幸福之中。

张良仪见饶丹丹确已上了他精心策划的圈套后，便故意吊起她的胃口，谎称凌晨临时接到总参作战部密令，必须火速归队，他要率团赴福州某军事基地进行对台封闭训练。他神秘地告诉饶丹丹他所在的军队代号为MP，自己代号为7525（注：张良仪出生于1975年2月5日，以此日期让自己和饶丹丹便于记忆），化名为丁伟。

张良仪一再叮嘱饶丹丹，千万不能将这些“军事机密”泄露半点风声，就连他们之间的这种一见钟情的恋爱也是秘不可宣的，否则以军纪严惩，而且饶丹丹还不能主动与他联系，尽管两人不能见面，但他会时常想念她。有什么事，他会趁机电告饶丹丹。

饶丹丹见“石团长”上午9点就要走了，她抓紧时间与“石团长”倾心温存……

“石团长”一再保证，她弟弟的事已定了下来。饶丹丹十分放心了。

送走军务缠身的“石团长”，饶丹丹回到学校宿舍，她仿若梦中，这一周的经历，尤其是“石团长”与她的闪电式的爱情，竟如此充满神秘色彩，也着实令她陶醉。待自己清醒时，她想起了某位著名心理专家说过：女人一旦坠入恋爱的江河，便会情不自禁地迷失方向。她觉得自己这七天的身心遭遇是否太浪漫了。

一周后，饶丹丹接到“石团长”的电话，听到他一口纯正的普通话，便回想电话那端“石团长”气宇轩昂、英姿飒爽的军人形象，加上“石团长”刚中有柔的“电话温存”，她心里甜滋滋的。其实这一周，张良仪飘荡在古城西安，包下了一位杭州籍坐台女陪他游山玩水，尽情享乐。

“石团长”离开孝感后已有 10 天了，饶丹丹的父母早盼夜盼，热切地期待着“石团长”能尽快来接儿子入伍。处在思念之中的饶丹丹更是巴望“石团长”尽早来相聚。

又过了一周，“石团长”电告饶丹丹，称自己奉命来武汉执行军务，刚下飞机，已住在××军务中心宾馆。饶丹丹放下电话，来不及精心打扮，便兴冲冲直赴武汉约会。

两人一阵久别重逢的温存后，“石团长”一改往日那种刚毅爽快的神情，心事重重，闷闷不乐。饶丹丹极力安慰，问他发生了什么不愉快的事。“石团长”更是显得沉默，有点难以启齿。“如果是军事机密，我就不再问了。”饶丹丹见“石团长”抑郁地欲言又止的样子，便试探着说道。

“不是的。”“石团长”摇了摇头。“我们之间有什么不好说的呢，有什么事你就说出来，别闷在心中，兴许我能帮你！”饶丹丹一再宽慰他。

“唉，我这次来到武汉执行军务，不小心丢了6万多元钱，其中4万是部队的公款。”“石团长”急得满脸愁苦，焦急地在客房里来回踱步。

饶丹丹见“石团长”是在为这丢失的6万多元钱焦灼不安，便毫不犹豫地说：“你别急，我回家去拿！”

“不行！”“石团长”态度强硬地拒绝道。

“怎么不行？你无偿帮了我弟弟的大忙，又对我这么重情，你现在有燃眉之急，我岂能袖手旁观！”

“石团长”见饶丹丹如此执拗，就答应算是暂借吧，到时一定偿还。饶丹丹当即回家，向父母要了6万元送给“石团长”。

“石团长”只拿了4万元，另2万元坚决退还给饶丹丹。

饶丹丹相信“石团长”一定会记住她的一片诚意，早日将弟弟招入部队。而且饶丹丹认为，“石团长”没有拿6万元，只拿了丢失的4万元军款，仅此一点就足以证明“石团长”为人诚实、正直。

张良仪拿到饶丹丹的4万元后，送走饶丹丹，便迫不切待地到汉口一家宾馆洗浴中心逍遥自在，洗鸳鸯浴，请裸女按摩。当夜在这家宾馆嫖娼时，被扫黄的警察逮个正着。

他主动交了1万元罚款被放出来后，又住进一家四星级宾馆包宿了一名娼妓。

不久，“石团长”又打电话，说自己打算最近在广州购买一套私房，本来父母已答应他如果考虑结婚买房，可以给他20万元，但他说自己是个自立能力特强的人，他不想依赖父母赏赐。他现在已有

15 万元了，还需补交 5 万元即可拿到私房的钥匙，若饶丹丹能借的话，到时他会加倍偿还。饶丹丹又很爽快地借给他 5 万元。

2003 年 1 月 1 日，“石团长”称在福州给饶丹丹打电话，祝她新年快乐。

饶丹丹异常兴奋，在电话里与他聊了近半个小时。“石团长”答应两天后，新特种兵就要正式入伍了，他让饶家做好准备，到时候他亲自来接弟弟入伍。

饶丹丹喜不自胜，然而，当她放下电话时，无意间发现家里刚刚安装的电话机来电显示器上的号码不是福州的区号，而是从武汉打来的。她心中不禁怦怦乱跳，难道“石团长”在撒谎?

她急匆匆赶到市电信局查询，结果显示“石团长”的确从武汉打来的电话。饶丹丹当即打通此电话，见是武汉一家公用电话，面对这真真切切的事实，她一下子如坠深渊。

饶丹丹没有想到离婚后遇到的第一个令她心动的男人竟是个骗子，她不禁潸然泪下。

走出电信局大门，饶丹丹如五雷轰顶，最令她心痛的是，一颗善良的心和一个圣洁的身子被他欺骗了。家里付出了 9 万元巨款，不仅弟弟的希望落空，父母心急火燎的企盼落空，而且自己痴情付出后还怀有他的孩子。

醒悟过来的饶丹丹立即跑到武汉市寻遍“石团长”曾立足过的地方，“石团长”早已消失得无影无踪。

饶丹丹怎么也接受不了这个残酷的现实，她擦干泪水后，怀着满腔愤怒到当地公安机关报案。

七、求职心切　下岗女工被骗得夫离子散

张良仪诈骗140多万元后，越来越担心东窗事发，常常在那些受骗女人和警察追捕他的噩梦中惊醒，他也曾想过就此收手不干了。他打算在武汉市买一套房子，买个户口，谋一份正当职业，或开一家公司，或做一些小本生意赚些钱，而后，再找一个贴心的女人做媳妇。至于老家那桩名存实亡的婚姻和那个给自己生下一双女儿后离家远行的妻子，他并没有多少留恋，因为这个女人本来就不属于自己，她既没有城里女人的漂亮风韵，又没有城里女人的温情和修养。两个年幼的女儿，本就非他所要的，他对女儿毫无感情可言，他甚至怨恨那个逃跑女人不该给他留下两个有血缘关系的包袱。

过惯了城里花花世界生活的张良仪绝对不愿再回到大山深处那个愚昧落后的小山村，依自己英俊洒脱的仪表，依自己在外闯荡了多年的丰富经历，他决定趁30岁之前在城里扎下根来。

他想，一个人在城市里再怎么难以生活，总比乡下强，如果说城市好比一只骆驼，乡下就好比一匹马，那么即使是瘦死的骆驼也会比马大。当然，城里的消费比乡下大得多，不谈衣食住行的开销，单就自己是个一刻也离不开女人的男人，空虚无聊就靠玩各式各样的女人取乐，打发日子，如果没有足够宽裕的钱财，活着一定很窝囊。

2003年春节过后，张良仪的第一步计划是在武汉买一套属于自己的房子。然而，武汉市的房价很昂贵，繁华地段每平方米在3000元左右，偏远地带便宜的也得每平方米2000元。即使买一套最便宜的三房两厅也得要二三十万元，想到这个价，是他近几年玩女人的开支，他有些心疼了，尽管这些钱是他取之于女人，又用之于女人，但

他还是后悔不该用二三十万元去填塞那些图他钱财的女人的无底黑洞!

2003年5月初，张良仪花30多万元在汉口江北小区买了一套三室两厅，略加装饰，就成了他在城里的“家”。

张良仪的第二步计划就是找份与自己相貌相匹配的职业。他曾用署名“曹永安”的假文凭、假证件去一些企事业单位求职，差点被人识破。他不得不仓皇狼狈地逃回“家”闲待了几天，又到职业中介所去应聘，见自己交完报名费、培训费后，左等右等，后来就没有了着落，他才知道到职介所求职有如是肉包子打狗——有去无回。

一天他从一张废弃的报纸上得知7月1日即将举办下岗职工专场招聘会的消息，想到自己目前没有更好的骗钱办法，决定以“香港迪雅服务集团武汉分公司”招聘人才的方式，去骗取报名费和培训费。

张良仪又伪造了各种证件和相关手续，取得了参加此次招聘会的资格。他利用下岗职工急需谋职挣钱养家的心理，诱骗下岗职工报名。他精心印制了“招聘启事”，其内容如下：

> “香港迪雅服饰集团武汉分公司拥有5千万元资产，服饰产品主要出口日本和东南亚。现因事业发展，需招聘80名下岗女工，试用三个月，一旦合格正式录用，双方签订十年期合同，最低月工资1500元，优秀者另外加薪。”

招聘会这天，整个大厅人山人海，年长的、年轻的、男的、女的，都持着下岗证书到各家招聘单位摊前洽谈。

张良仪的摊位打着港资招牌，报酬丰厚，因此被成百上千的应聘者围得水泄不通。他的3000份招聘表不到一小时被抢购一空。此时此刻，张良仪才了解到城市下岗人员之多，对一份工作的需要之迫切。尽管张良仪的摊位报名费最高，每人收200元，但来报名的人也最多，已突破300人大关，创此次招聘报名人数之最。

张良仪面不改色心不跳地收下6万多元报名费，他没有设身处地想一想，这些钱是一个个下岗女工辛辛苦苦积攒的血汗钱啊。

张良仪十分狡猾，他担心自己的骗局会被人戳穿，所以留的联系方式和地址是他特意在硚口区一家大型宾馆租用的房间及电话号码，手机也是他用假身份证购买的，为的是以防案发后可撒手脱逃。

张良仪将这轻易到手的6万多元报名费存在自己“家”附近的银行后，过“家”门而不入，当即赶回宾馆应付报名者，他将300多名下岗女工的应聘表及相关资料分类编号：年长的，年轻的；漂亮的，不漂亮的；有学历的，没学历的；已婚的，未婚的。

他从中挑选了10名20～30岁、漂亮有学历、已婚或未婚的下岗女士，并通知她们不同时段来“办公室”单独“面试”。至于其他迫切希望有份好工作的下岗女工来人来电咨询，他都理直气壮地一口回绝：“你没被公司选中！”令这些本已很困难的女工哑巴吃黄连——有苦难言。

接下来的几天里，张良仪通过再次“面试”，精心挑选了梁琴和肖克珍。当这两个被“有幸录取”的女人沉浸在一种等待培训上岗的兴奋之中时，张良仪开始实施他下一步的骗情骗财计谋。

梁琴原是武汉市××针织厂工会主席，三年前厂里精简机构，由于梁琴为人耿直，喜欢为工人说话办事，与厂长关系不和，被厂长勒令下岗回家。34 岁的梁琴抱着“东方不亮西方亮”的心情，四处求职，都一直难如心愿。当她被“迪雅公司”录取后，高兴得一家人到武汉有名的老通城酒楼美美地庆贺了一番。

一周后，张良仪找到梁琴，称“迪雅”针织内衣在马来西亚供不应求，问梁琴能否找到一家内衣厂赶制一批“迪雅”。梁琴考虑到自己原来厂里十多位下岗姐妹合办了一家针织厂，能够生产这类内衣，她拿着样品，找到这些姐妹，说给她们拉来了一笔出口生意。这些姐妹见是梁主席介绍来的业务，便日夜加班赶制。

张良仪为了感谢梁琴的帮助，便以外出考察市场为名，带着梁琴到上海、苏州等地游玩了一周，其费用当然由梁琴掏腰包，他谎称这些差旅费到时候统统在公司里报销。

张良仪和梁琴返回武汉，见 300 件“迪雅”内衣都已按要求做好了，张良仪当即付了 5 千元订金，声称：“待衣服运抵马来西亚后再付余款 2.5 万元。”

8 月初，张良仪避开梁琴后，找人将 300 件内衣拖到汉正街一家商店贱卖了。当他得到 2 万元现金后，便以种种理由拖住梁琴那 10 多位姐妹的希望。

梁琴见自己迟迟未能到公司接受培训、上班，实在心烦意乱，便不时四处寻找“曹经理”。

狡诈的张良仪见梁琴已无钱可骗了，便尽力回避着梁琴。他抓住时机，去行骗另一个女人——肖克珍。

这天下午，同样在家朝思暮盼能到“迪雅公司”上班的肖克珍接到“曹经理”的通知去接受岗位培训后，当即到附近商场购买一套崭新的漂亮衣服，精心梳妆打扮后，匆匆去拜会“曹经理”。

“曹经理”热情地关心她的家庭、丈夫和孩子，以及她下岗的近况。肖克珍见年轻有为而又英俊潇洒的“曹经理”如此关心下属，特别是当听了“曹经理”一些体贴入微的安慰，她便和盘托出了自己的遭遇：

她卫校毕业后，在一所医院当护士。去年所在的医院被省里一家大医院兼并重组后，她被裁员下岗了。一年来，她一直闲闷在家里无所事事，又无别的专长和爱好，身为工程师的丈夫见她下岗，心里特闷，经常借故很晚才回家。她明知道丈夫有婚外恋，经常在外面约会，但就是抓不到把柄。丈夫见她起疑，就做得更加隐秘，两人动不动就争吵。

生性好强的肖克珍不会将家丑外扬，但经常在家里生闷气。因此，她急需到“迪雅公司”上班，重新干一番事业，拿高薪，让丈夫认识到，她不是一个吃闲饭的女人！

不知不觉，西边的晚霞透过窗玻璃，将淡汝素裹的肖克珍映照得绯红灿烂，衬托出她成熟少妇的美。

“曹经理”同情眼前这位26岁的苗条而又靓丽的烦恼少妇，便热情邀请她到旁边酒楼共进晚餐。

肖克珍虽然憎恨花心丈夫，但心中念及仅有两岁的儿子，本想推脱回家照看孩子，但见“曹经理”一再挽留她，她得识人抬举。她借用“曹经理”的手机叮嘱家中的妈妈后，便受宠若惊地随“曹经理”走进了一家酒店。

饭后，“曹经理”又请她到四楼歌舞厅的一间包房，诚邀她唱歌跳舞。

“我唱歌还马马虎虎，可跳舞我一点也不会。”肖克珍自作惭愧地说道。

“曹经理”陪肖克珍唱完几首歌后，便起身在她面前做了一个有礼貌的“小姐，请——”的优雅动作。肖克珍不得不站起来，手足无措地将手搭在“曹经理”的身上。随着悠扬悦耳的舞曲，肖克珍羞涩胆怯地由“曹经理”搂着旋转，惊慌拘谨地不知多少次踩了“曹经理”脚，她一个劲地道歉：“对不起！”

“曹经理”将她越搂越紧，潇洒地笑着说：“没关系，刚学跳舞的人都这个样子，一回生二回熟，今后我得抽空多带你跳几回你就娴熟了，我们公司的女职员个个都能歌善舞。”

肖克珍不经意发现“曹经理”这张英俊帅气的洁白脸庞正贴着自己的脸，一双有力的大手几乎将她抱了起来，她觉得自己渐渐有了一种异样的冲动，胸中似乎有股潮水在波澜起伏。

一曲终了，“曹经理”又与她对唱了几首歌，而后又跳了几曲。肖克珍长到这么大还从来没有与男人在一起这般尽情地投入过。

不知不觉，夜过凌晨。

歌舞厅打烊了。

“曹经理”意犹未尽，请她到夜来香咖啡屋消夜。

“曹经理”与肖克珍边喝咖啡边吃点心聊天。

“曹经理”循循开导肖克珍：“打工再好，也不如自己当老板。就拿你来说，到我公司还得试用三个月，然后根据你的实际表现再决定是否录用你，依你的气质与才情，你还不如自己开个我们公司的分店，专门经营‘迪雅’服装，保证你能赚大钱。”

肖克珍苦笑道：“我一无资金，二无店子，总不能赤手空拳当老板吧。”

“如果你信得过，我会帮你的，资金和门面我能搞定。”经“曹经理”这么一点拨，肖克珍有点动心了。她答应回家与丈夫商量后再作答复。

“曹经理”拦了一辆出租车，将肖克珍送到她家附近。肖克珍独自下了车，她不让“曹经理”送到家门口，以免丈夫或熟人看到了会作践她。分手时，“曹经理”约她明天上午拿着身份证、下岗证、毕业证等证件，他要带她去谈门面的事。

肖克珍蹑手蹑脚地回到家里，但还是惊醒了丈夫。肖克珍见丈夫醒了，对她爱理不理，末了丈夫冷冷地问了一句：“这么夜深，你野到哪里去了?”

肖克珍不耐烦地回答：“只许你有别的女人约会，难道就不许我有别的男人约会?!”一句话呛得丈夫再也不吱声了。

肖克珍躺在床上翻来覆去的怎么也睡不着，她很想将今夜“曹经理”鼓励和帮助她开店子的事告诉丈夫，又怕丈夫不仅翻白眼不同意，更怕丈夫误解他而闹得天翻地覆。她想等店子开起来了，赚大钱了，再给丈夫一个意外惊喜。

第二天，吃过早饭，肖克珍待丈夫上班后，瞒着妈妈，带着证件去找“曹经理”。

“曹经理”说门面的事已经联系好了，并带她来到中山大道繁华地段一幢刚刚竣工的大楼前转悠，并指着一楼的一间房子说：“就这间!”说完，他大方地走进去，佯装熟人与里面的人打招呼。

肖克珍见“曹经理”确实在诚心诚意地帮助自己，她不知道怎么感谢他好。“曹经理”又带她到电讯市场，执意给她配了一部手机，这令她更加感动。

“曹经理”渐渐总结出了一套诱惑女人的经验：女人的肉体大同小异，而女人的灵魂却千姿百态，只要占据了一个女人的灵魂，这个女人一定会心甘情愿地为她所钟情的男人奉献一切。

就在“曹经理”一步步勾上肖克珍时，梁琴的十多个姐妹天天逼着她要那2.5万元货款，逼得本已如热锅上蚂蚁的梁琴走投无路，四处暗中寻找“曹经理”，她自己被“曹经理”骗了8000多元，还害得姐妹们上当受骗，她不得不到派出所报案了。

“曹经理”猜想到梁琴可能会坏他的好事，他悄悄隐没到江岸区租了一套办公室，利用这套办公室进行新一轮诈骗。他关闭了用真名购买的手机，有事用假名手机与肖克珍联系。

一天，张良仪电告肖克珍，公司已出资10万元给她装修，她的门面装修费还差5万元，问她能否想点办法。

肖克珍见“曹经理”这样为自己的事尽心尽力，自己岂能袖手旁观。她找亲朋好友借钱，到银行贷款，好不容易凑齐了钱。丈夫隐隐约约得知她的所作所为，便极力反对，但肖克珍一意孤行，竟听不进丈夫的劝告，她硬是将5万元送给了“曹经理”。

“曹经理”拿到5万元后，立即音讯全无，任凭她怎么寻找，都不见人影。

悲愤的肖克珍最终落得个人财两空，丈夫盛怒之下和她离了婚，并带走了儿子。

肖克珍陷入了绝境，呼天天不应，叫地地不灵，她常想到死，但一念及年幼的儿子，她又不得不悲伤而艰辛地活着，为了还债，她开始打工，靠每月的工资过着节衣缩食的日子，并将略有剩余的微薄薪水积攒着，一点一滴地还债。

尽管张良仪这个婚姻骗子花招迭出，有时被觉醒的女人所揭穿，但他脱险后，他的欲望难以满足。他侥幸地想，他只要行骗，就有女人受骗。这种骗人与被骗的骗局依然存在，如同一个个欲望的陷阱，等待着多情、善良而又毫无戒备之心的女人们掉下来。

八、冒充导演　《幕后爱情》诱惑佳丽们自投罗网

武汉市地域辽阔，街道繁多，且又高楼林立。一个人若混迹于茫茫人海里，甚至于隐藏在某个角落生活，不大会引起他人的注意。

张良仪深知这大武汉具备如此优势后，为了躲避那些他曾骗过的一直在追寻他的女人和接到报案后追捕他的警察，他暂时告别了长江北岸的“家”，偷偷移师长江南岸的青山区，租住在城郊结合的一家民房里，琢磨着下一步该如何骗钱了。“青春饭好吃，但不长远。”张良仪深深明白这个道理，于是他想在30岁之前多骗一些女人以及她们的钱财。

转眼到了2003年10月，做贼心虚的张良仪见没有什么风吹草动了，便伪造身份证租住在青山区一家宾馆的单人套间。

长期没有单位管制，也没有职业约束，又脱离了婚姻的羁绊，自由自在的张良仪犹如一匹脱缰的野马，随时随地会去诱骗女人以及她们的钱财。他长期选择利用宾馆饭店作道具骗色骗钱，居无定所像个游击队员，东住几天，西住几天，一旦事情败露了，他可以一身轻拍着屁股开溜。

这天下午，张良仪无所事事地闲逛，路过青山公园，见门口附近贴着一张招收“少儿艺术合唱团演员”的启事，再联想到上个月利用招聘收取报名费，轻而易举地骗到了6万元，他从中受到了启发，

决定以招收演员为名骗钱。

主意已定，他当即找假证贩子，帮他制作了××军事电影制片厂”的介绍信、工作证、身份证、报名登记表、政审表、录用表等相关材料，并请人制作了一块“××军事电影制片厂《幕后爱情》女主角招考办公室”的铜牌镶嵌在一套总统套房的大门上。同时，他从《大众电影》、《电影画报》等刊物上剪拼了一些军事剧情照片，制作了1000份精美彩画广告：

“××军事电影制片厂《幕后爱情》拍摄基地拟定武汉，剧组决定在汉招考2名18～22岁的女演员。”

张良仪为了扩大知名度，引骗更多的女孩报名，他在广告的显要位置标榜：“该片导演陈凯亮系著名导演陈凯歌的弟弟，是我国著名老导演×××的得意弟子，曾与张艺谋、冯小刚、陈佩斯等导演合作拍摄过电影和电视剧。”

张良仪花重金聘请几名不明真相的民工，趁夜深人静，神出鬼没地偷偷到武汉三镇的车站、码头、公园、商场、广场等白天人群密集的地方张贴。

广告贴出后，果然陆陆续续有人揣着500元报名费前来报名、考试。来应考的女孩大多是音乐学院、艺术学校的学生，也有不少歌舞团、剧团的专业演员，还有少量待业女青年、打工妹，这些年轻女孩一个比一个靓丽，一个比一个有艺术表演天赋，看得张良仪眼花缭乱。每个人必须交足报名费、填登记表后方可进行“普考”。

“普考”的内容很简单，就是即兴朗诵一首诗、唱一首歌、表演一段小品。“陈导”从100多名的“普考”考生中精心预录了10人。这被预录的10人三天后必须复试，接受“特考”。“陈导”将“特考”考场设在总统套房里面的套间。

第一个“特考”女孩名叫杨静，是一位19岁的苗族大学生。她自幼能歌善舞，向往着当一名演员。今天，当她见到身着军服英俊帅气的“陈导”让她开始接受“特考”时，她喜不自禁。“陈导”见她长得酷似甜妹歌星杨钰莹，但比杨钰莹高挑娴静，他不免心旌摇荡。他让杨静边歌边舞的同时反锁上房门，开始脱衣解带。

杨静停下来惊悸地看见他在褪去最后的军用三角裤与背心，她害怕极了，但她故作镇静地说：“‘陈导’，您身为军人导演，会遵守军纪的，您肯定不会欺负我。”

“陈导”冲上去一把抱住杨静，说：“军人也是人，也有七情六欲，你这么漂亮……”他边说边将杨静抱上床。

杨静见反抗不过“陈导”，便温柔地说：“‘陈导’，我一见到您，就非常崇拜您，只要您正式录取了我，我一定会报答你的！”

“陈导”不顾杨静以柔克刚的违心哀求，强行占有了杨静。杨静气愤得哭了起来，说非要告他强奸不可。

“陈导”威胁道：“是你自愿的，不信，我可以打开录像机、窃听器，让你再回味一下刚才的详细经过。”

杨静害怕极了，她毕竟还是个在异乡上大学的学生，得罪不起“陈导”。杨静只好将今天这见不得人的耻辱埋在心底。她抹干泪水，带着悲伤匆匆地走了。

张良仪渐渐养成了一个习惯，他喜欢将被骗的每个女人的情感经历、做爱过程以及骗得的钱财一一写下来，尤其是对印象深刻的特色女人，他记录得最详尽，其目的是供自己在没有女人陪伴他共度良宵的夜晚里仔细翻阅、回味……偶尔他冒出一个异想天开的念头，待到自己老了，将这些手记出版成书，一定会在世上畅销。

当杨静一走出房间，他趁无人来“特考”之机，便迅速将杨静的外貌特征、对话神态以及在挣扎中的呻吟……惟妙惟肖地记录了下来。

杨静过后，也许“陈导”得到了一次充分的满足，他对其他的8名复试的“特考”少女进行裸身形体测试时，只是对她们亲吻、搂拥，就到此为止。

当最后一位名叫肖丽君的少女一踏进门，“陈导”就被她苗条俊秀、笑容可掬的容貌所折服，他见她是所有的“特考”复试者中最漂亮的一个，也是他骗过的所有女人中最漂亮的一个，他喜不自禁，他想引她上钩，不求骗她钱财，只贪图她美若天仙的容貌。

“陈导”请肖丽君进套间载歌载舞唱了几首军歌后，就让她脱光衣服进行“形体艺术”测试，然后要她表演一段正在洗浴的少妇的表情和动作，由他扮演丈夫角色，两人配合演一段夫妻戏。

20岁的肖丽君羞怯得扭扭捏捏，半天不愿脱衣服。

“陈导”温和可亲地微笑着说：“既然你不想当女主角了，那就算了吧！”

“陈导”这一欲擒故纵的激将法，使得自打从艺术学校毕业就一直想从事演员职业的肖丽君反倒大方起来，想当女主角的强烈欲望使得她咬咬牙，不由自主地脱下了衣服接受“特考”。

张良仪配合着肖丽君投入忘情的表演，表演完毕，他一个劲地赞赏肖丽君天生丽质，才艺双佳，只要她听他的安排，极力演好《幕后爱情》的女主角，她将来一定会在演艺界大红大紫，吹得肖丽君忘乎所以，得知“陈导”真真切切地答应录取了她，她兴奋得双眼泪水盈盈，感激不尽。

2003 年 10 月 10 日这天，肖丽君为了感谢有知遇之恩的“陈导”，特意请“陈导”到武汉知名的“三五醇”酒店吃饭。张良仪应邀准时前往。

坐在优雅温馨的小包间，“陈导”眉飞色舞地正向肖丽君讲解《幕后爱情》的剧情，不经意间，门口进来了一位二十六七岁的漂亮少妇。

肖丽君连忙起身向“陈导”介绍，那少妇是自己的姐姐，是陪她来拜见“陈导”的。“陈导”定睛细看，见肖丽君的姐姐正是上个月被他所诈骗的肖克珍，他连忙起身向外冲去。

肖克珍见“陈导”正是害得她夫离子散差点命丧黄泉的“曹经理”，她一把抓住他，打他，骂他是个“流氓”、“骗子”。

肖丽君还没明白发生了什么事，便一再拉着劝说姐姐，谁知“陈导”趁机挣脱了姐妹俩的视线，拦一辆出租车飞快地消失在人海车流之中。

后悔莫及的肖丽君扶着受骗的姐姐打 110 报警后，姐妹俩拖着沉重的步履一步一步向家中走去。

九、为傍大款　痴情女诗人坠入温柔陷阱

通过 8 年的诱骗，而且屡屡得手，张良仪骗得的数额已超过 180 多万元，这使得他的贪心得到了一时的满足，他踌躇满志。

为了避人耳目，张良仪暂时离开了武汉。他先后到过上海、南

京、杭州等地游玩，也曾骗人，也曾被女人骗，他在流浪中过一种花天酒地、奢侈糜乱的生活。

当他从电视新闻中得知河南省洛阳市举办牡丹花文化艺术节，他想，洛阳一定是个用牡丹装饰起来的花城。

2004 年 4 月，张良仪来到洛阳。洛阳的春天虽然没有武汉的春天滋润明朗，但处处花团锦簇，连人们脸上的笑容也缀满了花色。

一天上午，整个城市烟雨濛濛。雾里看花，别有一番景致，张良仪悠闲地在花海徜徉。

不知不觉，他来到中心公园的湖畔，放眼四望，悠悠然发现不远处有一个亭子，亭里坐着一位黑衣女子，在埋头写什么。

张良仪回望黑衣女子端庄凝重的倩影，心里痒痒的，想上去搭讪。来到黑衣女子身旁，见她身边放着一本《世界名诗欣赏》，张良仪猜想她一定是个诗歌爱好者。

张良仪大大方方地拿起《世界名诗欣赏》，边翻边笑着问："你也喜欢诗?"

黑衣女子略为抬头，停住手中的笔，见问话人 1 米 82 的健壮身材，英俊潇洒，一脸儒气，衣着干净整洁，说话又和颜悦色，像一个颇有修养的大学教师，给人一种亲切和安全感。她便礼貌地回答："难道你也喜欢诗?!"

张良仪见黑衣女子接上了话茬，便坐在她身边拉开了话匣：称自己不仅从中学开始读诗写诗，而且大学里还读了三年唐诗宋词的研究生，出版过诗集和诗歌评论集。

黑衣女子见张良仪是个年轻有为的研究生，对诗歌研究又颇有造诣，心中对他便肃然起敬，忙起身恭恭敬敬地请他签字，留下联系方式，有机会再向他请教。

张良仪怕自己的几个歪歪斜斜的字露出马脚，忙谦虚地说，他叫“唐诗宏”，研究生毕业后，在南方一家文艺出版社工作了5年，生性耿直，看不惯自诩“推崇新人，格调高雅”的出版社竟昧着良心卖书号或一号多书，干着对一些无辜作者坑蒙拐骗的丑恶勾当。因不愿同流合污，他主动辞职，在广州开办了一家“诗宏图书出版发行公司”，当了一个文化商人，已是拥有千万财富的儒商。他幽默地说自己像个很有档次的文化“妈咪”在出版社、企事业单位和作者之间充当中介角色，帮助一些有品位的作者出版发行高质量的文艺作品，尽管很少赚钱，但心里很踏实。

张良仪这么一吹嘘，黑衣女子觉得他算是出版行业的正人君子。联想到自己近两年为了出版三本诗集，一些出版社非得让她拿3万元钱买书号，她只是一个自由撰稿人，写诗的日子朝不保夕，哪有钱出书呢？今天有幸碰到像张良仪这么一位真正耿介的文化儒商，她非常愿意结识他，她主动告诉张良仪，她笔名雨蒙，本名叫梅咏兰，洛阳市郊区人，她愿与张良仪交个朋友，向他请教。

张良仪见雨蒙已轻信了他的谎言，便热情地答应了，并邀请她晚上一起到涧西区一家豪华影院看《泰坦尼克号》。

雨蒙爽快地同意了。

当晚8点，雨蒙在影院门口等候着张良仪，见他迟迟未到，在失望之际觉得自己怎么这样滑稽可笑，一面之交就那么相信了一个陌生男人。见别人都是成双成对地挽着手来看电影，她却孤零零地混杂在这些快乐的情侣中自作多情。

正在雨蒙失望地转身离去时，张良仪从远处气喘吁吁地向她跑过来：“对不起，刚才在路上遇见了两个流氓调戏一女中学生，我与两个流氓厮打了起来，幸亏我在广州时练了几套拳脚，将两个流氓扭送到派出所，因此耽搁了约会时间。”

雨蒙见他流汗的脸上有几处伤痕，便心疼地掏出手帕给他揩汗擦伤，此时，他俩就像一对早已熟识的朋友。他俩来到后面的豪华包厢坐下，见前面所有的观众都是一对一对的亲密恋人，雨蒙有点身在恋爱中的感觉。

灯熄了。电影开始放映。

电影里的情节紧紧地抓住了雨蒙，她已忘却了自己身在何方，心中激荡着的情与爱随着女主角露丝的情与爱环环相扣，跌宕起伏。当她看到主人公露丝和心爱的迈克在经受着生与死抉择时如火如荼的真挚爱情时，雨蒙泪水横流，感动得抽搐不已。

黑暗中，雨蒙接过张良仪递的一张纸巾，很快把它揩成了湿湿的一团。当她再次接到纸巾的时候，张良仪紧紧地握住了她的双手。雨蒙本已看得悲情难抑，此时一握，让她心中顿觉有了依靠和安慰。

雨蒙的手乖乖地躺在张良仪的手心里，软绵绵的，没有一丝力气。而张良仪的手掌宽大、温暖而又有力，安抚地紧紧握住雨蒙。雨蒙伏在张良仪的肩上，此时此刻，她觉得自己好像又回到了恋爱中，权当张良仪是她心爱的男人。

电影结束了，张良仪牵着雨蒙走出了电影院。

夜深了，张良仪提出送雨蒙回家。

雨蒙没有同意，因为她漂泊洛阳城，两年来租住在市郊简陋的民房里，成天忙于写诗、写纪实稿赚点生活费，没有时间整理零乱的房间。再说，自己从未带一个陌生男人去过，一是担心因结交男人不慎，带来失财失色甚至生命危险；二是担心房东及周围熟识的人会轻看了她，因此她格外谨慎独处，洁身自爱。

雨蒙见张良仪执拗地送她到了家的附近，她只好答应明天下午3点钟再见。

第二天下午，张良仪早早地来到昨夜与雨蒙分手的地点等候。3点钟，雨蒙准时来接他。穿过主人家的厅堂，来到后院，再拾级而上，雨蒙住在三楼阳光最弱的东边一间房。

进门后，雨蒙拉亮电灯。灯光很暗，房间的空气中弥漫着幽香的清新剂味道，整个房间朴素简洁，除了书架上几排名著和诗集，显示雨蒙的诗人书香气质，再就是一张桌子、一把椅子、一张床。

望着漂亮妩媚而又浪漫开朗的雨蒙，张良仪一时难以相信这就是她一再提及的温馨的家。

两人坐定后，开始聊了起来。

张良仪谈他在南方的工作、生活、下海经商的经历；谈他曾疯狂地恋过一个女歌星而后被抛弃的遭遇；讲他在广州同时泡两个小姐，惹得这两个争风吃醋的漂亮小姐为他而相互厮杀；讲他在深圳租房，和几个三陪女同租一屋做知心朋友并多次充当她们受到伤害时的保护伞；讲他曾浪迹天涯四处结交男朋友、女朋友……

雨蒙觉得张良仪这个帅气大款真是有趣，很坦诚，他经历的这些确实与别的男人不一样。相形之下，雨蒙觉得自己就没有张良仪人生那么富有传奇色彩和放荡不羁了。她在洛阳郊区长大，是充满幻想而又敏锐多情的浪漫女孩，特别喜爱诗歌，从小就憧憬有个美好的未来，她的理想是当一个周游列国的浪漫女诗人。然而，无情的现实却击碎她的梦，16岁那年父亲病危，母亲改嫁，1999年初，为了生存，年仅16岁的雨蒙高中没有念完就辍学，只身闯荡省城郑州，在一家酒店当了一名月薪200元的勤杂工。后来，老板见她颇有几分姿色，就让她到前台当了一名服务员。

酒店的工作很累，也很辛劳，啥时候没有客人了，啥时候才算下班。苦点、累点，这对自幼吃惯了苦的雨蒙来说算不了什么，她忍受不了的是一些好色的男人经常对她动手动脚，为此她不知流过多少次泪。

时间长了，她也就习惯了，为了栖身活命，也不得不习惯，但她始终把握最后一道防线：无论何时都得保持住少女的贞洁。她勤快工作，巴望多挣钱，待有了一定的积蓄，就离开酒店。

雨蒙一直有个强烈的愿望，就是等攒到1万块钱，她就可以自己开个小书屋当老板，白天卖书挣钱，夜晚可在书屋里专心读诗写诗了，累了就可以安稳地睡在书屋里。正当雨蒙的愿望即将实行时，一个青年画家闯入了她的生活，既给她带来了甜蜜，也给她带来了漂泊的苦痛。

一天晚上，酒店来了一位寒酸潦倒的青年画家，一进门就痴痴地凝望着她，而后坐在一个角落里，既不喝水也不点菜吃饭，他哀求雨蒙陪他坐一会儿。雨蒙不敢得罪客人，就陪他坐下了。画家忧伤地说她特像曾经给他生活勇气给他爱的初恋女友。他说恋人与他青梅竹马，一同上小学，一同上中学，想不到一同考入美术学院一年后，白血病竟夺走了她的生命……

这天夜里，18岁的雨蒙彻底失眠了，青年画家与女友的那种充满诗情画意的爱情和缠绵悲壮的生死之恋深深地震撼着她，也感动了她，她钦慕画家对爱情的忠贞不渝，也同情他的不幸遭遇。

打这以后，这位年过30岁的孤身画家经常来看望她，权将她当作先前的女友，渐渐地，她感到已经离不开画家了，尝试着接受他的爱恋。

一天，画家说他准备办个画展，但资金短缺。雨蒙毫不犹豫地将多年积蓄的8600元钱全都给了他。他的画展成功了，画家对她的爱也成熟了。两人倾心相恋。

画家答应帮她借钱开书屋，借钱帮她出诗集，然而借钱的希望落空后，画家以看破红尘的口吻劝她："当今是强者的社会，是个充满欲望的社会，适者生存，人人都渴望发财，强者就是成功者，只要成功了，别管用什么手段。"画家开导她可以凭自己的姿色甚至肉体赚钱……

雨蒙视贞洁为生命，岂能出卖自己？一听此言，与画家闹翻了，画家一气之下浪迹天涯。她为了追寻自己倾心寄托终身的男人，辞掉了工作，四处漂泊，在茫茫人海中苦苦寻找画家，直至一年后彻底失望，她才栖身洛阳当自由撰稿人，写诗、写纪实稿谋生。

雨蒙现在最大的愿望就是将流浪期间所创作的爱情诗结集出版。她说，过去曾有出版社答应为她出书，为了能出书，她不得不违心与几家出版社的男编辑打得火热，但昂贵的书号费令她望而却步。

张良仪为雨蒙多情而又专情的经历所感动，答应帮助她实现出书的愿望。雨蒙当即主动与张良仪亲吻、拥抱……

两人穿好了衣服，雨蒙将多年来的诗都搬出来，请张良仪批评指教。

张良仪假惺惺仔细地翻阅着她的诗，不时装模作样地对诗称赏赞叹着……

张良仪发现雨蒙的诗，大多与雨有关联，令人读来悲悲切切。更难得的是她的字迹秀美极了，是他迄今所见过的女性中字写得最漂亮的。雨蒙说她喜欢在蒙蒙细雨中写诗，在此情此境中她会超然世外，每当有雨的日子，她都情不自禁不知不觉地在纸上写满雨滴般长长短短淅淅沥沥的情感文字……

在随后的日子里，张良仪为了迎合她的诗情，专门跑到书店摘抄有关雨的诗句，东拼西凑无病呻吟地打印几首写雨的歪诗在雨蒙面前炫耀。其中有一首诗为：

你如一抹阳光
给我温馨
无论你将来飘向何方
我今后的人生只为追随你
你如一季春雨
给我滋润，无论你浪迹天涯海角
我的爱情玫瑰只为你绽放
……

雨蒙读完此诗，深为感动。

就这样，张良仪与雨蒙在诗雨和雨诗中走进了彼此的心灵。

雨蒙有了一个大款儒商支持她，爱她，她的感觉真好，虽然有所思的夜晚必定比无所思的夜晚更累人，但也更令人心绪翻飞，少了一些孤单与落寞。雨蒙希望张良仪不仅支持她，爱她，而且真心希望张良仪娶她。雨蒙主动邀请张良仪一道游览龙门石窟、游香山园、游白马寺……

在梦天湖游玩的那天，双人摇船，雨蒙坐张良仪的身旁，放眼岸上的群山、水中的粼粼波光和空中盘旋的白鹭，不禁思绪萦绕，正当她开始沉浸在诗意中构思时，张良仪差点将扁舟摇翻。“我本来不想打断你的思路，但你也太投入了。”张良仪道歉。

雨蒙有点生闷气了，刚刚膨胀起来的诗情全被张良仪搅碎了。

随着西沉太阳的灿烂霞光一缕一缕地收敛，雨蒙已经不再想说一句话了。

夏日的晚风吹拂着她的头发，金黄色的头发一缕缕飘扬着，她沉浸在飘然若仙的诗情里，是那样令张良仪怦然心动。他结识了那么多的女人，还没有为哪一个女人这样动过真情。张良仪兴奋地高谈阔论起来：

“婚姻就是个天平，男人要求女人，女人也在要求男人，就像你我相互要求啊！”

雨蒙浪漫地笑道：“只要你帮我出书了，我就嫁给你，哪怕日后你是个一无所有的穷光蛋，或沦为诈骗犯、杀人犯，我也愿为你而生，为你而死……”

雨蒙这几句真心话说得张良仪有点兴奋不已，人生难得有一个愿为他而生、为他而死的痴情女人啊！

但张良仪转而又想，即使自己帮雨蒙出了书，也不能娶她为妻，因为雨蒙只是一个可以在爱情与雨诗中浪漫生活的女人，而现实生活并非爱情与雨诗，他不想娶一位不食人间烟火的女诗人做妻子。

也许是良心发现，在骗过了那么多女人的身心与钱财后，张良仪决意一定要帮助雨蒙圆一个梦。他谎称回广州的公司去办理雨蒙诗集出版的有关手续，却暗地里潜回武汉，找那几个熟识的假证贩子，伪造了南方一家文艺出版社的书号和有关批文，带足印刷费用，回到洛阳后，几日几夜，雨蒙重新整理完诗稿，他暗中花高价请人当枪手写评论，后谎称自己亲自作序，分上、中、下三集送市区印刷厂，不到一个月，1000 套雨蒙的诗集出版了，出现在洛阳书店及书摊。

张良仪还花钱为她举办新闻发布会，花高价请来郑州和当地的文艺评论家、新闻记者，散会后每人分发了一个红包，并许诺赞助一笔费用给来人单位。不久，当地的一些新闻媒体纷纷报道青年女诗人雨蒙的成功经历，作家协会正准备批准她入会。

张良仪帮助雨蒙圆了一个梦，尽管手段很卑劣，但他深感自己是在冒着风险做了一件善事。张良仪安心地与雨蒙夫妻般地同居了 3 个月。雨蒙是他独身在外漂荡的生活中同居时间最长的一个女人，也是最令他操心亏本的一个女人，但他并不后悔，因为雨蒙是一个可为他生，也可为他死的一个痴情女人!

2004 年中秋节的下午，正当雨蒙沉浸在梦已成真的幸福之际，他没有向雨蒙告别，带着几分留恋悄然撤离了洛阳。

十、情途末路　婚姻巨骗栽倒在打工妹手中

张良仪虽然也曾想过要在被他骗过的女人中间专心挑一个做情妇或妻子，但真的要让这些上当的女人当自己的终身伴侣那是绝对不可行的，因为假戏只是短暂的，时间一长，真正与某个被骗女人在一起过日子，一旦骗局被戳穿了，他就无法收场了。

由此，张良仪思来想去，决定还是现实一些，尽力撇开精明而又见多识广的城里女人这个圈子，在家乡鄂东找个家境出身大致与自己

差不多的农村漂亮单纯而又贤惠稳重的本分女子结婚过日子，而后自己在外面再找一个女人做情妇，这样，自己的婚姻与家庭也有了，在外面的浪漫情调也有了。

2004 年 9 月，在洛阳晃荡了五个多月的张良仪又折回武汉自己的“家”，住了两天后，他便回到家乡鄂东，但他没有回到自己的家，他不愿面对那个贫穷的山村、贫苦的家庭和父母孩子。他觉得他今后的人生道路与婚姻家庭得一切从头开始。

张良仪在鄂东市区租房子住了下来，他开始寻觅能与他终生相伴的理想少女。

一天深夜，张良仪从南湖歌舞厅出来，路过别山公园一阴暗的转弯处，突然隐隐约约听到附近有异常响动和呼救声，他壮着胆子大喝一声：“我是‘警察’，快给我出来，不然就开枪打死你们!”

草丛中两个黑影听到“警察”的声音，见一高大身影向他们迅速冲来，吓得立即起身逃窜。

张良仪见两个黑影已逃得很远了，他走上前一看，见一女子被反捆在地上挣扎，嘴上粘着强力胶。他连忙撕下胶布，解开女子的双手，将她扶起。

那女子惊悸地站起来，哭着说：“他们刚才抢走了我的皮包，差点还将我……”女子边走边感激他的救命之恩。张良仪将她护送到开发区她打工的一家汽车转向器厂门口。她见张良仪是个好人，便邀请他进厂去坐坐。

张良仪婉言谢绝了，他说有空，他会来看望她的。

分手后的第三天下午下班时，张良仪来厂里约她出去散散步。她高兴地答应了。直到此时，她才告诉张良仪，她叫范少兰。

两人漫步在路上，路灯昏黄的弱光中，张良仪见范少兰的一头长发乌黑发亮，一张漂亮脸蛋特别白皙，加上她将近 1 米 7 的高挑身材，张良仪简直怀疑自己是否遇上了一位模特。

张良仪邀请范少兰到蓝月茶楼去喝晚茶。

在茶楼包房坐下，范少兰像坐在一只飘荡的夜航海船上，因为包房四壁装饰着碧波荡漾的海涛、浪花、渔网、月亮、星星……

包房幽蓝柔和的荧光衬托得英俊刚毅的张良仪如同一位巡航的机警海军战士。范少兰禁不住问他："你是哪儿人？干啥的？"

张良仪见她好奇地问他的身世和工作，他笑着回答："我是邻县人，4 岁那年父母不幸遇难了，我随伯父在武汉长大，大学毕业后什么都做过，当过教师，做过记者，倒过汽车，炒过股票，也挣到过大钱，也有过被债主们逼得四处乱窜的浪荡经历。曾谈过女友，玩过女人，实在不想活命的日子里，吃喝嫖赌寻花问柳的风流韵事都干过，就差没吸毒，我知道，一旦染上毒瘾，我将彻底完蛋了。现在两手空空，一事无成。有时觉得自己是个失败者，灰心沮丧过后，只有凭着一股气活着，再想想，人活着没有多大意思。再后来，自己重振精神，在生意场上跌倒，得从生意场上爬起来。近几年在武汉开了一家装潢公司，买了房子，然后就遇到了你……"

范少兰聚精会神地倾听着救命恩人的传奇经历，有时钦佩他，有时讨厌他，但最终还是敬仰他能重新做人。

范少兰面对张良仪如此真实坦诚的言语，不知该如何与他继续交谈。

范少兰静静地沉默着。

"你听了我堕落过的经历，面对一个失败的男人，是不是已经害怕了?”张良仪自找话茬问范少兰。

范少兰叹了口气，仍没有吱声。

张良仪接着说：“少兰，如果你讨厌我，鄙弃我，我从今往后不会再去找你了。我是个实实在在的人，不会欺骗像你这么纯洁善良的女孩的。我是一个情感孤独的男人，早已过惯了孤独男人的生活。原先的女友在我最落难的时候抛弃了我，但我还是挺过来了。如果你不愿意和我来往，那以后我不会再打扰你了。”

张良仪这最后的几句话竟打动了范少兰。

范少兰说：“你不要误会我，我只是初次和一个陌生男人这么亲近地在一起。你我相识纯属偶然，刚才听了你的叙述更是让我不知所措。我从来没有见过一个在我面前只讲自己失败的男人。”

张良仪爽朗地笑了起来。

范少兰见他开怀大笑，她竟有一种如释重负的感觉。

自从这一夜之后，张良仪设法一步一步地走进范少兰的心中。

张良仪想，自己既然真心实意地选择了她，看中了她，就得将她牢牢地抓住，直到她成为自己的新娘。

张良仪不断地给范少兰买高档服饰，给她钱花，还给她买了一辆轻骑摩托车。

一天深夜，张良仪和范少兰在歌舞厅玩过了凌晨。张良仪骑摩托车送范少兰回工厂宿舍，宿舍大院的门紧锁着，怎么也喊不开。

张良仪一本正经地说：“少兰，如果你信得过我，就到我那里住一夜吧，我不会有非分之想的。”

无可奈何的范少兰见他是诚实守信的男人，便答应了。来到宾馆张良仪的房间，两人洗漱完毕，张良仪替范少兰铺好床后，自己便在地毯上临时铺好凉席先躺下来休息。

当听到床上范少兰脱衣、关灯的声响时，张良仪心里如翻江倒海一般涌起了一股股热浪。但为了实现自己的婚姻计划，张良仪在黑暗中用双手紧紧地捂住腹部，理智地控制着自己蠢蠢蠕动的强烈欲望。

过了这一夜的考验大关，范少兰对张良仪的感情又升了一层，她开始真正地爱上张良仪。张良仪见范少兰已对自己动了真情，并自愿为他献出了宝贵的贞操，他便加快步伐，实现自己人生的爱情谋略。

2004 年 10 月 5 日，是范少兰父亲去世三周年的祭日。范少兰想到自己已经恋爱了，决定带着心上人回家去看看，也给母亲和哥嫂姐妹们一个意外的惊喜。

张良仪十分高兴，花钱把范少兰打扮得漂亮高雅、珠光宝气，也将自己精心装扮一新，并买上很多昂贵礼品，踏上认亲之路。

他一进范家的大门就亲热地叫“妈”，嘴甜得把全家人哄得团团转。

张良仪在范家人面前吹嘘自己是鄂东邻县人，爷爷是刘邓大军中的一位老革命，早已去世了。父亲是教师，母亲是医生，在他 4 岁时，父母到外地旅游不幸遇难。在武汉工作的大伯父将他抚养成人。自己大学毕业后，几经奋斗才走到今天，在武汉开了一家公司，买了一套三室两厅的私房……

老革命后代、在武汉有公司和自家私房这三块响亮的招牌，再加上张良仪年轻英俊而又是从磨难中奋斗出来的男人，范家人想到少兰能嫁给张良仪是福气，是缘分，也就放心了。范少兰的一家老幼都对张良仪产生了好感，也一致认同这个帅气的女婿。

一天，范少兰因感冒发高烧住进了医院，张良仪花钱在医院让她住高干病房，并日夜守候在她身边，精心服侍她，还经常给她买来高档水果和营养品。他给她讲外面精彩的世界，讲幽默笑话和离奇故事，逗她开心，帮她打发落寞无聊的治病日子。张良仪一再安抚她：你这么年轻，千万要保重身体，你不要光考虑出院后如何挣钱，你更要保重身体，累坏了身子可是一辈子的事。你不要为婚后的日子担心，光我一个人已经挣的钱，就足够我俩后半生的生活……

张良仪温和可亲的甜言蜜语，令范少兰大为感动，她情不自禁地小鸟依人般伏在张良仪的怀里流泪。

范少兰出院后，陪张良仪到武汉的“家”去玩了几天，她想到男友经营的“公司”去看一看，张良仪说公司正在搬家，待安顿好了再请她去当“老板娘”，说得范少兰心里暖融融的。

不久，范少兰隐隐感到下身灼痛、异臭，裤衩总是脏兮兮的，这是她从未有过的感觉。范少兰到医院检查，才知自己患上了淋病。

获知自己得了性病，范少兰又急又恨，自己一向守身如玉，仅仅与心爱的张良仪同居过几天，没料到他竟将这种脏病传给了自己。

盛怒之下，范少兰找到张良仪理论。

张良仪见无法逃避事实，便承认上个月在宾馆内与一“三陪女”鬼混才惹上此病。

范少兰见张良仪流着伤心的泪水，并答应给她 2 万元治疗费用，而且一个堂堂男人竟向她跪地悔过，她的心也就软了下来，继续与他保持恋爱关系。

范少兰的二哥在六岭派出所工作，平日很少回家与亲人们见面，听说妹妹谈了一个英俊潇洒的武汉男朋友，这天来妹妹工厂附近办事，想顺便看望妹妹和妹夫。他未见到妹妹，便在妹妹上班的柜子中寻找笔和纸留言，不料看到妹妹的病历，发现妹妹最近患了严重的淋病，他找来妹妹，询问详情，不禁心中疑惑重重。

2004 年 12 月 2 日，范少兰的二哥休假回家，中午请家人吃饭，顺便也邀请妹夫张良仪参加。身着便衣的二哥见到张良仪，心里不免一怔，觉得妹夫的长相非常酷似近日在网上通缉的一个犯罪嫌疑人。

二哥一边热情接待妹夫吃饭、喝酒，一边不动声色地问了妹夫有关情况，见他有时前言不搭后语的神侃神吹，便更加怀疑他了。

饭后，二哥当即到市公安局，通过查询，确认了张良仪曾化名在武汉、孝感、十堰等地诈骗的资料后，他立刻向市公安局领导报告。

张良仪骗财骗色的诈骗活动引起了市公安局领导的高度重视。市公安局领导立即派刑警大队查实抓捕，通过网上与武汉、孝感等地公安机关联系，张良仪的确是个诈骗惯犯，便迅速部署警力，当天下午在红梅宾馆内将骗财骗色达五年之久的张良仪逮捕归案。

经过突审，张良仪交代了五年来，共骗钱财 180 多万元，骗过的女人包括女大学生、女教师、女处长、女记者、富婆、“三陪女”等达 20 多人，玩过的坐台女、按摩女等各种娼妓不计其数。

狡猾的婚姻骗子落入了法网。

那些受骗女子获悉后百感交集，欲说还休，情感往事不堪回首！

2005 年 2 月 16 日，张良仪因诈骗罪、流氓罪被判处有期徒刑 20 年。

记者在张良仪的案卷材料中，看到了他诈骗 180 多万元钱财的去向：在武汉市郊购一套住房 30 万元，装修 8 万元，买办户口 5 万元，给父母 2 万元，银行存款 100 万元，剩余的 30 多万元全都用于吃喝嫖赌玩女人。

在采访即将结束时，张良仪悔恨沮丧地哀叹道：“案发前，我也曾预料过这种骗婚骗财的黑心勾当总有一天会犯事的，以至我后来不敢轻易再露面了，一是怕受害女人追寻，二是怕公安机关追捕。然而，耐不住寂寞和贫穷的我，太贪心了，每次发誓只骗最后一个女人了，但总还是忍不住，见了能轻易上当受骗的漂亮女人，我又旧病复发了。真是应验了那句‘玩火者必自焚’的老话。我身在牢中，现在后悔也实在太晚了啊！”

大千世界，婚姻骗子层出不穷，婚姻骗子的伎俩变幻莫测，这些情场百变的男男女女利用人们的欲望、善良、情与爱等来做诱饵，在一些人未警觉的时候，设下圈套和陷阱，不时地诱人上当受骗。倘若那些渴望甜蜜爱情的人们面对婚姻骗子的骗局多几份冷静和思考，他们就不至于身受其害、追悔莫及了。

人妖悲情

泰国与缅甸、老挝、柬埔寨和马来西亚交界，是东南亚具有独特风土人情的国家，旅游资源丰富，无论是自然景观还是人文景观，均有自己的特色，吸引着世界各地游客。

据介绍，每年平均有700多万境外游客进入泰国观光旅游，外汇收入达70多亿美元。旅游业已成为泰国经济的支柱。

在泰国旅游业飞速发展的今天，人妖作为一种独特的社会现象和文化现象，引起了世界各地游客的兴趣和关注。据泰国《世界日报》报道：泰国人妖的总数在2万人以上，主要集中在人妖歌舞团、歌厅、酒吧和夜总会。

作为泰国一个独特而又畸形的群体，“她们”具有艳丽的容貌、婀娜的体态、丰润的肌肤、妩媚的神情，外貌与女性无别，有的甚至美若天仙。然而，“她们”一般活不过50岁，长期靠雌性激素维持容颜，在灯红酒绿的商业社会里强颜欢笑，“她们”短暂而又迷茫的一生充满着人世的辛酸和凄苦。“她们”的命运令人同情悲悯，令人叹息深思——

“她”喜爱人妖歌舞这个职业，但“她”卖艺不卖身，因为“她”的血脉里有着中国人的自强与自尊

泰国首都——曼谷，是全国政治、经济、文化、交通的中心。每当夜幕降临、花灯齐放时，整个城市五彩斑斓，与白天的炎热喧嚣相比，显得美丽温存，夜生活丰富多彩。

一天夜晚，我随着一个记者团到曼谷世界贸易中心游览，在三楼女性服饰商场，见到一位高挑俊俏、文雅端庄的丰润女子正在精心挑选一套华丽而昂贵的法国时装，她的一举一动无不显示柔媚女子的青春魅力。然而当“她”开口与售货员砍价时，“她”那浑厚粗重的男音令人厌恶。

导游张先生见我迷惑不解，便笑着对我说：“‘她’就是人妖。”

当我提出是否能够采访这位人妖时，张先生说人妖一般很少向人谈及自己的内心世界，除非是高价付费采访。

张先生征得人妖同意，我付给“她”800泰铢（折合人民币200元）后，“她”表示愿意接受采访。

当得知我是来自中国内地的记者时，“她”显得有些兴奋地说：“我也是中国人，我的中文名字叫‘凌薇’。”

凌薇的家住在耀华力路商业中心的唐人街，“她”提议到唐人街的中国酒店叙谈。“她”说那儿是“她”能轻松愉快倾吐心声的地方。

在导游张先生的陪同下，我们一行人来到唐人街。

唐人街不仅是华人居住的典型社区，也是一个商业十分繁华的热闹市场。大街小巷最为耀眼的是金铺、珠宝店、中国药店、中国特产

店、中国食品店、中国餐馆……一家挨一家的中文招牌耀眼醒目，体现了唐人街浓郁的中华色彩。

尽管泰国现代经济和社会的迅速发展不断冲击曼谷社会的各个角落，但是具有 200 多年历史的唐人街仍然保留着华人经商和生活的习俗与风情。

据泰国官方统计，曼谷市内华人很多，以广东的潮州人居多，其次是福建人、浙江人、广西人、上海人，大约有 50 万华人，占曼谷市人口的 10% 。

一些华人后裔已成为泰国的企业家、银行家、教育家，也有一些在政府部门任职，成为泰国社会中一支不可低估的力量。虽然泰国华裔已水乳交融地融入当地社会各个阶层，但他们始终没有忘记自己的根，没有忘记哺育过他们祖先的中国传统文化。

张先生陪我和凌薇一起来到唐人街耀华力路 526 号中国酒店，找了一个僻静的茶座坐定后，凌薇束好长长的披肩黑发，开始用“她”那不太流利的华语倾诉“她”的家庭与“她”特殊的人妖经历。

凌薇的祖父系广东省潮州人，1940 年为了躲避战乱，祖父携着 3 个弟妹和几位乡亲一道到香港谋生。

当年香港沦陷后，祖父带着 3 个弟妹开始南渡，3 个弟妹因长途饥饿颠簸，病死在船上，只有祖父孤身漂流到泰国的湄南河，以贩卖中药材为生。

祖父在潮州老乡的帮助下，来到唐人街中药铺当了一名学徒，几年后，自己也做了中药铺老板。

凌薇的父亲继承祖业，以经营中药为生，在唐人街虽算不上富人，但也能算是中产阶层。

凌薇的母亲是位印度人，自幼热爱美容，高中学习美容专业，毕业后到曼谷开设美容院，婚后生下三个儿子，依旧做美容师。

幺儿子凌薇从小经常被母亲带到美容院玩耍，凌薇见母亲把一个个女人美容化妆得妩媚漂亮，特别是见母亲也能把人妖装扮得美若天仙时，“她”更是羡慕女性的美丽，不知不觉中“她”开始厌恶自己是个男儿身。

渐渐地，“她”缠着母亲也为“她”敷膜、修眉，装扮成一个女孩。好不容易挨到中学毕业，凌薇到芭堤雅观看了人妖歌舞表演，这些貌似女子的男儿有着高挺的乳峰、丰满的臀部，容貌艳丽照人，更令“她”怦然心动。

凌薇回家后向父母请求，自己也要去做人妖。

父亲当即气得暴跳如雷，尽管父亲知道泰国人妖已经公开盛行了20多年，当今在曼谷与芭堤雅生存着2万以上的人妖，但父亲是个极具有中国道德文化和传统思想的商人，他不允许儿子花上10万泰铢去做变性手术。

母亲却能理解儿子的心愿，暗地里支持儿子做了变性手术。

凌薇开始拥有了少女美丽的外貌特征：浑圆的臀、圆润的臂、纤细的腰、丰满的胸。“她”从曼谷来到芭堤雅，考入了莎耶娜人妖歌舞团，经过3个月的训练，凌薇能登台表演了。

两年后，“她”凭着出众的外貌和精湛的表演，很快成了剧团的重要角色。“她”表演的歌舞上了泰国的电视，“她”还被邀请到日本、中国台湾去演出。

“她”的名声越来越大，一些男人或同性恋者纷纷向“她”求爱。

然而，凌薇只卖艺不卖身，“她”深知从事性服务的人妖的地位要比专门从事演艺的人妖的地位卑贱得多，其结局更为凄惨，更何况自己是华裔，有中国人的自强、自尊和自爱。

莎耶娜歌舞团的人妖都在歌舞团的房子里食宿，只有凌薇在芭堤雅海滨路租了一套房子，独自生活。

夜晚演出结束，“她”就早早地回“家”休息，“她”不习惯于过夜生活。白天闲暇时间，“她”或者看杂志听歌看电视，或者逛街游玩。

凌薇最爱读的杂志是《中华行》（月刊）。这本杂志是泰国唯一的专门介绍中国内地、台湾和香港的经贸和旅游刊物。“她”能从杂志中领略中华五千年悠久的历史古迹、灿烂的文化艺术、奇特的自然风光、多姿多彩的民族风情以及独特的名贵特产风味。

凌薇最喜欢看的报纸是曼谷的华文报纸《世界日报》。“她”从《世界日报》中了解到中国自从实行改革开放以来经济飞速发展，已成为世人瞩目的热点，越来越多的外国人前往中国寻求投资、合作和贸易的项目，再加上亚洲四小龙的台湾、香港，更形成了对未来世界经济有举足轻重影响的大中华经济圈。

“她”通过阅读中文杂志和报纸，加深了对中国的了解，也加深了她对中国的感情。

凌薇听广播看电视也喜欢带“中国”字的节目，就在她没事的时候，“她”便邀请几个要好的人妖到芭堤雅那哥路几家适合华人的卡拉OK厅去唱中文歌（国语、闽南语、粤语等），如《茉莉花》、《采槟榔》、《真的好想你》、《长城长》、《我的祖国》、《洪湖水浪打浪》……“她”只有在放开嗓子全副身心地忘我唱歌的时候，才感到无忧无虑，轻松愉快。

泰国是一个以佛教为主要宗教的国家，佛教是国教，信佛的人占整个宗教人数的95%，全国大小佛教寺庙共有3万多座，尤以玉佛寺闻名于世。

一般笃信佛教者都要在自己平生中出家当一次和尚，出家的年龄和时间不限，可以一周、数月或一年，在寺庙中念经拜佛。

凌薇也是一个虔诚的佛教徒，但“她”没有到寺庙里出家，而是经常到距曼谷25公里的北榄府暹罗代天宫敬佛。

这座在东南亚最宏伟的中国式古建筑，气势磅礴、宏伟壮观，宫内供奉代天巡狩的五府千岁——五王爷。

五王爷系唐初李世民时代，忠臣名将李大天王李天亮、池二王爷迟梦彪、吴三王爷吴孝宽、朱四王爷朱淑裕、范五王爷范承业五人的合称，他们结拜兄弟，共扶盛唐。

凌薇因崇拜中华民族英雄，把五王爷当作“她”心中的佛，经常来此供奉。

泰国一年重大节日有15个，而凌薇最喜欢过华人的春节。

每到春节，曼谷的唐人街除各种节日食品物品外，还舞狮、玩灯笼、游街，还举行“中国小姐”选美比赛。

一些华人组织或个人捐资在寺庙等地演出京剧、潮州戏。

凌薇喜欢看京剧，京剧中一些浓妆艳抹的演员身着古装戏服表演的优美动作、唱腔，戏剧情节和舞台艺术，以及伴奏的京胡、长短笛、木管乐器、锣鼓等和谐演奏的音乐，令她心旷神怡。

凌薇已做变性手术8年了，每年得靠注射雌激素来蜕化“她”的喉结，消失“她”的胡须，使“她”的肌肤变得如同女人一样细嫩，保障“她”拥有女人的胸、腰、臀，从而保持女人般的袅娜身姿和容颜。

凌薇经常去注射雌激素、看妇科病、皮肤病的医院是位于曼谷拍风路32巷的“上海市中西门诊部曼谷分部诊所”。这里汇聚了上海众多著名的老中医和中西医专家，每月医治各类疑难杂症病人不计其数，在泰国和中南亚地区享有很高的声誉。

凌薇非常信任中医，“她”只要患病，就及时到这家诊所接受治疗。

自从特大金融风暴袭击泰国后，由于经济危机带来的恶性循环，泰国的各行各业显得十分萧条，下岗失业人员急剧增加，就连过去曾经令人羡慕的“无冕之王”的报社、电视台、电台的记者，下岗人数也达到了3000多人，他们为了养家糊口，如今不得不放下身架，过起小商小贩们酸甜苦辣的生活。

凌薇父亲经营的中药店和母亲经营的美容院，生意也大不如从前。

父母想到潮州老家投资办店，但因没有足够的人力和财力而作罢。凌薇也想回到潮州去看看爷爷生前念念不忘的家乡，但“她”一想到自己已是人妖的特殊身份，心中就不免有些自暴自弃了。

每当凌薇路过曼谷市拉差达披色路57号的中国大使馆时，心里便涌起一股难以言状的激情，倘若出生在中国，“她”是绝不会去做人妖的。

不知不觉与凌薇谈了三个多钟头。

结束采访时，凌薇笑着说，后天就是“她”22周岁的生日，“她”向歌舞团老板请了三天假才回曼谷家来的。

生日那天，“她”将邀请几个要好的朋友还是到这家中国酒店欢聚，因为这里有正宗的粤菜、潮州菜、海南菜、客家菜，还有北京的烤鸭、天津的狗不理包子、黄煎饼、锅贴、葱油饼等特色小吃应有尽有，花样繁多，而且都是正宗名厨主理操持，风味正宗，服务周到，价格也相对便宜。

告别时，凌薇说了一声泰语“Lagon（再见）!”顺便邀请张先生和我有空的话，也去参加“她”的生日聚会。

目送凌薇款款走出中国酒店，“她”婀娜多姿的俏丽身影渐渐消失在色彩斑斓的唐人街深处，我情不自禁地思忖：凌薇今后的人生会永远这么惬意舒心么？

芭堤雅的人妖各有各的不幸，其中有一位人妖痛恨“她”父亲这样资财丰厚而又生性风流的男人

在泰文和日文里都没有“人妖”这个词。据说它是旅泰华人创造出来的，意思是专指那些通过荷尔蒙、硅胶和变性手术达到丰乳肥臀的男儿身女儿相的“男人”。

泰国人妖的来源有两种说法：一种说法是由印度的“阉人”演变而来。很久以前，印度王宫专门物色有生理缺陷的“阴阳人”服侍女眷，甚至有不少生活贫困的男人被阉割后到王宫中谋差，而有一部分在王宫中谋不到差事的“阉人”只好转而学歌学艺，以献艺卖歌为生，逐步形成职业市场。这种“阉人”的流动性很大，慢慢流浪到泰国，导致泰国流行“阉人”（现在称为人妖）。另一种说法是源于泰国历史悠久的性文化、性泛滥。泰国色情业发展迅速，历来就有许多女子从事色情服务，女子容易挣钱养家，使得许多男人也想方

设法朝着女人方向发展，于是人妖这个特殊的群体便逐渐产生了。

直到20世纪末的90年代，泰国人妖已达数万人，年龄在14～50岁。这些不管来自贫民家庭还是极少数富裕家庭的子弟，其嬗变成为人妖的主要途径有两种：一种是把男孩从小当成女孩培养，待到一定年龄后就注射雌性激素，让其男性基本特征消失，逐步使其女性化，而后做一次变性手术便成功，这种方法培养出来的“人妖”酷似女孩，一般人难以分辨出来。另一种方法是一些人付不起昂贵的变性手术费用，仅用药物、整形和整容使其渐渐在形体上女性化。

早在20年前，芭堤雅的人妖还只限于照片展览，以后逐渐发展到在色情场所、妓院里私下表演。然而惟利是图的商人却不失时机地利用人妖赚钱，将人妖一步一步从阴暗角落推向社会大舞台。

到了20世纪80年代中期，人妖发展成为颇具规模的私人艺术剧团，有固定的演出场所。

近年来人妖迅速发展，人妖的兴盛与泰国开放的色情旅游服务有关，世界各地许多游客就是冲着芭堤雅的人妖来的。芭堤雅之所以允许人妖表演，能宽容人妖以各种手段谋生，主要是芭堤雅作为泰国特区，有关方面从人道主义出发，给人妖一个安身立世的地方，以人妖来吸引游客。目前泰国的人妖达到2万以上，主要集中在芭堤雅。

芭堤雅位于曼谷东南147公里，过去它仅仅是暹罗湾边的一个小小的渔村。最早由美国人发现芭堤雅，认为这里是一个休闲消遣的优良沙滩。1961年驻扎在泰国北部的乌汶美军基地人员一遇休假就纷纷涌向芭堤雅这个美丽的海滨沙滩。从此以后，沉睡的芭堤雅逐渐变成泰国的明珠城市和最有名气的海滩度假胜地，小小的渔村渐渐被各种豪华宾馆、酒店、度假屋、娱乐场、商厦所替代，享有“东方夏威夷”的美称。现在每年来芭堤雅旅游观光的游客达 400 多万人。

我们旅游团上午达到芭堤雅。白天，芭堤雅的街头大多关门闭户，行人稀少，游客们纷纷到珊瑚岛、东芭乐园、小人国、云石公园、海滨沙滩等地游览。只有到了傍晚，街头仿佛一觉醒来，骤然涌现出肤色不同的世界各国游人和川流不息的各色车辆。各家店铺纷纷开张营业，特别是红灯区里的夜总会、俱乐部、歌舞厅、咖啡屋、酒吧、卡拉 OK 厅，鳞次栉比，满街绚丽的霓虹灯迷离闪烁，使得芭堤雅的夜生活丰富多彩。

21 时，导游张先生带我们到“蒂阿佳”人妖歌舞团观摩人妖表演。一张门票 400 泰铢，持票走进剧场，发现剧场挺大，能容纳观众 800 人左右。

21:15，随着悦耳动听的音乐声，宽大的褐色帷幕徐徐拉开，典雅华贵的舞台背景中彩灯熠熠闪耀，紧接着全体演员踏着轻曼舒缓的节奏款款登台亮相。演员们一个个浓妆艳抹、妩媚妖娆。

据张先生介绍，这家人妖歌舞团拥有 66 名演员，平均年龄在 24 岁，只有服装师一人才是真正的女性。

21:30，人妖歌舞表演正式开场了。整台歌舞没有节目主持人报幕。歌舞表演其实也只舞不歌，因为人妖为了保持女性的体形和皮肤，长期服用雌性激素，使发声器官变形，声带变得粗重，所以人妖在舞台上用泰、英、日、中四种语言演唱的歌曲都是演员按照录音对口型，而且这种口型对得丝丝入扣，以假乱真。

人妖所表演的演唱和歌舞轮流交叉，台上的大型布景也随机应变地迅速轮换，每一轮独唱过后便是众多人妖的大型歌舞。舞台艺术效果特好，灯光音响效果也属一流。

人妖的演技非常精湛，而且演得也十分投入，有些节目甚至令人陶醉。当人妖用中文表演《梁祝》、《天仙配》、《血染的风采》、《茉莉花》等名歌名曲时，众多华人观众热烈鼓掌。

最后一个节目用英文演唱电影《泰坦尼克号》中的主题歌 *My heart will go on*（《我心永恒》）时，全场掌声雷动，经久不衰。

两个半小时的演出结束后，人妖们迅速赶到剧团门口与观众合影。

人妖与游客每合一张影，便收取 20 泰铢小费。若是与人妖搂抱着、抚摸着合影，就得给 50 泰铢的小费。

几个漂亮人妖，游客与“她们”合影的人数格外多，“她们”得意洋洋，更加放荡。

而那些容貌略为逊色的人妖，有的被冷落在一边，凄凄怜怜地不时向观众撩胸露腿，引人合影，以赚取小费。

人妖的小费都属于“她们”个人收入，与“她们”合影的人越多，“她们”的小费收入也越多。而“她们”每天三场演出的收入都归老板所有，老板把“她们”当作发财的摇钱树，每月按等级给“她们”相当低的薪水，月收入高的在一万泰铢左右，低的仅两三千泰铢。由此，“她们”只有靠小费增加更多的外快收入。

我与一个身材修长、眉目清秀的人妖合影后，提出想采访这位叫欣思的人妖。

“No！No！”欣思一个劲地摇头。

导游张先生插话道，欣思是他在曼谷一位朋友的远方亲戚，他熟识欣思。

张先生解释，欣思和歌舞团其他人不可能随便单独自由活动，因为歌舞团的管理非常严格，而且老板有黑社会背景，歌舞团的人妖稍有不慎就会被打得死去活来甚至命赴黄泉。在歌舞团里，死一个人妖算不了什么，反正长年累月团里的人妖生生死死，死死生生，对老板来说已经无所谓了。

我们回到海滨路康罗陶芭莎宾馆后，张先生向我讲述了欣思的不幸人生经历——

欣思的父亲是曼谷一位房地产老板，拥有千万资财。然而父亲是一个生性风流的男人，娶了 4 个女人，他还不满足，又在外面长期包养情人。尽管泰国法律规定一夫一妻，但许多男人还是娶了小老婆生儿育女。

欣思是第二个小老婆所生的独子。由于欣思的母亲妩媚漂亮，姿色出众，但又生性懦弱，所以经常遭到其他几个妻妾的嫉妒和欺凌，直到将欣思的母亲从丈夫身边赶走。

欣思的母亲携着年幼的欣思四处漂泊，艰难度日。欣思 8 岁那年，母子俩已经走投无路，欣思的母亲不得已才决定找欣思的父亲。

欣思的父亲风流成性，居无定所，喜欢到红灯区泡女人。

一天夜晚，欣思的母亲带着欣思到曼谷有名的红灯区——帕蒂蓬寻找丈夫。

这条街五颜六色的霓虹灯在夜空中璀璨闪烁，街道两旁尽是些裸体女人勾魂摄魄的画像和男女交欢的图案。

母亲领着欣思刚跨进“乐雅园”娱乐宫，欣思便大吃一惊，大堂正厅有一个巨型透明的玻璃屏障，屏障里面坐着几十名打扮得花枝招展的妙龄女郎，在柔和晶莹的灯光映照下一个个年轻漂亮、风情万种，令人赏心悦目，心旌荡漾。

母亲告诉欣思，里面的每位小姐胸前挂有号码牌，红牌小姐价格高，绿牌小姐价格低，欣思父亲喜欢玩这些高价的红牌小姐。

母亲携着欣思在红灯区一连找了十多家，才好不容易在“梦之岛”碰见父亲正搂着一位文静秀气、仪态端庄的少女从楼上房间里款款而下。

父亲见欣思母子俩可怜兮兮站在大厅里一动不动，他不耐烦地掏出一沓钞票，冷冷地扔给欣思的母亲，而后搂着那个漂亮少女徐徐走出“梦之岛”，开着奔驰轿车消失在迷离的夜色之中。

此时此刻，欣思开始怨恨父亲的无情无义。

欣思渐渐懂事了，在颠沛流离的生活中，更加痛恨父亲这样有钱而又滥情的男人，而且真想报复这样的男人。

欣思在单身母亲的抚育培养下，不知不觉地朝着女人方向发展。

欣思 14 岁那年，强烈要求做了变性手术。16 岁那年，欣思考入芭堤雅“蒂阿佳”人妖歌舞团，现在 22 岁的欣思已是团里的半个主角。而今，欣思私下里已经拥有多个有钱的情人。

欣思没有住在剧团的房子里，“她”在芭堤雅那哥路租了一套房子，经常与要好的富翁保持同居关系。那些有钱而又风流的男人都被欣思玩弄得拜倒在“她”的石榴裙下，神魂颠倒，争风吃醋，欣思在这种风月情场的快感中逍遥度日。

欣思现在有钱了，“她”为母亲在曼谷大皇宫附近买了一间房子，每年“她”请两次假专程回到母亲身边生活，有空就陪母亲逛逛大皇宫。

大皇宫建于 1782 年，是泰国建筑艺术的巨构，也是曼谷王朝的象征。泰国人称大皇宫为“泰国艺术大全”，因为它汇集了泰国的建筑、绘画、雕刻和装潢艺术的精粹。欣思和母亲都是虔诚的佛教徒，母子俩喜欢到与大皇宫毗邻的玉佛寺拜佛。

玉佛寺是泰国所有寺庙中最崇高的代表，整个佛寺金碧辉煌，富丽堂皇，大雄宝殿内供奉着一尊价值连城的泰国镇国之宝——翡翠玉佛（释迦牟尼）。欣思和母亲经常跪拜在玉佛面前祈求佛祖保佑。

欣思也知道，待到“她”不能再登台表演之时，“她”的人生晚景必然会悲惨凄凉。“她”现在只有拼命从那些富有的风流男人那里捞些钱财，为今后的不幸日子预备足够的财力，才能在退隐之后以此来了却残生。

“她”渴望成为歌唱家，几经拼搏，“她”却成了一名走红的人妖歌手

伊锦人妖歌厅位于芭堤雅博市拍担纳路。

入夜时分，我走进歌厅时，歌厅已经开始营业了。

大厅和包台尽是些充满青春活力的风尘女子。此时要准确分辨哪一个是女子，哪一个是人妖，的确十分困难。

正因为如此，歌厅才给顾客们增添了无数神秘感和刺激感，于是游客与任何一位服务小姐、伴舞女郎或者歌手打交道，都必须小心翼翼。

正在我尽其所能辨别女子与人妖之际，一位颀长、风姿卓绝的小姐飘然地从我面前走过。

“您好！”我用中文客气地向她打招呼。

“先生，您好！”她嫣然一笑回答我，而后她轻轻地坐在我的对面。

她一脸淡妆、一身淡服，宛如一朵出水芙蓉，艳丽恬静。

她微微浅笑着，侧影颇似一个清纯文静的苗族少女。

她主动与我搭讪，得知我是中国人，她格外热情，她对中国人好像有一种天然的亲切感。

她接过我付的400泰铢小费，愿意到歌厅稍微安静的一隅接受我的采访。

“她”自我介绍，“她”的名字叫肯，“她”不是一个真女人。直到此时，我才知道“她”是人妖。

肯的外祖父外祖母是中国云南省瑞丽苗族人，1932年随着中国向泰国输出劳工，一起结伴到泰国此北山区清迈府沙蒙县一家锡矿卖苦力。

按合同规定，一般在泰国的华工在工期结束后，就要按时返回中国。肯的外祖父染上了鸦片瘾，已负债累累，终因还不起债款而被迫长期滞留在矿井中作雇工卖苦力。

肯的外祖母不忍心丢下外祖父，一起留了下来。两人每天要劳动12小时以上，住的是临时工棚，吃的是芋头玉米糊，全年的收入仅50铢。

待到两人还清债务，离开了锡矿，却无盘缠回国，只好流落到高山崇岭的巴蒙苗寨定居，以开垦荒山种植芋头、玉米为生，后来也靠种植鸦片换得一些钱财，生活才有了转机。夫妻两人到了40多岁才生下肯的母亲。

到了肯的母亲的少女时代，华人还一直受歧视。山寨没有华人学校。肯的母亲没有上过学，但她天生丽质，歌喉委婉动听，在山寨唱歌、跳舞，开始在山寨走红，是苗家山寨出了名的歌女。

肯的母亲以她妩媚的姿色和超出常人的文艺天赋，凭着她的先天音质和对山歌的热爱，逐渐唱出了巴蒙山寨、唱出了沙蒙县，来到泰国第二大城市清迈寻求歌坛更广宽的天地。

肯的母亲被聘用在清迈文化中心表演民族歌舞节目。

两年后，肯的母亲被解聘。

肯的母亲不愿回乡，就租住在清迈府素贴山麓的清迈大学附近，因为这里聚居着许多苗族人，不论中国的苗族人还是泰国的苗族人，人们在这个苗族村落里和睦相处。

肯的母亲生下肯之后，就注意培养肯的演唱技能，希望肯将来能圆她未圆的梦——成为一名有出息的歌唱家。

肯沿着母亲企望的道路，经过10多年的努力奋斗，终不能如愿，但肯深受母亲影响，仍然渴望成名。

母亲带着肯到曼谷一所音乐学校接受声乐专业训练，还到一些歌舞团请教过名家指点，然而，肯还是没能出人头地。

经人指点，肯去朝拜曼谷声名远播的“有求必应”的“四面佛”。

据说，“四面佛”能保佑四面八方的人心想事成。她从曼谷的一些报纸上获悉，香港一位女歌星在香港运气不佳，一直不能走红，她专程来到曼谷朝拜了“四面佛”，回香港不到半年，逐渐红遍了香港。女歌星大红大紫之际，为了表示自己虔诚的还愿之心，她再次专程赶到曼谷“四面佛”寺内，赤身朝拜还愿，不料被当地警察当作疯人关押。女歌星与警察言语不通，缺乏交流。后来通过中文译员翻译，警察才知道“疯女人”是香港大红大紫的歌星来还愿。警察怕得罪“四面佛”，迅速赶到“四面佛”前跪拜洗罪。

这个故事在日本、东南亚、港台等地影视歌坛传开后，一些渴求功成名就的影视歌星蜂拥而至，在“四面佛”面前求事业、祈爱情、盼发财、保平安……

肯也到“四面佛”寺内跪拜许愿，祈祷“四面佛”保佑“她”事业辉煌。

为表达诚意，肯和其他少男少女一样在寺内载歌载舞，为自己，也为众多善男信女许愿、还愿。

然而，一年过去了，肯仍未能如愿成为一名当红的歌星。

正在肯失落苦闷之际，“她”听说芭堤雅人妖歌星容易出名。

肯揣着梦想，独自南下芭堤雅，靠服用雌性激素，身体逐渐开始女性化。

肯深知进入人妖剧团不是一件轻而易举的事，首先要有人介绍，其次要看“她”的身体条件和资质是否适合表演，还要经过艺能考试。即使过关斩将被录取了，也还要有担保人，保证其在品行上不出问题，最后才能签约。进入剧团后还要经过严格的女人形态和技能表演的训练，并且还要长期接受雌性激素的注射，几个月甚至一年后方可登台表演。

肯尽其所能，还是没有考入人妖剧团，最后考入芭堤雅伊锦人妖歌厅当歌手。

歌厅里，其他人妖的歌喉均是粗重沙哑的男声，演唱时只能对口型，只有肯一人练就了一副如同“她”母亲般甜脆婉转的女嗓子。

肯与众不同、如梦如幻的歌声曾经打动无数歌迷，也招徕了不少顾客。肯由此声名远播，歌厅的生意也因此十分红火。

肯和歌厅其他人妖一样，都住在歌厅后面的一排封闭式的平房里。房内有一张床、一张桌子、一张沙发、一面落地穿衣镜。

窄小的房间是肯和其他人妖歌手自己的天地。每当夜幕来临，肯和人妖歌手们都做着几乎相同的事情，忙于沐浴，精心地梳妆打扮，尽量夸张自己的青春和美丽，以讨顾客们欢心。

肯每天都要走进嘈杂热闹的歌厅唱歌跳舞，在楼上楼下一片乐声歌声中开始重复着往日的节目和侍候着不同的面孔。

肯几乎每晚都通宵达旦地与来寻欢作乐的好色之徒、同性恋者唱歌、跳舞、聊天、打情骂俏，忙得不亦乐乎，“她”尽力地讨男人欢心，多给一些小费。

肯只有忙到天亮，待到顾客散尽，才能返回房间休息。

肯已经习惯这种“日落而作，日出而息”的生活方式。白天，肯有时精疲力竭地躺在床上辗转反侧，感到全身心空荡荡的孤独，自己就像一株没有根的浮萍，不知如何去面对眼前没有尽头的路，只有在梦里才偶尔寻回一些童年美好的回忆……

休闲时光，肯有时喜欢到珊瑚岛上去游玩。

珊瑚岛风景如画，气候宜人，肯在海中游泳，在海滩上享受日光浴。肯还尽可能参加岛上各种刺激的水上运动，跳伞、滑浪、潜水、射击，以消磨时光，排遣心灵的孤寂与寂寞……

“她”身穿名牌，满面笑容，灵与肉却在醉生梦死中重复着昨天的故事

走在芭堤雅的大街上，人们所见到的人妖，大多服饰亮丽、高挑妩媚，眉目传情地向路人微笑着。然而，微笑的背后都隐藏着每一个人妖辛酸的人生经历与难以言状的苦难。

人妖的日子是比较艰难的，能够被一些人妖艺术剧团聘为演员的算是人妖中的佼佼者，比较幸运，因为“她们”有固定的表演舞台和食宿房屋，每月有固定的收入，尽管老板对“她们”盘剥压榨、严加防范和残酷约束，但“她们”可以暂且不为眼前的日子操劳。

而对于那些更多的不能被聘为演员的人妖，“她们”没有固定的职业，不得不散流在社会底层的每个角落去想方设法谋生。

一天傍晚，我们旅游团一行到红灯区繁华热闹的地段参观，来到了 JJT 夜总会门口，只见门前高高地挂满了一串串大红灯笼闪耀着火红的光芒，大门两边醒目的广告招牌上贴着几十个妖艳的美女，门口两个身穿大红套头缠白裹纱布的阿拉伯男侍不断彬彬有礼地迎接各种肤色的男人光临，又不断地欢送这些男人挽着挑中的女子或人妖外出。

JJT 夜总会与临近几个酒吧、按摩院、娱乐城连成一片灯红酒绿的街景，让人很容易想到中国旧社会花街柳巷繁华嘈杂的迷蒙景象。

据导游介绍，JJT 夜总会是这条街生意十分火爆的色情场所，这里有少女，也有人妖。人妖有爱，但人妖的爱不是情爱或爱情。

在导游的带领下，我们一行 5 人带着强烈的好奇心购票走进夜总会探访。

中央大厅，天顶上一盏硕大的柔和晶莹的七彩旋转灯在缓缓流动，轻松舒缓的音乐悦耳动听。

大厅周围有长方形、圆形、矩形、菱形、锥形等形形色色的酒台、吧间、歌厅，据说二楼三楼设有异性裸体按摩室、浴室。

按摩室和浴室的全套服务是按摩女和浴女应召为选中自己的有钱男人按摩、陪睡、跳色情舞蹈。

我们坐在一间廉价的歌厅，一边听音乐，一边从中央大厅的玻璃房中极力辨认混入几十名鲜亮耀眼少女中美妙绝伦的人妖。

据说，只要猜中一名人妖，就可以免费喝一瓶啤酒，猜错就得罚双倍的门票价钱。

正在我们饶有兴趣地竞猜时，一位身材颀长的妙龄女郎，步履轻盈地向我们这边走来。她穿着又透又露而又银光闪烁的高级名牌拖地长裙，一头披肩长发乌黑发亮，耳上戴着晶莹耀眼的巨大耳坠，裙领口压得很低，两个丰润的雪白乳峰之间吊着的水晶项链熠熠生辉，浑身上下在斑斓璀璨的旋转灯光照耀下，显得珠光宝气而又雍容华贵。

她一边行走，一边眼波晶莹地不停向游客们献着飞吻。

她径直走到我们隔壁吧台两位美国人面前，脉脉含情地搔首弄姿，勾引美国男人。两位美国人色迷迷地淫笑着注视她。

她干脆露胸撩腿，走进吧台，顺势跌进两个美国人的怀里，嗲声嗲气地一手搂住一个男人狂吻起来。

两个美国男人贪婪的手不停地侵入她的胸部和腹部，逗得周围人捧腹大笑。

导游告诉我们，“她”也是人妖，正在寻觅同性恋者。

直到此时，我们才恍然大悟。

导游听说我想采访“她”，便上前用泰语与“她”打招呼。

“她”以为我们也是同性恋者，连忙走过来问好，主动递给导游一张名片，上面留着“她”的住址和手机号码，注明“她”下班后可以应召上门提供服务。

夜总会的活动正式开始，我们一行人便离开了。

回到宾馆，我和导游商量第二天如何采访今晚我们在 JJT 夜总会见到的那位应召人妖。

第二天下午，导游与应召人妖打通了电话。

半个小时后，人妖守约而至，来到宾馆房间。

“她”以为这里需要提供性服务。

当导游介绍我要采访“她”时，“她”显得有些不高兴。

“她”说，她最不愿意与别人谈论自己的心事。

我答应付给“她”超过应召服务费用的价钱后，“她”才慢慢吞吞地从随身所带的褐色鳄鱼皮包里搜出一本发黄的日记本。

“她”说，“她”的人生大致写在这本日记里。

我付给“她”采访费用后，导游陪我开始阅读人妖的日记，导游不时地给我翻译一些文字、细节和重要段落……

“她”叫迪康，出生在泰国北部素可泰府童沙廉县那空区。“她”隐约记得自己有兄妹四人，“她”排行老三。父母以种植烟叶和黄豆为生。上学前，“她”经常随父母到家乡小镇卖些烟叶和黄豆换来大米。

家乡小镇非常开放，歌厅、舞厅，尤其是卡拉OK厅包厢，在小镇上密密匝匝、层层叠叠地有三四百家。在这些娱乐场所内跑场或服务的各色小姐成百上千，都或明或暗地从事色情活动。

迪康曾随着哥哥亲眼目睹了歌舞厅里的裸体歌舞。那些坐台（卖淫）的女子跳起舞来如入无人境地脱衣解裤，全身赤裸，伴随着迪斯科的狂歌劲曲扭动着四肢，不时用一些下流动作勾引男人走进舞厅深处的房间……

据说，歌舞厅老板还专门培训过这些脱衣舞女，给她们集中培训，一边观摩、模仿世界各地跳脱衣舞黄色片子的动作、语言、细节，一边从曼谷请来脱衣舞女现场训练小姐们，教她们勾引男人的技巧和方法。

歌舞厅里，形形色色的脱衣舞女年龄最小的只有十几岁，最大的也不过 24 岁，她们丝毫没有廉耻感。有的老板为了赚钱，逼迫每天每位脱衣舞女必须接待 4 至 8 名客人，舞女挣的钱都被老板搜走，舞女们只有用一些奇招异式的歌舞来博得游客们高兴快活，才能落下一些小费归自己所有。

迪康幼小的心灵中，家乡的青山绿水与污秽放荡的风情形成了强烈的反差。后来，迪康逐渐明白，贫困固然是良家少女进入色情行业的重要原因，但社会上一些人贩团伙更是逼良为娼的直接原因。

迪康家乡连年干旱，土地龟裂，粮田颗粒无收，钱对于穷苦人家来说显得更是至关重要，因为吃穿用住都离不开钱。女儿外出打工，或一些不法分子来招工，尽管父母们大多知道女儿在外从事肮脏行业，但是，父母和女儿们又没有别的选择。在家乡，女人卖身并非丑事，而且当地很多人家都是这样用女人的色相来挣钱养家。

家乡经常来一些外地职业中介机构工作人员。这些人员中有一些大多是人贩子，他们身揣“公文”“公章”，采用欺骗手段，以高额薪水为诱饵，从家乡招走一些少男少女，然后将这些少男少女骗至南方的曼谷、芭堤雅等地。

人贩子将少女高价卖给酒吧、按摩院、浴室、夜总会或娱乐城里过着娼妓生涯。少女们失去了人身自由，白天有人照管，夜晚由打手们分头送往约定的地点去“上班”。

人贩子将少男卖给人妖剧团的老板，供老板选做人妖。

迪康在日记中用了很长篇幅描写了“她”至死也忘不了十多年

前的那个血色黄昏。

那天下午，10 岁的迪康放学回家，看见父母正在家中热情招待一位自称是曼谷一家公司老板的陌生男子喝酒。

迪康见家中来了客人，便很有礼貌走到这位 40 来岁的男子身边，两掌合十地问候：“Sa Wat Dee Krap Kun!”（您好，先生!）

这位男子搂过很有礼貌的迪康，微笑地问：“你家里现在很困难，我愿意帮助你家。我们公司现在正在招工，那里挣的钱多，也很容易挣钱。”

迪康深知家里很穷，急需要钱用，他愿意外出做工挣钱帮助养家。

迪康望着父母，想倾听父母的意见。

父母似乎早已和这位老板商量好了，一起劝迪康赶快换上一套新衣裳，趁早与老板一道出发。

临走时，老板还慷慨地付给迪康父母 500 铢泰币作为预付的薪金。

迪康恋恋不舍地与父母兄妹告别，而后离开了家乡。

第二天上午，老板将迪康带到南方的一个热闹的水上市场。

迪康后来才知道这地方是距离曼谷 80 公里的郊区叻武里府丹能沙都阿水上市场。

这里，每天早晨 5 点到 8 点半，来自各地的木舟载着热带水果、蔬菜、花草、手工艺品、布衣鞋袜、玩具、家庭日用品以及其他农副产品聚集在水上市场做生意。

迪康随老板在水上市场附近住了两天后，急着想要去公司上班。

老板此时原形毕露，称他花了 500 铢将他买来的，现在必须听他的话。

当天下午，老板开车将他送到芭堤雅一家地下人妖剧团老板手中，以 6000 铢高价将他转卖给了人妖剧团老板。

人妖剧团老板每天将迪康锁在地下室一间低矮阴暗的房子里，派专人照管他，定期强行给他注射雌性激素和药物。

与世隔绝的迪康逐渐感觉到自己的身体在悄然发生变化：喉结变小、生殖器萎缩、胸脯隆起、皮肤柔腻、臀部丰润，自己越来越像个女儿身。

两年后，迪康被迫接受人妖训练时，“她”才意识到自己已经是人妖，“她”的体形完全女性化了。

迪康在人妖剧团里被强行训练了 3 年，仍不能登台表演，只能在团里做一些剧务活儿：清场、搬道具、跑龙套。

迪康 18 岁那年，已成长为一个亭亭玉立、风姿绰约的“妙龄女郎”。

老板见迪康登台无望，便以 3 万泰铢将迪康卖给了现在的 JJT 夜总会当“应召人妖”。

“应召人妖”的遭遇是凄惨的。因为“应召人妖”在夜总会里别无所长，只能够专门为那些来自世界各地的同性恋者提供性服务，不分白天黑夜，一天 24 小时随时听鸨头调遣，供不同国籍、不同人种的男人疯狂而残酷地发泄兽欲。

迪康记不清自己在 JJT 夜总会应召的几年间服务过多少男人女人，“她”也曾在醉生梦死的纵欲中欢笑过，哭泣过，兴奋过，悲苦过，痴爱过，痛恨过……

迪康至今对一位名叫杰斯的美军少尉念念不忘。

1992年4月，芭堤雅在泼水节举行规模宏大的市庆盛会。

声势浩大的庆祝活动，有水灯比赛、花车比赛、选美比赛、水上运动比赛。

芭堤雅是国际旅游胜地，市庆期间，各国游客相约来参加各种比赛，整个城市热闹非凡。

迪康在选美比赛结束的那天上午，看完颁奖仪式后，准备去海边沙滩上散步。正在此时，一位英俊高大的美国小伙子微笑着向“她”问候：“‘小姐’，如果您参加选美比赛，一定能拿冠军！”

“谢谢您的夸奖！”迪康略懂英语，于是用英语回答美国小伙子。在芭堤雅城内，大多数泰国人用英语与各国游人交流。

“我叫杰斯，美国人，我俩会成为好朋友。”杰斯自我介绍后，便盛情邀请迪康一起乘车来到芭堤雅市郊的东芭乐园游玩。

迪康似乎与杰斯一见钟情，有生以来第一次被自己爱慕的英俊男人邀请到依山面海、百花吐艳的乐园游玩，“她”心里美滋滋的。

欣赏完如诗如画的风景，杰斯携着迪康在大型表演场所观摩泰国传统民族风情歌舞表演和大象表演。直到夕阳西下，沉醉在欢乐之中的杰斯将迪康带到他住宿的房间。两人一阵狂欢后，迪康见暮色已至，便战战兢兢提出要赶回JJT夜总会。迪康担心迟到会受到老板与打手的严惩。

杰斯满不在乎地安抚迪康：“我有的是钱，别怕老板，我送您去夜总会。”

杰斯护送迪康回到JJT夜总会。

杰斯见到老板，甩给老板1000美金，包租迪康一周。

老板点完美钞，慷慨地将迪康包给了杰斯。

七天里，杰斯与迪康如影相随，倾心相恋，迪康人生头一次感受爱人、被人爱的甜蜜。“她”感觉眼前拥有的幸福早已抵消了自己22年来所遭受的人生悲苦与辛酸。

4月22日。杰斯在一家酒楼为迪康特意定下生日宴。

迪康早已忘记自己的具体生日。22年来一直没有人为“她”过生日。今天杰斯为“她”庆祝生日，“她”邀来了几位要好的朋友聚会。

“她”高兴得一会儿哭，一会儿笑，这是“她”人生第一次享受拥有“爱情”的幸福！

4月25日。杰斯说他假期已到，必须回美国。

迪康痛苦得死去活来。离别送行之际，迪康才隐约知道杰斯是一位军人，而且是一位少校。

杰斯信誓旦旦向迪康保证，他会每年4月份来芭堤雅与迪康约会。

迪康含泪送走了杰斯。

夜总会老板依然将迪康抓了回来。

迪康的日子依旧。

深陷恋情困惑中的迪康，仍强颜欢笑在夜总会里应召，偶尔给家中寄些钱物。

迪康的父母兄妹知道“她”现在的遭遇，不但不同情，反而责怪“她”自作自受。迪康现在已经走到这一步，“她”不做应召人妖，还能做什么呢？

迪康在日复一日苦苦期盼着第二年4月的到来。

迪康一直苦盼了三年，盼得有些心灰意冷了。

“她”渐渐意识到那个曾让“她”幸福的美国少尉，已经彻底抛弃了“她”，“她”痛不欲生。

后来，迪康不敢再情系于任何男人了。“她”在风月场中只是逢场作戏，收完费便与男人一刀两断。

迪康深深地感到，在泰国这个金钱社会里，生意就是生意，人情淡如水。

迪康在夜总会空虚无聊时看到一些顾客被白粉或注射器弄得飘飘欲仙、神魂颠倒。“她”好奇、羡慕，当顾客慷慨地送给“她”白粉和毒液后，“她”也尝试着用毒品来解脱自己。

渐渐地，迪康染上了毒瘾。为了毒资，“她”有时冒充夜总会的准少女在外卖身，凭着“她”既性感又能说会道的女性柔情，“她”比别的应召人妖能赚得更多的钱财。

迪康在毒品中麻醉自己，“她”的身体每况愈下，人也日渐消瘦，昔日过度的夜生活与不可遏制的纵欲已使“她”眼睑开始浮肿，皮肉开始松弛，每天如果不精心化妆打扮，洗尽铅华的“她”的容颜会显得平淡甚至丑陋。

迪康白天没有应召任务时，有时来到海边看海。

坐在海滩的软椅上，迪康放眼瞭望辽阔的蓝色海面来往游船上欢声笑语的男人女人，“她”不免仍然感到悲凉，“她”多么羡慕和向往别人的幸福人生啊！

眼前漫无边际的沙滩洁白细腻，海水不断地轻轻拍击着沙滩发出一种温柔低缓的节奏和旋律。

当海风轻轻地吹拂迪康的面庞时，“她”仿佛感觉到远方隐隐约约飘来北方素可泰家乡庙宇中的风铃声。

迪康悠悠地思念“她”远方的亲人……

家庭遭受灾难时，总得有个人站出来顶天立地

夜幕掩映下的芭堤雅红灯区，大街小巷到处都是开放性的酒廊吧台。酒吧的大小规模、级别档次各有不同，以适合各个国家、各个阶层不同游客的需求。

一般敞开式的酒吧将吧台围成椭圆形放在大厅中间，再在吧台周围摆放一圈高靠背旋转凳子。老板们和酒吧侍女坐在吧台中央，等待顾客前来闲坐聊天。

当前来寻乐的顾客与老板或侍女谈妥价格后，酒吧里面马上就有三陪女郎迎出来陪酒、陪玩、陪舞一条龙服务，若想要三陪女陪睡，价格另当别论。

芭堤雅酒吧的三陪女郎成百上千，国内的、国外的，白色的、黄色的、黑色的，高挑的、低矮的，高级的、低级的……

这些各种不同的三陪女郎以她们特有的服务吸引着世界各地的游人、富商巨贾前来玩乐，从而促使芭堤雅旅游业的兴旺和繁荣。

坐落在红灯区南路的迈克雅酒吧，大约算是一家上档次的酒吧。

门口的霓虹灯是一个坐在硕大酒杯里的裸体女郎的画像，绿色的玻璃大门虚掩着，身着比基尼泳装的两名漂亮酒吧侍女站在门口微笑着招揽顾客。

“先生们晚上好！请进来观看特别令人心动的节目，不要错过良机，每杯饮料 20 铢……”

大门里边的妖艳吧女一边搔首弄姿、暗送秋波，一边向门外的路人做着招揽与引诱的姿态。

走进酒吧，才知道这是一个中型酒吧，分上下两层。下层卖各种酒水和饮料，有身穿比基尼服装的舞女陪酒。上层中央是一个主体旋转的宽大舞台。

顾客可以围着舞台饮酒、听歌、赏舞。

酒吧的一些活动表面上是合法的，符合营业执照的规定。然而一些老板为了牟取高利，常常利用合法的经营权却暗地里从事卖淫勾当。

每天晚上10点钟过后，酒吧二楼舞厅里开始表演脱衣舞。一些脱衣舞女一丝不挂疯狂地表演歌舞，时不时还表演性交舞。这种节目收费昂贵，然而二楼舞厅里总是宾客盈门，生意十分红火。

倘若顾客看中了哪位舞女，只要到吧台交足2000铢费用后，便可以带走选中的舞女到三楼客房进行嫖宿活动。

导游张先生一直陪我不断地在楼上楼下寻找混进吧女中间的“三陪人妖”，因为要在这50多名三陪人员中分辨与女性没有什么太大区别的人妖，实在不很容易。

我们在一楼大厅的楼道口遇见导游张先生的一位芭堤雅熟人朋友吉，吉听说我想采访“三陪人妖”的来意后，便笑着说：“我带你们去找一位顶呱呱的人妖。”

我们一行三人来到一楼顶端的候客厅，吉轻轻地推开门，里面一位略矮微黑的“女郎”热情地邀请我们进屋。

张先生嘲我努努嘴，意指这“女郎”便是我要采访的那类“三陪人妖”。

只见这位自称沁瑶的人妖，头发染成金黄色，盘在头顶，粉红的两腮分别有一个深深的酒窝，坦露的胸前挂着银光闪闪的翡翠项链，一套粉红透明的睡衣穿在身上轻轻飘荡。

“她”举止优雅，高耸的乳房看起来显得十分丰满性感，一副充满青春活力的女性容貌和可人的温柔姿态令人心醉神迷。

沁瑶的言行举止，很容易撩拨得男人想入非非……

沁瑶在我们面前一直微笑着，夸张的微笑里，隐隐地散发着几分妖冶放荡。

当导游替我付了300铢采访费时，沁瑶摇了摇头，“她”嫌钱太少了，我只得补交了200铢。

沁瑶接过钱，才开始有了笑容。

“她”略一沉思，便开始聊起自己特有的人生经历。

沁瑶出生在泰国西海岸安达曼海边的攀牙府太曼县班依岛。岛上有原始的海滩，有资源丰富的珊瑚礁，还有壮观的海岛风景和石灰石悬崖。

班依岛在1982年9月1日被公布为泰国国家公园，曾被美国杂志评选为全球十大陆地及海底均为最美丽的群岛之一。班依岛盛产泰国最美丽而且最珍贵的珊瑚。

沁瑶的家，北依考喃必山，山上有风景如画的喃必瀑布，山下有太曼沙滩。家乡山青、水秀、沙白，风光怡人。乡亲们以捕鱼、割橡胶为业，大多信仰伊斯兰教，家乡设有清真寺、学校。

沁瑶天生是一个阴阳人，男性器官发育不全，不长胡须，皮肤细嫩，体形不男不女，又长得眉清目秀，而且总是留着长辫子，身着女孩服饰。因此，乡亲们权当沁瑶是个花姑娘。

沁瑶14岁那年，“她”父亲和哥哥出海捕鱼时遇难。母亲体弱多病，两个弟弟和两个妹妹年幼，家中日子十分艰辛。面对家庭突遭灾祸，正在读书的沁瑶辍学了，“她”回家帮助母亲挑起家庭生活重担。

沁瑶 15 岁便到太曼县县城打工。“她”被县城一家歌厅老板看中，招进歌厅唱歌。

沁瑶不会唱歌，只是模仿口形，跟着录音机播放的歌声做做动作罢了。

为了吸引观众，老板强行给“她”注射激素，结果沁瑶的乳房和臀部完全女性化。

老板将沁瑶当作摇钱树，而给予沁瑶很微薄的报酬，沁瑶难以养家糊口。“她”经人介绍，来到芭堤雅准备找一家歌厅卖唱，结果，被歌厅老板骗至日本做了变性手术，回到芭堤雅，老板就迫使“她”一边唱歌，一边卖身。这一年，沁瑶 17 岁。

沁瑶不愿过着非男非女的人妖生活，“她”开始不从，老板派人揪住“她”的头发推进浴室，将四肢捆绑浸泡在水中，只露出嘴和鼻呼吸，直到将沁瑶的浑身浸泡得皮肤皱缩，再推到冷气室冰冻，直到折磨得沁瑶跪地求饶屈服了，老板才放过沁瑶。

沁瑶日夜被打手牵制着，在歌厅一边唱歌，一边卖身。“她”忍受着肉体和精神两方面的痛苦，接待各种各样的男人女人。沁瑶挣得的钱，自己只得 20%，而 80% 则被老板刮走。“她”将每月所得的微薄收入和赚到的小费偷偷地寄回家中，以帮助母亲治病，帮助弟妹们上学、订婚、成亲。

四年前，沁瑶被歌厅老板以高价卖给了现在的迈克雅酒吧。

在迈克雅酒吧，老板逼迫“她”做三陪人妖，以更多地接待客人，稍有不慎或挣钱太少，沁瑶就会被拖进地下室毒打，并不停地被打手用木制阳具扎"她"的下身，威胁"她"，如不从命，将会被折磨致死。

沁瑶为了活命，每天得接客 10 次以上，每月却只能得到 800 铢的薪水。

沁瑶在酒吧里，每天和其他三陪女郎一样给顾客做全套服务。"她"最愿意为一些欧美游人服务，因为这些人钱多，大方，又多情。

沁瑶在酒吧排遣烦恼的方式：一种是陪男人游戏般玩耍，另一种就是陪男人喝酒时，在酒过三巡后借酒装疯闹个痛快，因为醉酒后能够敞开胸怀发泄内心深处的愤恨，在醉中哭泣，在醉中惊喊，在醉中能吐出人世的痛苦和不满。

沁瑶曾经到过曼谷的金山寺。"她"觉得站在 78 米高的金山寺佛塔顶端俯瞰整个曼谷市容，心境会格外宽阔。

金山寺内因供奉着来自印度的佛院舍利子，而成为泰国乃至东南亚的佛教圣地。由此，每逢泰历十二月十五日的水灯节，人们除了依俗庆祝水灯节外，还喜欢前往金山寺礼佛，参加一年一度的盛会，一连八昼夜通宵达旦地载歌载舞。

沁瑶在金山寺已经参加两届盛会，这是"她"人生中最难忘的快乐节日。

沁瑶有时梦回家乡，梦回童年时代，在海边与哥哥和弟妹们、与要好的小伙伴一道兴高采烈地到海边浅海、拾海龟蛋，到悬崖边攀岩、野营，到瀑布边划独木舟、游橡皮艇……只有在这时，"她"才是伙伴们崇拜的英雄，"她"才感到自己是世界上最幸福最自豪的人。

生命绝唱，艾滋病患者的最后呐喊

记者团参观完芭堤雅拉差龙虎园，我便邀请导游张先生一起到城南的海滩散步，聊天。

我非常感激张先生这些天来不顾辛劳甚至冒着生命危险带着我潜入各种场所探访人妖，使我能够顺利采访各类人妖，收获很大。

张先生是个热心快肠的中年人，能说流利的汉语、英语，性格开朗，幽默诙趣，喜欢讲一些国家有趣的故事，逗游客开心。

我俩边走边聊。

漫无边际的沙滩上，插有许多色彩斑斓的太阳伞。太阳伞下设有许多软椅。

海滩上许多高高大大的欧美白人，仅穿着裤衩，裸身享受阳光浴，将雪白的肌肤晒得彤红甚至黝黑发亮。

缕缕海风轻轻地从海面吹来，夹杂着海边棕榈树和芭蕉树散发出来的清香，令人心旷神怡。

正当我在领略海滩风情之际，一阵清淡幽雅的香水味道沁入心扉。

我抬头回望，只见一位身穿浅紫色裙子的窈窕淑女轻盈地走过我们身边，在离我们不远的一个软椅上坐了下来，而后一动不动，双手撑着脸，低着头，像是凝视脚下的沙滩，又像是心事重重的愁眉不展。

在灿烂的阳光照耀下，“她”的一肩乌黑光亮的长发飘飘欲飞。

我远远地望见“她”有一双宽大的脚背，才意识到“她”是人妖。

我拉着导游张先生一起走近人妖，在“她”旁边的软椅上坐下。

我用刚刚学会的泰语问候语：“Sa Wat Dee Krap!”友好地向“她”打招呼，“她”悠悠地抬起头来，向我们微笑。

张先生装出一副玩世不恭的样子，用戏谑的口吻对“她”说：“我们能一起聊聊吗？我给您钱!”

“她”摇了摇头，表示不需要钱，是来这里散心的。

张先生让我随他一起，坐在“她”身边，开始海阔天空地闲聊起来。

从“她”与张先生的聊天以及张先生不停的翻译中，我大致知道了这位身患艾滋病的人妖的悲惨遭遇。

“她”说“她”叫尼桑，家住南部的北榄府挽莫县挽蒲区，属沿海低洼地带，家乡主要种植山竹、芒果、香蕉、枇杷果。

尼桑一家人都是佛教信徒。哥哥曾出家到当地敦麻寺当过半年和尚。

尼桑14岁那年，他决定远离家乡，到书中经常提到的曼谷帕抛猜路326号的大峰祖师庙当和尚。

按泰国习俗，一个人出家是一件大喜事。当一个人决定为僧时，亲朋好友便相互转告，一齐来表示喜庆祝贺。大家争相捐资，购置鲜花和珍贵物品敬佛献僧。

尼桑正式出家那天上午，家乡的男女老幼身着盛装，手执鲜花和旗伞，鼓乐吹奏，结对前来举行出家仪式。

尼桑在欢天喜地的庆祝声中踏上了北上曼谷大峰祖师庙之路。

尼桑被安排在庙中“报德堂”专管善男信女捐赠善款项目。尼桑一心向佛，苦行修炼。他后来逐渐知晓这座木石结构、二重院式的大峰祖师庙始建于公元 1897 年，当时有一位名叫马润的旅泰华侨，原籍广东省潮阳县和平乡，为做慈善事业所修，历经 100 多年的发展，慈善事业越做越大，创下了几十亿泰铢的资产，成为泰国乃至东南亚地区最大的民办慈善机构。

尼桑在庙中修行了两年，这是他少年时期最长学问、最受教育的两年，人们在庙中和睦相处，平等博爱。他至今还清晰记得庙中的两副对联，一联是：

普度众生常欢自在
挽回未劫法妙无边

另一联是：

大哉乾元佛法昭垂原与儒心道教如一辙
峰生嶺表圣功彪炳亦同天柱地维而自尊

两年修期已满，尼桑收拾好行装，准备满载而归地回家与亲人团聚。

在曼谷长途汽车站，涉世不深、慈悲为怀的尼桑被曼谷一个“人贩”集团以招工为名，骗至台湾做了变性手术。这年“她”刚满 16 岁。

后来，“人贩”集团将尼桑高价卖给芭堤雅一家人妖剧团。

尼桑被强制在这家人妖剧团挨过了 14 年，在这个非男非女的团体里，“她”曾辉煌过。然而，当“她”年过 30 岁，容貌衰退后，

“她”被老板无情地撵出了剧团，卖给红灯区“蓝天会员俱乐部”当一名应召人妖。

“蓝天会员俱乐部”是专门为同性恋提供性服务的俱乐部，“应召人妖”既卖艺又卖身，因为人妖本身是一个容易受同性恋男人玩弄的群体。

北欧是性开放的国家。这些国家到泰国的游客中绝大多数是单身男人，而单身男人中又有不少是同性恋者，他们许多人是被泰国曼谷和芭堤雅红灯区的同性恋俱乐部吸引而来的。在这里，提供同性恋性伴侣的费用低，且人身安全又能得到保障。

尼桑一个夜晚最多时要为 8 至 10 个同性恋服务，“她”如同一部机器任人疯狂肆掠。

尼桑偶尔有喘息的机会，“她”可以在俱乐部里运动：打保龄球、射箭、骑马，以排遣胸中的郁闷与寂寞。

尼桑在应召服务中，也曾醉生梦死，不知不觉深陷同性恋情场的迷乱旋涡中不能自拔。

过度的淫乱和纵欲，使尼桑日渐消瘦，容颜憔悴。顾客们渐渐地冷落厌倦尼桑，直到顾客们完全疏远了“她”之后，老板才让“她”尽快离开。

一天，尼桑被俱乐部无情地赶出大门，老板才告诉“她”，“她”已经染上了艾滋病。

尼桑当时晕倒在地，痛哭流涕，“她”终日担心的灾难终于降临了。“她”早就料想自己长期陷入同性恋中与男人做爱淫乱不会有什么好结果，而今这种凄凉悲惨的结局终于到来了。

曾经亭亭玉立、妩媚亮丽的尼桑，不得不流落街头，欲哭无泪，不胜悲伤。

两天后，“她”到书店买了几本有关艾滋病的书籍和医学资料，而后独自乘车到芭堤雅市 100 多公里的小人国去散心。

小人国（Mini Siam）占地 4.8 万平方米，环境幽雅，经过十多年的兴建，现在已经拥有 100 多座泰国及世界各国名胜古迹的建筑缩影（按原古迹1∶25的比例缩小建造）。其中有泰国的玉佛寺、天宫法史寺、一世皇桥、国会大厦、金山寺、彩虹石宫、北大年清真寺等 51 座著名建筑；还有中国的天坛、万里长城，俄罗斯的克里姆林宫、红场，美国的自由女神，法国的埃菲尔铁塔，英国的伦敦塔桥等 60 个世界标志性建筑。

尼桑置身其中，能够在很短的时间对泰国和世界的名胜古迹、历史文化、民族风情有所了解，圆了周游世界的梦想。

尼桑漫步在小人国，宛如自己幻化为童话世界的巨人，欣赏一些精湛细致而又惟妙惟肖的古建筑，就像自己进入时光隧道中，返回到千百年前的岁月，令“她”怀古恨今。

“她”幡然悔悟，人为什么只有在身患绝症、在即将走向死亡之时，才开始醒悟人生，正视人生，留恋人生……

尼桑游完了小人国，找到一个僻静荫凉的地方坐下，开始翻阅随身带来的有关艾滋病的书籍和资料。

尼桑从中得知艾滋病就像一个可怕的幽灵，在世界各地开始泛滥，吞噬着许多人的生命。世界卫生组织调查资料显示：泰国的曼谷和芭堤雅的吸毒者、同性恋者和娼妓中，艾滋病和艾滋病毒传播最为迅速，其中男子同性恋中患艾滋病的比例最高。目前泰国已有 6 名男子同性恋死去。

看完这些资料，“她”才猛然意识到昔日明知自己面临灾难，但又别无选择。“她”也了解同性恋更容易患艾滋病，但自己不干这一行又能干什么呢。人活着总得要吃饭穿衣，既然自己被拖入陷阱，也只有靠干这一行谋生。自己迟早是要死的，不是死于这种病，就是死于那种病。

尼桑回到芭堤雅，租住在郊区的一间民房里。“她”知道自己如同其他人妖一样，不会有什么好的人生结局，更何况自己艾滋病缠身。由此，“她”在离人生坟墓不远的日子里，心情更为悲凉！

尼桑从报纸上得知泰国政府在曼谷以北 150 公里的华富里建造了一个世界上首家艾滋村，让那些患有艾滋病的人与社会隔绝，在这里度过余生。

尼桑也去过艾滋村。许多各地艾滋病人都是自愿前来入住的，在没有歧视的环境中过正常人的生活。

艾滋村面积达 850 亩，内有学校、医院、花园、渔场和牲口，资金由当地一座有名的佛庙捐助。艾滋村每天有 2 至 9 名病人辞世。村里仅有 500 张病床，然而等候入住的艾滋病患者已达数千人。

尼桑深感自己难以住进艾滋村，“她”沮丧地回到芭堤雅。现实对“她”来说，比噩梦更为可怕。孤苦时，尼桑独自一人到临海的这片海滩上享受海水浴、阳光浴，有时坐在沙滩上极目远眺辽阔无垠的大海。

谈到未来，尼桑一脸的绝望，眼里噙着晶莹的泪水，似乎在努力抑制自己哭泣。

“她”说，活着非常痛苦，真不想活下去了。等到有一天，“她”有足够的勇气自杀时，“她”会毫不留情地结束自己年轻而又多难的生命。

采访结束时，望着这个濒临死亡的鲜活的生命，我不免心绪茫然，并暗中祝福：尼桑，你还是坚强活下去吧！珍惜活着的每一天！

女人不值钱，但女人能赚钱，而人妖更能赚钱

芭堤雅作为泰国的一座特区城市，经济发展突飞猛进，然而文化教育事业的发展显得相对滞后了一些，偌大的城市没有几家文化教育书店，倒是夜幕下的大街小巷有许多书摊公开销售淫秽录像带、VCD影碟、裸体图片，以及不堪入目的黄色书刊杂志。

我隐身采访芭堤雅二路的十多家书摊，老板们都坦言生意大多数时候是比较红火的，而且他们有合法的营业执照，他们所有的经营项目和经营活动都受到法律保护。

作为中国人，我们还是习惯夜晚休息，白天游览和活动。尽管白天的街头几乎关门歇业，人少车疏，显得冷冷清清，但街头高耸的椰林、葱茏的草坪、盛开的鲜花，还有佛教国度独特的房屋建筑，形成绚丽多姿的热带风景，令人置身其中别有一番情趣。

一天上午，我们散步到海滨路东段，好不容易发现了一家书店正在营业。

我们一行五人饶有兴趣地想看看芭堤雅的书店有何异国他乡的上乘佳作。当我们走进书店时，不到50平方米的大厅，印入我们眼帘的尽是一些裸体图片、黄色书刊和淫秽光盘。

我很不容易在书架的一角，找到了几本中国的唐宋诗词和当代港台言情作家的爱情小说。

不一会儿，书店的老板悠然地走了进来。

老板是一位粉脸桃腮、丰腴性感的妙龄人妖，会讲一口流利的中国话。

我们五人好奇地与“她”聊开了，答应聊完后买“她”店里的书刊。

“她”的营业执照上写明她叫“川猜井”。

川猜井说，“她”是泰国北方清莱府清盛县金三角人，家乡在缅甸、泰国、老挝三国交界处，位于湄公河与美塞河合流的洲头，重峦叠嶂。乡亲们昔日以种植鸦片闻名于世，现在政府下令禁止生产毒品，乡亲们改为种植柚木，开发锡矿，而且利用众多河流发展渔业。金三角现在逐渐发展成为北方著名的旅游热点和风景区。

川猜井姐弟四人。姐姐16岁中学毕业后到村里附近的塔姆洛山洞旅游区学着做导游。因为村里的青春少女当导游很赚钱，每带一个旅游团便能得到100铢的报酬，另外还能私下里赚些小费收入。

川猜井有时跟随姐姐进洞游览，肩上挂着个手工编制包，手提探照灯或手电筒，带领游客在洞中一边欣赏洞景一边讲解……

清澈的塔纳郎河水流经洞中发出汩汩的声音，使得整个辽阔悠长的山洞都应着潺潺的流水声。

川猜井和姐姐在山洞一起度过了两年的快乐时光。

姐姐18岁那年，家里来一位招工头，说是让姐姐到清莱一家纺织厂上班，包吃包住月薪500铢。

姐姐见有机会到外面去闯世界，便征询父母意见。

父母高兴地同意了，收下那位招工头预付的300铢工资后，便让姐姐随着招工头走了。

姐姐离开家之后，两年来没有任何音讯。

后来辗转得知姐姐是被人贩子骗至曼谷红灯区一家夜总会卖身，在一位有良知的台湾嫖客的帮助下，姐姐才得以逃脱虎口。

姐姐在曼谷给家里寄了2万铢钱后，据说又被人贩集团劫持到马来西亚继续从事卖身生涯。

父母后来知道女儿在外所从事的职业，也不感到大惊小怪，只要女儿寄钱回家就行了。因为村里许多人家都是女儿外出赚钱，尽管家乡重男轻女，女人在家里的地位低下，不值什么钱，但是女人能够挣钱，能够以女人的本事在外赚钱养家。有时，父母亲知道女儿在外卖身，但家里穷，需要钱，又没有别的法子去赚钱，只好让女儿远离家乡，在外干那种见不得人的事来养家。

川猜井17岁了，为了寻找年长3岁的姐姐，川猜井只身闯到曼谷打工，先后在几家餐馆酒楼洗碗端盘打杂，日夜辛辛苦苦劳作却挣不了几个钱。

川猜井见女服务、女导游每月能几千几万地挣钱，特别在红灯区见到一些女人挣钱容易时，川猜井开始羡慕女人，憎恨自己身为男人却挣钱很难。

川猜井听说男人做人妖能够赚大钱，“她”开始模仿女人的一言一行，迫使自己服用雌性激素，一步一步朝着人妖方向发展。

两年后，19岁的川猜井已完全嬗化成了人妖。“她”来到芭堤雅求发展，但始终没能进入妖歌舞剧团，就连芭堤雅红灯区的酒吧、卡拉OK厅、娱乐城、夜总会、俱乐部这些色情场所也难以容纳像“她”这类靠自身努力成为人妖的“个体人妖”。

无望之际，川猜井只得另辟生存途径，“她”在芭堤雅海滨东段租下这间门面开书店。

川猜井请来了一个英俊的男帮工，因为在芭堤雅男帮工的工资低，况且这位男帮工勤快，也很同情怜爱川猜井。

川猜井聊天时，不时地用双手虔诚地抚摸“她”丰满的胸间佩戴的一尊黄金佛像。因为泰国人深信，如有佛在身，可永保平安，纳福避邪，所以每个人都喜欢在颈脖上挂着一尊或多尊佛像。富人带黄金或碧玉佛像，一般人则戴黄铜、瓷质或木雕佛像。川猜井佩戴这尊金光闪闪的佛像，除了求佛保佑外，也以此来抬高自己的身价和地位。

川猜井与我们谈话期间，店里的男帮工不懂中文，却站在不远处不时地用疑惑的目光打量着我们。

看得出来，这位英俊的小伙子很钟情他的老板。

川猜井也曾幻想拥有一位男人能够真正爱“她”，甚至为“她”买一幢房子娶“她”为妻，或者做一个“小老婆”，被心爱的丈夫金屋藏娇。

然而。现实生活中川猜井的感情如同“她”抑郁苦闷的人生一样，一片茫然……

“她”心中也曾有爱，当心中的那盏爱情神灯熄灭后，“她”生不如死

我在离开芭堤雅的前夜，参加了一个叫“夜游暹罗湾”的活动。

游轮上，从司仪到歌舞表演者，到服务员，全部是人妖。

游轮在夜幕中的海面上缓缓航行。

透过窗口，色彩斑斓的芭堤雅，倒映在波光粼粼的海水中灿烂多姿。

游轮内的节目开始不久，一位能歌善舞的人妖一出场，便引得许多男人为“她”鼓掌送花，向“她”大献殷勤。

“她”也因此增添了几分自信和自豪，频频向男人们飞吻。

据导游介绍，“她”聪明伶俐，善于交际。待到“她”节目表演完毕，“她”坐在我们对面的圆桌旁与几个男人打情骂俏，闹个不停。

我好奇地走上前，发现“她”肤色微黑、身材矮小，但容貌清秀，比起其他身材高挑的人妖来，更显出一种女性的柔媚。

又一段舞曲开始了。

导游示意“她”能否与我共舞。

“她”落落大方地向我走来，邀请我步入舞池。

“她”见我戴着眼镜，文质彬彬的，显得异常拘谨，便用生硬的中文说：“放松，再放松！”

我试探着问“她”，能否陪我聊一会儿，聊有关“她”的故事。

“她”笑着回答：“陪聊是要付钱的。”

“她”带着我又跳了两曲，彼此熟悉后，才坐在我身边接受采访。

“她”名叫曲曼，出生在泰国东南部四色菊府区县一个贫困的贫民家庭。家乡南面就是柬埔寨，属于高原地带，山脉连绵，土地贫瘠，人均年收入仅7500铢，人们的生活都十分艰难。

曲曼7岁就长得文静、秀气，像个十分漂亮乖巧的女孩。这年夏天，曲曼被人贩子打着“曼谷舞蹈学校招考”的名义，将他从父母身边骗到芭堤雅，以5万铢高价卖给了人妖旅行团。

人妖旅行团老板以女性的衣着、打扮、爱好、追求，来培养曲曼，并且每天逼使他吞服雌性激素。

曲曼随着年龄的增长，感到自己愈来愈失去了男儿的生理特征，皮肤、乳房、腰部、臀部的女性特征越来越明显。

老板强迫“她”置身在人妖中接受残酷的训练，学习舞蹈、声乐，操练腿功、腰功，“她”举手投足、一言一行的训练极其严格。

曲曼知晓已经身不由己地在成为人妖，“她”欲罢不能。

曲曼在人妖旅行团做“公关小姐”，四处联络游客团体和拉拢游客。“她”不得不施用各种手段东奔西走，尽其所能联系客源。有时，“她”也亲自当导游，为游客服务。

曲曼不得不拼命地工作，努力为旅行团创汇。即便如此，“她”还是经常遭受老板的打骂和欺凌，遭到同行们的嫉妒和排挤。“她”卖命工作，但不愿卖身，因为“她”从心灵深处憎恶自己是个非男非女的人妖。“她”经常看到同房的人妖一夜之间卖身拿到几百几千铢的钞票，“她”也曾心动，然而，“她”更愿意洁身自爱。

也许正是因为“她”能洁身自爱，许多男人，国内的、国外的，年长的、年轻的，英俊的、丑陋的，有钱的、没钱的，都极力地垂涎“她”，追求“她”。

在接待的所有游客中，“她”对曼谷一所经济学院的男大学生鲍印象最深。

那年夏季，鲍来旅行团一边旅游，一边对正在泰国旅游业经济发展中起着重要作用的人妖进行实地考察调查。经过一周的交往，他采访了解曲曼不幸的身世和出污泥而不染的清白善良经历后，他对曲曼由怜悯同情，到钦佩爱慕。

鲍回到曼谷后，用书信向曲曼求爱。

在遭到曲曼的拒绝后，鲍用血书这种誓死示爱的独特方式赢得了曲曼的芳心。

初涉爱河的曲曼，忐忑不安地尝试着与鲍恋爱。

节假日，鲍邀请曲曼到曼谷游玩。

鲍携着曲曼游览了大皇宫、玉佛寺、国家博物馆、郑王庙、唐人街、暹罗公园、水上市场，在如影相随的日子里，两人倾心相恋。

曲曼回到芭堤雅，“她”不会写情书，难以向鲍倾诉心灵深处的情感。为了表达自己的爱意，“她”每月定期给鲍汇去钱物，以资助鲍安于生活、奋发学习，将来毕业谋个好职业。

时光荏苒，曲曼与鲍相爱两年，不知不觉地到了鲍毕业的日子。鲍经过自身努力，在曼谷一家证券公司谋到了一份工作。

走入社会生活中的鲍，越来越觉得自己的恋情受人注目，遭人非议，尤其是当他受到公司和家庭双重压力的打击后，他不得不忍痛割爱，中止了与曲曼的恋情，狠心抛弃了曲曼。

脆弱的爱情随风而逝。破灭了的爱情残梦砸碎了曲曼富有诗情画意的生活。曲曼痛不欲生，拥有两年的甜蜜过后，是漫无边际的懊恨、苦涩……

1997 年亚洲金融风暴中，泰国金融业所受的影响最大，泰国货币汇率已下跌 50% 。

鲍所在的证券公司不堪重击而关门倒闭。昔日享有“天之骄子”之誉的鲍，一夜之间成了一个一无所有的流浪汉。

鲍在极度绝望之中给曲曼留下了一封长达万言的忏悔遗书后，从曼谷一幢建筑物 8 楼纵身跳下。

曲曼获悉鲍跳楼身亡的消息，迅速赶到曼谷，在极度悲恸中帮助鲍的父母安葬了鲍。

曲曼花钱为鲍专门立了一座豪华墓碑，以表达“她”对鲍的满腔爱意。

曲曼安葬完鲍，怀着悲恸的心情，从曼谷回到芭堤雅，终日沉溺在鲍的死亡阴影中。想到自己置身当今社会，生不逢时，“她”也想自杀。

曲曼在痛苦无聊的空虚寂寞中，开始追求新奇和刺激。在带团旅游途中，“她”疯狂歌舞，招引男人寻乐。“她”用纸醉金迷的生活来消磨时光。

在泰国，法律规定“人妖”的性别为男性。人妖是一个独特群体，与准男人或准女人有着不同的生理和心理需要。因此，在感情上，人妖既无法接受男人的情爱，也无法像正常男人那样去爱女人。

人妖只有在男人与女人之间的感情夹缝中隐忍着尴尬、痛苦与折磨，加之社会的歧视，更使得人妖在感情上自卑、自怜和绝望，即使曲曼冲破世俗接受了鲍的爱，也极力去爱鲍，但最终也难逃所有人妖的感情悲剧。

曲曼已经25岁了，“她”的黄金岁月即将逝去，“她”也知道自己即将容颜衰退，终会有一天悲惨地死去，但眼前的曲曼又没有别的生存技能，“她”只能在现在从事的这个职业中过一天算一天，因为“她”不愿意思考灰蒙阴暗的明天……

尾声

人妖也是人，然而人妖不可能像普通人一样生活、恋爱、成家、立业，“她们”有太多的难以承受的人间辛酸，不论是生存、就业，还是求学、择业，“她们”都遭到社会和人们不同程度的歧视，“她们”独特的辛酸人生令世人关注和同情。

在泰国，许多政治家、活动家以及人权组织呼吁政府和社会遏制色情业，拯救人妖，恢复人妖的人性、尊严和权利。然而，泰国一旦取缔色情业，取缔人妖，不仅会给泰国经济支柱的旅游业带来难以估量的损失，也无法解决旅游色情业和人妖就业生存等一系列问题。

而今，泰国的曼谷，尤其是芭堤雅，既是人妖得以生存的地方，也是人妖沉浮流离、自生自灭的地方，这里既充满欢乐，也充满辛酸苦难。人妖在这里年年岁岁重复着一幕又一幕的人生悲剧。

人妖的悲剧何日是尽头？

何时世界上不再生存着悲惨的人妖？

行文至此，作者不禁掩卷沉思……

同病相怜

医院是一个纷繁复杂的世界，这里每天发生着许多不为人知的故事。

医院是一个丰富多彩的舞台，这里每天上演着人间辛酸苦辣的悲喜剧。

到了医院，无论是高官厚禄、大款富人，还是凡夫俗子、平民百姓，大家如同站在上帝面前，平等待遇，不同的只是各自的病症、心态、意志力、选择医治的途径和最后结果……

我一向认为自己身体健康硬朗，年近50岁，没有生过大病，没有吃过贵药，仅有的几次感冒发烧，即使不去看医生自己也能够痊愈。

没料到三个月前，偶尔发现便血，到医院检查，诊断为肛瘘。医生建议打针或者手术。因为我忙于工作，经常出差，仅考虑保守治疗，吃了三个月的中西成药，却一直不见好转，而且病情越来越严重。医生警告我：必须住院手术。

再小的手术，也是一次手术，也会让人感到麻烦和痛苦。

经历九天住院手术治疗，告诫自己从现在开始，不得不重视饮食和健康，因为饮食与健康对于一个人来说，比什么都重要！

住院第一天：5 月 21 日。星期一。阴天。

8:10

我走出家门，来到小区大门口，拦了一辆出租车，向医院出发。

沿路，仍然是上班高峰时期，有点堵车。

出租车司机抱怨，武汉何年何月车辆畅行，我们司机就要少许多毛病，现在成天到处塞车，让人心里堵得慌，堵出许多病来了。

我笑着说，城市正在飞速发展，再过三五年，会有所好转的。

司机斜睨了我一眼，你是当官的吧，说官话不嫌腰疼。

我无语。

到了 A 医院外科大楼门前，我立即付了 10 元车费。

司机满不在乎地找了我两元，嘲讽地说，你如果是公费医疗，多住些时候，不会吃亏的，反正是国家的钱。

我没有接话，转身走进外科大楼大厅。

电梯口，四部电梯同时开着，还排着长长的队伍，看病的、住院的、探视的……感觉人满为患。

好不容易临到我挤进电梯，一股浓郁的药味与挤满电梯里的人的体味混合在一起，很冲人。

8:25

到住院结算中心窗口，拿出病历、入院证，向收费员预交 3000 元费用，拿着缴费收据，找到普外结直肠肛门科主任室。

从墙面宣传栏目中的介绍获知，主治医生 I 是一位副教授、副主任医师、硕士，为人谦逊低调，沉默寡言，但医术很好，乐于帮助病人，并热衷社会公益事业。

I 主任带我找到护士长，询问今天是否有空出的床位。

护士长说，床位特别紧张，今天下午或者明天可能有出院的，请这位病人稍微等候一下，走廊 45 床病人正在办理转入病房的手续，腾出来了，就可以暂时住在走廊 45 床。

我放眼走廊，狭窄的走道上，已经挤满了八张床位，床上躺着病人，床边坐着或者站着陪护家属。

护士长通知护士，45 床的病人正在转入 1312 病房，等会换一下床单和被套，让我暂住在此。

45 床紧挨厕所，走廊的药味、病人和家属的气息味、厕所的臊臭味混合在一起，让人直翻胃。

但是，为了治自己的病，既来之，不得不适应医院的这种环境。

我想，这么多病人和家属都能忍受得了，我还有什么忍受不了的呢。

9:05

走廊 45 床才腾出来。护士赶忙过来。换床单被套时，我发现床垫上有大块的褐色血迹和黄色药痕，问护士能否换一个。

护士说，你这么快能够有床位就已经不错了，还讲究什么呢？再说了，我们这里只有这样的床垫了。

我说，被套一面破了几个蚕豆大小的洞，另一面有没洗干净的血迹呀，能够想办法换一下吗。

护士没有接话，迅速将床单和被套铺好，她说她很忙，没有时间回答我的问题。

护士走了。

我坐了下来，住院的时间从现在开始了。

9:10

另一位护士拿着血压计来了，给我量血压，高压108，低压73，护士说，很正常。

9:22

又一位护士拿着笔和记录本过来，问我是否有药物过敏史，是否曾经做过手术，是否有饮食禁忌……她一一记录在案。

9:50

又来了一位护士，从我右臂抽取三管血液，说是要做正常的血检化验。

10:10

I主任的助手找我，说I主任在手术室正忙着，让他带我到检查治疗室，给我检查肛肠。

助手说，你的肛瘘比较简单，只是单瘘，易于手术，但手术不彻底或者手术后不注意恢复和卫生，很容易复发。

10:30

一护士送来大小便两个瓶子，让我取样后，放在厕所外面的台板上，等待拿去化验。

10:45

又一护士送来双肺功能、心电图检查表，让我到内科大楼二楼拍片检查。

再来一护士，送来两袋白色颗粒状的药物，说是泻药，叮嘱我晚上7点、9点分两次喝下，并在这段时间要喝完两瓶温开水。

10:50

主治医生嘱咐：今明两天，你只能吃稀饭，吃清汤面，不能吃青菜之类，保持到明天早晨清肠干净，便于明天做手术。

11:00

来到内科大楼二楼放射科登记，五分钟之后，拍完胸片，检查双肺功能。医生叮嘱，下午3时左右来取片。

11:10

同层楼隔壁的心电图室，已经排了10多人。15分钟之后，轮到我。走进去，女医生和护士一起，替我做完心电图。

当场报出结果：正常。

11:30

我下到一楼，因为没有吃早餐，中餐的时间也到了，觉得很有些饥饿。

11:40

径直走向医院营养中心。买了一个馒头，一碗稀饭，迫不及待地吃下，胃部舒适多了。

12:00

回到外科13楼走廊的45床。电话联系主治医生，可否回家休息。主治医生嘱咐留下，下午麻醉医生约谈术前麻醉事宜。

13:00

看完了两份报纸，躲在45床歇息。

在半睡半醒之际，收到一条短信：

现在的人，买个钢铁做的车，每天擦，每周打蜡。每5000

公里去保养，细心呵护，关怀备至。稍有损伤，心痛无比。可对自己的身体这辆血肉做成的、最豪华的、最应该保养的“车”，却从不清洗，也不打蜡，只知道加满油，踩足油门，疯开，加油还只加90号（因为不知道吃的是什么油、什么肉），也不管气候、早晚、路况有多糟糕（空气污染，水源污染，食品的污染），风雨无阻地出车。一开就是几年、几十年，从不保养，从不维护。即使休息，也是处于怠速状态（通宵玩牌，唱歌，吃夜宵喝酒）……直到某天熄火，一检查，输油管老化、油垃圾阻塞（血管内黏附的垃圾阻塞血管），造成发动机失调（胸闷，气短，心律失常，更严重者心肌梗死），方向盘失灵（老年痴呆，脑中风，脑梗死）……直接送到汽修厂（医院，把自己一生辛苦赚来的钱，从不舍得保养，乖乖地全部送给医院，直至倾家荡产，殃及父母，子女），被拆得七零八落（有些器官切掉扔掉，再安装一些本不应属于你的一些金属材料和别人的器官），之后就报废处理。

看完短信，浮想联翩，人的生命与车的寿命相比，毕竟宝贵得多啊！

14:50

护士通知换床位，可以住进1312病房的35床。

护士换好床单被套，我正式搬进1312房。

房间共有三张床位：34床、35床、36床。

听34床和36床的两位爹爹聊天。34床的爹爹L，今年82岁，糖尿病引起并发症：在本院消化科住院半个月，转本科室，在走廊上等待了7天，才搬进来两天，L爹爹一儿两女，老伴84岁了，患了老年痴呆症。这两年糖尿病让他苦不堪言，他不停地说，活着连累着儿女，不如安乐死算了……

病房里几个人围绕安乐死展开讨论。世界各国还没有认可安乐死。我国也没允许安乐死。

此时，一家省级电视台正在播放安乐死的新闻。一名四川男人邓明建走出了看守所大门，红色T恤映衬着苍白的脸，他轻轻牵着妻子走出来，面对重重包围的镜头，寡言的他愈发沉默，说得最多的是"我错了"、"谢谢大家"，此时他眼泛泪光。

在法院开庭审理中，公诉人还当庭出示了补充采集的一批证据，还原了邓明建照顾病母近20年令人动容的往事。

现年41岁的邓明建是四川人，1991年，他刚结婚不久，母亲便中风瘫痪，其后在邓明建的照顾下，慢慢恢复……为贴补家用，十多年前，邓明建夫妻俩先后来到广州打工，每月寄钱回家给母亲治病。2010年，邓明建的父亲突发脑出血病故。邓明建回老家亲自把母亲背到了广州，在身边照顾，无怨无悔细心服侍中风老母亲18年。邓明建坦承，家里因为给母亲治病，花费了很多钱财，再也无力承担母亲的医药费用。母亲不愿意一直拖累着他，早就在想办法轻生。前不久，他受母亲的一再请求，花了29元买了两瓶农药，帮助母亲实施安乐死。现在法院依法从轻处罚，判决有期徒刑三年，缓期三年执行。他当庭表示服从判决。

孝子"杀"母，不只是邓明建个人的悲剧，某种程度上，也是社会的悲哀。

假如社会保障、医疗保障、困难救助等能够更健全一些，孝子

“杀”母等人伦悲剧也许可以避免。

36 床的爹爹 Z，今年 80 岁，一女两儿，因为肠内肿瘤，在走廊等待了两个星期，昨天才住进房间来。他感叹：“我住院之后，三个子女可以轮流来照看我。以后等到儿女们住院，他们各只有一个子女，就没有人可以轮流了。”

L 爹爹的儿子说，现在的家庭都是非常 6+1，爷爷奶奶外公外婆父母六人，加上一个小孩，小孩承受的希望压力非常大……

隔壁房间一位 60 来岁的男了过来聊天，说他妻子直肠癌，先后化疗了五次。他陪着妻子久病成医，知道妻子该吃什么，不该吃什么，该补充什么，该注意什么。他讲授病人手术之后，可以煨野鸽子汤补充营养……他感叹道，他和妻子都是下岗人员，现在如果没有医保政策，他早就倾家荡产了。

15:10

到内科大楼二楼放射科窗口拿双肺功能结果：正常。

15:32

返回病房 35 床。电话告诉妻子，我已经搬进了房间，安顿好了，身体常规检查结果都正常，让她放心。

16:10

走廊上，我刚刚腾出的 45 床，安排住上了一位尼姑，等待住院做手术。

陪着来的有三位尼姑，说说笑笑的，给整层楼带来了惊讶与活力。

按说，尼姑在庙宇里吃喝应该很讲究，怎么也患了大病，需要住进普外三科呢？

16:20

我在结直肠肛门科（对外简称普外三科）这层楼转悠着。

普外三科设有主任办公室、医生办公室、诊断室、治疗室、护士值班室、换药室、库房、配餐室。

普外三科有主任 1 名，副主任医师 3 名，医生 10 多人，护士 20 多人，三班倒。

医生不够，一人每天做 3 ~5 台手术。

护士不够，一人管 3 ~5 间房。远远达不到国家标准和国际标准。

病房床位不够，在走廊放着 14 张床位。

走廊 14 张床位已经住满了人，有人已经在走廊等待三五天了，有人要等待十天半个月才能够住进病房做手术。还有很多人等待入院，没有床位，等待调剂住院的音讯。

16:35

麻醉师助手拿来合同式的协议书，让我仔细看看，并问我有关病情。

我反复细看了几遍，担心地问麻醉师助手，能够保证我麻醉安全吗？

前几年，一位年轻的县长做喉息肉这么简单的手术，仅只是局部麻醉，却将他麻醉成了植物人。一位熟人的丈夫，是一家医院的教授、副院长，因为做腰椎手术，打麻醉后造成下半身瘫痪，至今还没有恢复。

面临打麻醉，想起两起麻醉事故，我心有余悸。

17:06

找到主治医生，询问我可否回家，明天早晨赶来医院。主治医生说可以，并再次嘱咐我晚上 7 点、9 点分别服下两袋泻药，将肠胃清空，明天空腹来医院等待做手术。

17:30

回到家。因为饿了一整天，多年来没有像今天这么饥饿过，感到有些晕、冒虚汗、四肢乏力。

我按照主治医生的叮嘱，煮面条吃，仅放了一点油盐酱醋。

迫不及待地吃完面条，感觉肚子不再饥饿时，烧了两瓶开水，凉成温开水，便于按照医嘱服药，清肠胃。

19:00

我准时将白色晶体颗粒的泻药倒进碗中，融化，服下。

慢慢喝完一瓶温开水。这泻药真厉害，15 分钟之后，我开始腹泻。

19:30

中央电视台三频道综艺节目正在播放心连心艺术团赴湘西演出“华彩湘西”节目。我边看，边不停地往厕所里跑。

21:00

再喝下一袋泻药，再慢慢地喝完一瓶温开水。

21:25

妻子从网上下载肛瘘手术前后的饮食及注意事项，里面最可怕的是：手术后两天两夜不能进食。那会是怎样的饥饿啊？

23:35

已经是深夜。我统计了上厕所的次数，大小便一起 23 次，再加上单独小便 4 次，感觉腹中排空了，人也发软了。

24:00

准备睡觉，躲在床上，感觉还想腹泻，一时难以入睡。我告诫自己：这次小手术，给我敲响了身体的大警钟！

俗话说，40 岁之前是人压病，40 岁之后是病压人。一个人不注意身心健康，迟早会为身心健康付出代价。一个人现在抽不出时间注意休息，终究会抽出时间来生病。

我今后一定要注意饮食养生和锻炼身体，为自己，为妻儿，为父母和所有亲人，一定要有健康的身体！

住院第二天：5 月 22 日。星期二。晴天。

7:00

起床。

洗漱完毕，收拾住院所需用品。

看见妻子吃稀饭馒头，喝豆浆，特别羡慕。

今天早晨我不能吃喝，上了两次厕所，感觉肠胃特别空荡，饿感更强烈。

7:45

和妻子一起，拎着住院物什，从家里出发。

锁门。下楼。走出小区大门。到马路上拦出租车，奔向医院。

8:03

走进病房，来到自己的 35 床。等待主治医生来查房。

8:28

主治医生来了，对我说，你等会儿签字，也要你妻子签字，做好准备，下午做手术。

我想，我自己的手术自己负责，怎么要妻子签字负责呢？

趁妻子外出之际，我独自把字给签了。

10:20

护士提着几袋药液，挂在35床的上空，说是要给我打针消炎，输入营养液。

11:01

收到武汉大学心理咨询师培训中心短信："通知：您的心理咨询师资格证书已经批下来了。根据主管部门要求，所有获得资格证书的学员领证前要接受职业操守和道德培训，了解心理咨询师职业的发展状况，并集中颁发证书。请您务必于本周六上午八点半准时到武汉大学医学部四号楼402教室参加颁证仪式。"

我当即回复："谢谢，力争当日参加颁证仪式。"

13:40

输完药液，我用手机拍下吊针架纸牌上的内容，留作纪念。

14:00

下床。小便，却引起了大便意识。大便了五分钟，还像是意犹未尽。

突然听到厕所门外，护士和手术室护理人员一起进来，大声地喊着我的名字，催我赶快下到5楼做手术。

妻子对着厕所里的我喊道："你好了没有？"

护士不断地催喊着我的名字。

我在厕所里更是紧张，却还要回答马上就好了。

直到感觉大小便排泄空了，才匆匆走出来，将手机、钱包、眼镜递给妻子保管，匆匆换上宽松的睡衣，力争不给妻子任何心理压力，微笑着告别妻子，快乐地走向病房外，跟着护士下到五楼手术室。

14:20

走进手术室。脱下鞋子，换上专用鞋。

两名护士正在做些手术前期的准备工作。

一名护士让我躺在手术台上，摆正位置，一边给我输液，一边给我做心电图监测。

几分钟后，麻醉师让我右身侧卧，头部和双腿尽量向中间弯屈，越弯屈越好。

麻醉师在我腰椎下半部位反复捏揉着，寻找麻醉针头注射的最佳位置。

此时，我特别担心，甚至有些惶恐，如果一针麻醉打进去，万一有个什么闪失，像那位因为打麻醉成为植物人的年轻县长和下半身瘫痪的副院长，怎么办？我忐忑不安地请求麻醉师，一定要慎之又慎，以免发生意外。

麻醉师说："我给那么多病人打麻醉都没有问题，难道你不放心我？"

我说："不是不放心你，而是担心。"

麻醉师说："你只是下半身麻醉，尽量放松、放心好了。"

此时，我想起妻子经常宽慰我的一些话："紧张聊一聊可以放松，想法聊一聊可以成真，苦恼聊一聊可以释怀，幸福聊一聊可以加倍……"我倏然放松了许多。

14:30

麻醉师在我说笑的时候，找准了最佳位置，用一根又粗又长的针扎进我的腰椎。

我感觉针越是往里推进，我的椎部越疼，而后一种酸胀的感觉在向下半身扩散……

注射完了，瞬间工夫，下半身渐渐不听使唤了。

医生让我平躺过后，我的下半身迅速没有任何知觉。

麻醉针真的厉害。我头脑特别清晰，从肚脐以下没了任何知觉。我想极力用意志去尝试抗争药效，却无能为力。我不得不信服麻醉的功效。

14:40

主治手术医生的助手来了。

两分钟之后，主治医生也来了。

主治医生、主治医生的助手、女麻醉师、麻醉师的女助手、两名护士，聚集在我身边。

根据声音判断，两名女护士脱光我的裤子，助手将我没有任何知觉的双腿抬高、扒开……

我笑着对医生和护士说，网上介绍，肛瘘有单瘘，也有多瘘，这种手术有简单的，也有复杂的，做得干净彻底，不容易复发；做得不干净彻底，很容易复发，请你们尽心做干净做彻底……

主治医生说，再高明的医生，做手术也会面临各种风险呢。

渐渐地，我感觉很困，睡意来袭，迷蒙之际，睡着了，不知手术过程中的一些事情了。

15:45

像是被惊醒了一样，听医生说，好了，成功了。

医生、助手和护士忙着起身，将我抬起来，挪到另一张移动床上，即将推向手术室外。

我连声对主治医生、助手和护士说，你们辛苦了，非常感谢你们！

我被推出手术室的瞬间，听到了守候在手术室门口妻子的声音。

妻子迅速上前，向我打招呼。

我想说话，却感觉有气无力，只是感激地向妻子微笑，示意手术成功，让她放心好了。

护士将我推进电梯的瞬间，我用尽全身气力，微弱地向妻子说，你到手术室拿上我的鞋子。

15:55

我总算回到了病房。病房内外的家属迅速聚集进来，将我抬上了35床。

护士迅速给我输液，说是消炎、止痛的药液。

护士叮嘱我说，六个小时之内不能枕枕头，也不能随便动身子，两天两夜不能吃喝……

我感觉特别虚弱，也特别困，第一次在没有枕头的情况下，在不经意间渐渐地睡着了。

几分钟之后，不经意间醒来。

尝试着用右手抚摸腹部和双腿，没有任何知觉，像都不长在我身上一样，而且，腹部和双腿有被放大了的幻觉。

19:10

肚脐上下的部位像是有一点点苏醒中带有麻酥的知觉。

19:50

下腹有了一点知觉。

没有枕头僵硬地平躺了四个小时，很有些难受，浑身不自在，而且冒着汗水。

20:40

双脚也开始有了感觉。

我尝试摆动双脚，但它们还是不听我大脑的使唤。

21:30

手术过了六个小时，我赶快让妻子给我垫上枕头，舒服多了。

21:45

护士来了，提醒我要小便。

我不能下床，也根本没有便意。

护士说，还是要坚持小便才行。

当着病房这么多人小便，不好意思，再说，没有便意，怎么小便得出来呀。

护士让妻子随她去拿一个便壶来，放在床上备用。

过了几分钟，妻子扶我起身，对着便壶，强迫自己往外排泄，总算排出了几许黄色尿液，感觉排空了，但像是失禁似的，不听控制。

21:55

夜班医生来查房。他掀开被子，看了看我的伤口，说安全，没事。

此时，我让妻子回家休息，她今天陪着我辛苦了，明天她还要上班呢。

我关掉手机，安心地休息。

一时难以入睡。

23:30

有憋尿的感觉，独自慢慢地坐起身子，拿着便壶，艰难地小便。

23:50

躺在床上，半睡半醒，似梦非梦……

多次被厚重的被子热醒，又多次艰难地辗转侧身。

想到前几天，自己还在球场上打篮球，是一个快步传球生龙活虎的健康人，今天却是躺在医院病床上，连动身都有些困难的虚弱病人。人在健康无病的时候，很少想到住院手术的痛苦，也常常因此忽略了饮食与健康，直到住院甚至做完手术之后，才知道健康对一个人来说多么重要，才知道曾经不顾一切地为金钱、权力、工作、事业、家庭、生活努力打拼所换来的，都是浮云。

难以入睡，戴上耳机，收听收音机，此时电台里正在播放一档中年男人的健康节目，其中主持人谈道：

40岁过后的男人逐渐走向事业高峰，既要承担工作的重任，又要挑起赡养老人和抚养、教育子女的重担，身体负荷也逐渐到达顶峰，而这个年龄的男人往往会逐渐出现不同程度的男性疾病，最为常见的是食欲下降、关节疼痛、心慌、心悸、高血压、血脂异常、糖尿病、缺血性心脏病、心脑血管病、外周血管疾病、性功能障碍、前列腺病、痔疮、肠炎、慢性便秘等。80%的心血管病都发生在40岁以后的男人身上，大肠癌每年都在以较快的速度发生在40岁以后的男人身上，大肠癌在我国所有肿瘤中的发病率上升为第四位。20%以上的40岁过后的男人因为工作和事业，忽略了自身健康，身体状况每况愈下，各种疾病高发，一旦得病，恶化较快，病情程度的加重，会影响个人的健康及家庭的幸福。

40岁以后的男人应该加强对健康的重视，做到早诊断，早预防，早治疗。这个年龄的男人要管好嘴，勤动腿，好心态；饭吃八成饱，日行万步路；多饮水，少喝酒，不吸烟，这是预防心血管疾病最好的措施。疾病的预防不是突击式的，而是一辈子的事。要注意饮食习惯和适度的身体锻炼，就像每天都得吃饭、睡觉、学习一样，把饮食健康渗入到日常生活中的每一个环节之中，长年坚持。

过去，这些很多应该引起中年男人注意的，我都没有做到，所以今天躺在医院的病房里。

直到次日凌晨，听到窗外第一声清脆悦耳的鸟鸣，车流声开始多了起来，我才朦朦胧胧地进入梦乡……

住院第三天：2012 年 5 月 23 日。星期三。晴到多云。

6:30

36 床的 Z 爹爹醒来，到外面去锻炼身体。

34 床的 L 爹爹也起身下床，慢慢悠悠地拿着牙刷、毛巾，到厕所洗漱。

L 爹爹的儿子昨晚睡在躺椅上，腰疼，一直没有睡好，早早地下楼买来了父子俩的早餐。

我已经两天两夜，看见他们父子俩喝稀饭、吃馒头，听见他们父子俩咀嚼咸菜的脆响声音，心里特别想吃喝一点东西。此时此刻，哪怕是一口米汤，对我来说也是美味。

7:28

妻子来了。遵照医嘱，我今明两天不能吃喝，妻子只能干着急。

8:10

医生查房。看了我的伤口，再次叮嘱我今明两天不能吃喝。

8:20

躺在床上，想到昨天下午麻醉未醒，不便于动弹，没来得及告诉单位手术进展。我赶快让妻子将手机打开，我给单位的干部处长、同一处室的同事发送短信："你好，我是昨天下午做完手术，直到昨晚10时左右才完全清醒。现在能够发短信，特向你报告!"

8:41

收到单位人事处长的短信："多保重，好人吉祥，好人平安！我把手头上的几件急事处理之后，速来看望你。"

8:43

给单位人事处长回复短信："谢谢你的关心，我知道你很忙，不用来看望，心意我领了。"

不经意间，看到5月17日给分管领导发的短信："昨日至今，我两次到××医院检查确诊：因为肛瘘严重，必须在下周一入院手术。我已经告知本处室×××、干部处长、单位主要领导，现特意报告你。"

分管领导回复短信："已知。"

给分管领导回复短信："谢谢!"

再看这三条短信，心情特别复杂……

前几天，我请假住院时，听见有人议论，是不是他前不久没有得到重用、提拔，闹情绪住院。

我一笑了之。

这些人也真是会联想，竟然将我住院手术，与升官不升官扯在了一起。

9:00

护士拿来一袋止血液，输入。

9:20

护士再拿来一袋消炎液，输入。这袋药液含有氯化钠，输入时感觉有些疼。

9:40

护士再拿来一袋3千克的营养液，输入。

因为一天不能进食，只能靠营养液维持身体需要。

10:10

躲在床上，想到自己一个大活人，不能像往日那样健康快乐地上班、下班、回家、饭后和妻子一起锻炼身体，躺在医院病床上什么也做不了，有些焦虑。

妻子见我凝望天花板发呆，为了让我高兴，她用手机给我拍照，留下我躺在病床上输液的照片作为纪念。

妻子拍完照片，陪伴在我身旁，一边看电视，一边嗑瓜子。

嗅到原味葵瓜子的香味，好想好想尝试几粒。但一想到医生和护士的叮嘱，不得不遏制自己的欲望。

10:20

妻子扶我下床，上厕所。站在马桶边，能够顺畅地小便，而且还放了一个响屁。通气了就是好事，我很有些高兴。

10:30

隔壁病房32床家属是一个中年男子，他进来后主动自我介绍，他是武汉市新洲区邾城人，在当地做建筑生意。母亲67岁，肠道病，疼痛拉稀半年了。入院20来天，手术费已经花了2万多元，幸亏有了新农合医保政策，不然，只有像过去农村重大病人那样，待在家里煎熬等死。他说，他有一个姐姐，一家人在新疆打工谋生，没时间回家，只有他放下生意，来医院陪护照看母亲，他说，在农村，养儿防老是千百年来的惯例，女儿毕竟嫁出去是人家的人……

他的话，在34床L爹爹身上也应验了，关键时候，也是儿子陪伴在自己身边悉心看护。

11:30

34床L爹爹和36床的Z爹爹开始吃午饭。

我望着两位老人边吃边喝、津津有味的样子，感觉更饿、更馋。

我努力抑制自己的食欲。

12:00

昏昏沉沉，半睡半醒，听34床的L爹爹和36床的Z爹爹聊天儿，大致知道了这两位老人的家庭情况：

34床的L爹爹，祖籍宁波；一个姐姐，新中国成立前嫁到台湾，其后人在台湾、香港或美国；三个弟弟已经去世，后人现在与他来往比较少；他妻子大他两岁，是家乡高中校友，新中国成立自由恋爱，属于姐弟恋，在逃亡中裸婚。新中国成立后，两人先后在上海、黑龙江、北京、江西等地军工厂工作几十年，出于保密原因，他们夫妻俩与外界很少联系。退休前，他被安置在武汉市区级某局工作，享受高级工程师退休待遇。老伴退休前在武汉市区级某局享受副局级待遇。两年前，老伴患肺炎高烧，因救治不及时，患上了老年痴呆症。儿子在南京某化工集团工作，大女儿在江西某军工厂工作，小女儿在武汉工作，小女婿在区级市政部门工作……L爹爹因为糖尿病，今年以来，引发了长期便血，非常痛苦，现在住院等待手术。

36 床的 Z 爹爹，中气十足，像六十几岁的人，非常健旺。他出生于大别山区，家穷，16 岁跟随村里人到武汉某工厂当学徒。新中国成立后，进了武汉一家建筑机械厂。由于他勤学能干、吃苦耐劳，30 岁就当了车间主任，40 岁当了厂里的中层干部，在厂里算是个红人。也就是他 40 岁这年，妻子身患乳腺癌去世。他又当爹又当妈，把三个孩子带大。大女儿“文革”期间初中毕业，不愿意下乡，凭他的关系，进入机械厂当工人。“文革”结束，大儿子考取大学，毕业后在一家建筑单位当设计师。找媳妇时，他把关很严，阻止大儿子找那个漂亮的女同学（那漂亮的女同学后来果真应验了父亲的预料，因为太漂亮，离了三次婚，至今仍然单身）。他亲自给大儿子找了一个老实可靠且聪慧能干的女子，现在是一名会计师，是一位贤妻良母。二儿子缺乏母爱，非常叛逆，高中毕业，不得不进入父亲所在的机械厂工作。35 岁那年，在父亲一再逼迫下，找了一个比他小 10 岁的女子结婚成家。Z 爹爹 1993 年退休。当年那么红红火火的工厂，在 2004 年企业改制时，被拍卖了。全厂人员买断工龄、进入社保、自谋职业……Z 爹爹谈起工厂垮掉，心疼不已。两年前他做过痔疮手术，一下子瘦了 12 斤。今年以来，肚子疼痛不已，一直拉稀不止，一天十多次，前不久来医院检查，发现肠内长有半个鸡蛋大小的肿瘤，等待着一场大手术。

他说，为了治病，他曾经在医院住了 3 个多月，经历过死亡的危险，也看到身边的病友永远地离开了人世。

所以，他现在认为，有时生病对一个人是有好处的，那些日子他一直在思考自己所走过的人生之路。

15:50

单位干部处长代表领导来看望我。他说，单位一位领导也生病了，去看望的领导和人比较多，排队等候。一位被生病领导提拔起来的领导，一家人都一直在陪护着。他带来我分管工作的职责内容，让我修改。另外还谈到他孩子今年高考……

送他走后，躲在病床上，感慨万千，领导生病，与老百姓生病，区别太大了……

此时，不禁想起中央电视台“百家讲坛”栏目讲《史记》的王立群教授说过人生的“四行”：

第一，你自己行；

第二，有人说你行；

第三，说你行的人行；

第四，身体要行。

这人生的“四行”讲得很有道理，尤其是在官场。

34 床的 L 爹爹主动与我聊天儿，以他的人生经验告诫我说：人的一生，少说闲话，少说消极的话，少说自以为了解别人的话，就会少许多烦恼。

L 爹爹还说，被疾病改变的人，也改变了疾病。

L 爹爹还说，常思一二，不想琐碎；没心没肺，能活百岁；问心无愧，活着不累。

L 爹爹还说，生老病死，自然规律，谁也阻挡不住。光阴荏苒，岁月如梭，你还算年轻，要尽量做好自己现在想做的事情，不要等到老了，像我这样，想做的事情却做不了，后悔莫及，留下许多无奈的空悲叹！

L 爹爹的话，让我陷入深思，受益颇多。

16:16

收到妻子的短信息："弟弟说，妈的探亲签证手续有进展了，下周体检。可能与儿子在澳大利亚相聚。我下班到妈那里去吃晚饭，和妈细说详情。儿子正在回悉尼的大巴车上。他会写旅游随笔的，将一天所见所闻记录下来，让我俩共同分享他旅游的快乐。"

但愿儿子在快乐地旅游之后，能够写出自己的游记感悟。

17:35

两位老人又开始进餐。

闻着香喷喷的饭菜味道，真想让妻子回家做饭送来，让我饱餐一顿。

我想，再过 30 多年，到了这两位老人的年龄，我会不会患上什么大病?

我告诫自己，趁人未老时，要注意饮食、运动、健身，尽量避免将来老了疾病缠身。

17:50

走廊 46 床的妻子进来，30 多岁，与 36 床 Z 爹爹的大女儿聊天，她说，老公已经在走廊住了 10 天。老公是司机，跑武汉到深圳长途运输集装箱，每个月 5000 ~ 8000 元的收入。她没有工作，陪老公跑长途，放心。儿子在老家读初中二年级。老家建了两层房子，父母和公婆轮流带孩子。老公因为跑得太累太辛苦，患了严重的痔疮和肛瘘，老公不想动手术，选择打针消炎保守治疗……病情好多了，再过两天，就可以出院了。

17:55

36床的Z爹爹明天要做直肠切除手术。护士送来两包泻药，叮嘱Z爹爹分两次服下，并要喝完两瓶温开水。

我笑着说，我手术前也服了同样的两袋泻药，一个晚上上了27趟厕所，药效真厉害。

Z爹爹一听急了："一个晚上要跑这么多趟厕所，不把我累死呀!"

我笑着安慰Z爹爹："每个人的情况不一样，你不一定跑这么多趟嘛。"

18:10—18:40

中央电视台科教频道健康之路栏目播放"维生素的作用"，专家介绍吃西红柿、青椒等饮食可以增加维生素抗衰老、保养身体……

19:00

新闻联播。

19:38

焦点访谈，播放纪念毛泽东同志在延安文艺座谈会上的讲话发表70周年特别节目。

20:00

中央电视台综合频道播放"为人民放歌——纪念毛泽东同志《在延安文艺座谈会上的讲话》发表70周年大型文艺晚会"。

主持人谈到近年来我国每年出版3000多部长篇小说，拍摄500多部电影、15000多集电视剧，文艺呈现出大繁荣大发展的趋势。我想，自己作为湖北省作家协会会员，也应该在工作之余，多写一些作品，写一些好的作品，努力为自己圆梦!

21:40

在欣赏节目的时候，Z 爹爹不停地往厕所里跑。他说到现在为止，总共上了 12 趟厕所。

21:45

晚会结束。

我坚持看完节目，很有些累，也特别困，躺下来，不知不觉进入了梦乡……

22:16

走廊突然传来争吵声。

我好奇地走出病房大门，发现两位家属为一张好不容易空出来的床位争吵得不可开交。

走廊上的床位都挤满了病人和陪护人员，偶尔有一张空出的床位，瞬间就被人抢着睡，即使没有换床单和被絮。一些人顾不了卫生和传染危险，因为有一张床睡还是相对强多了。

此时的病房和走廊里，男女病人混住着，家属也混住着，医生在查房检查病人病情时，无关的人也能看到；一些人洗漱、换衣服，别人也都能够看到。在医院住院，同在一间病房，病人和陪护人员之间几乎没有了隐私。

22:40

想到 34 床的 L 爹爹和 36 床的 Z 爹爹都是因为大肠问题做手术，不免感觉到，大肠对一个人来说，是多么重要和需要注意的。

有报道说，由于饮食习惯不健康，再加上压力大，生活不规律，近年来患大肠癌的人越来越多，其中有些人长期腹痛、大便出血常被误认为是情绪紧张、痔疮等所致，在漏诊误诊中，肠癌患者往往错过了最佳治疗时期。一些人缺乏对大肠癌的认识和应有的警惕，从有不适症状到经检查被确诊，整个时间为5到10个月，直接导致了病情的延误。据不完全统计，在确诊的年轻大肠癌患者中，已经在中晚期的患者占了50%~80%。

唉，这类病，一定要特别注意预防。

住院第四天：2012年5月24日。星期四。小到中阵雨。

昨晚，34床L爹爹的儿子在房间打地铺睡觉，他将硬壳纸垫在地上，铺上病房备用的三床被子，睡在上面。由于白天他非常辛苦，也没有休息，所以一躺在地铺上，就鼾声如雷。

36床Z爹爹的大女儿，自己带来了躺椅，半躺半坐地睡着，经常将脚头的凳子绊动，发出响声。

我经常被他们的鼾声、呻吟声吵醒，很难睡得安神，又不得不听着他们的鼾声、呻吟声……

6:36

迷蒙之中，窗外的鸟声、人声、车流声交织着让我彻底醒来。

病房内，两位老人和儿女起来了，上厕所、洗漱、买早餐、吃早餐。

今天是一个雨天，一个容易让人伤感的天气。

7:25

妻子提着黑鱼稀饭汤，匆匆赶来。

妻子说，她清晨6点就醒了，熬黑鱼稀饭汤很费时间。

我感激地说，辛苦你了！

7:40

妻子叮嘱我一些事情后，匆匆起身，赶路上班去了。

我一直等待着主治医生来查房，咨询今天能否吃喝一点东西，我太想吃喝东西，哪怕口中尝一点点汤汁，解饿解馋也好啊！

8:10

收到两条短信。

一条是：别总是在压力下工作，累坏了自己，特傻！别忘了身体是一切，没有了健康，无法享用人生所有的乐趣，特亏！别以为能救命的是医生，其实是你自己，养生重于救命，特对！别以为付出就有回报，凡事只有不计回报，才能终有好报，特灵！别忽视了与你有缘者，等繁华落尽，你才明白知音难觅，特悔！顺其自然地工作吧！慢慢享受生活，快乐享受人生每一天！

另一条是：做官是一张纸，做人是一辈子；金钱是一张纸，健康是一辈子；结婚证是一张纸，夫妻感情是一辈子。

8:30

一名医生来查房，他说我的主治医生下楼为病人做手术去了。他代替主治医生检查完我的伤口之后，让助手等一会儿换药。

我问医生，今天能否吃喝一点点东西？

医生说，只能喝汤。

我想，等自己实在太渴了，再喝一点点汤，味道可能会更醇香。

8:40

36床Z爹爹在病房里来回走动，焦虑不安。他说，第一次手术时，因为他已经80岁了，手术有很大风险，医生建议将他大便改道，从另外的人造大便肠道排泄大便。手术后他觉得很不方便。令他难以接受的是，半年过后，医生又要重新改道回到原来的大便通道。“这样折腾来折腾去，不把我折腾死了？”他坚决不同意。医生无可奈何，只有冒险，直接切除他的一截直肠。

Z 爹爹正在牢骚满腹时，护士进来，让他躺在床上，尝试着从 Z 爹爹鼻孔插入筷子粗、三尺长的软管，直达胃部。

尝试了好几次，没能成功。Z 爹爹本是个火暴脾气，痛得他受不了时，大发雷霆，吼道，这比死还难受，不如死了算了！

他女儿像哄孩子一样，说些好话，央求父亲配合护士，再尝试了两次，终于将软管插入了胃部深处。

9:10

护士推车进来，径直来到我的床边，将一袋止血液、一袋消炎液、三袋营养液，吊在我病床上空的吊架上，摇摇晃晃。

护士开始给我注射第一袋，为了省事和节约往返时间，她将另外四袋并联在一起输入。

10:20

住院之后，我没有给父母打电话，没有告诉他们我住院手术了，我怕父母为我担心着急。我离开父母这么多年，只愿意将好事和快乐与父母分享，从来不把不好的事情和烦恼告诉父母，免得父母不放心我在外打拼。此时，我坐起身来，清了清嗓子，专门给父母打电话，问候近几天二老身体如何，家里有没有什么事情需要我处理的……

知道父母安康，这几天过得很好时，我才高兴地躺下来歇息。

11:40

36 床的 Z 爹爹被推进手术室。一家人都跟随着下到五楼去了。

病房一下子清静了许多。

13:30

我输完五袋药液，感觉很渴，想喝点什么，请 34 床 L 爹爹的儿子帮忙，将黑鱼稀饭汤拿到配餐室微波炉加热。

13:38

打开加热的黑鱼稀饭汤，一股浓郁的鲜美味道，瞬间沁入心脾，我真想连鱼肉带稀饭一起吃进去。

但是，一想到上午查房时医生的叮嘱，我只能喝汤了。

14:30

我从午休的梦中醒来，感觉要上厕所。起身，下床，提着吊液，找厕所。

病房内的厕所，安装的是抽水马桶，被走廊病床的人挤占了。

走廊的公共厕所，是池坑，也被人占用了。

在这里上厕所的人，大多是肛肠病人和家属，肛肠病易于传染，我特别担心被传染什么别的病，但作为病人，没有别的更好如厕的地方，不得不将就着。

16:35

打完最后两袋药液，总算轻松了，可以自由活动一会儿。

17:02

站在窗口，放眼瞭望S湖，在这里工作生活了20多年，第一次这么瞭望着。凝望省委大院自己所在单位的办公大楼，那么的熟悉和亲切，感觉自己在没有生病时的工作状态，真好！

遥望自己居住的宿舍大楼，想家，想妻儿，想在家的那些日子，真好！

再往东望，东湖之滨的武汉大学，风光绮丽，景色如画。回忆起自己在武汉大学读书的美好时光，真好！

我没有住院手术之前，每天傍晚下班回家，和妻子一起吃完晚饭，看完中央电视台新闻联播、焦点访谈，一起到武汉大学校园打球、漫步的时光，真好！

17:10

电话咨询主治医生，得知晚上可以吃稀饭了，非常高兴，迅速告诉妻子，请她下班回家，熬点稀饭送来，我真想吃稀饭，此时能够吃到稀饭，比过去健康时候坐在饭桌上吃山珍海味都好。

17:23

36床的Z爹爹顺利地做完手术，因为年龄偏大，直接送进了重症监护室。

妻子熬好了黑鱼盐蛋粥，匆忙地赶来。

我打开饭盒，温度刚好可以吃。

我像是从饿牢里放出来的，不抬头一气呵成地吃完了，真香。四天来，第一次进食，甘美如饴！

妻子告诉我好消息，本学期儿子考试各科成绩都是A，非常不错，达到了最理想的效果。

妻子还告诉我好消息，岳母的探亲签证手续办理得很顺利，通知近日到指定医院体检，如果没有问题，岳母能够顺利到澳大利亚探亲，是好事情！

两件好事，让妻子高兴，也让我高兴。

19:30

一整天，没有得到单位分管领导和同处室的人的任何一句问候，感觉他们为人处世特别冷漠。好在，有上面两件好事冲淡了。

19:40

妻子到岳母那里拿护照，办理相关手续。

岳母住在医院宿舍区，与外科大楼仅相隔三栋楼远的距离，我住院手术一直隐瞒着岳母，以免她为我担心。

20:02

上厕所，手术之后第一次大便，尽管是流质，但非常畅通。医生说，畅通了就是好事。

到岳母那里拿到护照的妻子，不放心我，回家前还是赶来看望我一眼。

我让妻子早点回家，注意安全。

20:40

妻子回到家，报了平安，我才关掉手机，安心休息。

21:40

躺在床上睡不着。

房间里有蚊子，时不时地在我耳畔飞来飞去，嗡嗡叫唤着，偶尔叮咬着我的脸和臂膀。

我有点担心，在传染病本来就很强的医院里，蚊子传染病，该怎么办?

我难以入睡，起身到病房外的走廊上散步。

走廊依然住满了病人和家属。

我转悠到医护台，找护士借看一下我的病史记录。

护士说，一般不借给病人看的。

我好说歹说，护士让我看完了迅速还回来。

拿着我的病史记录，回到房间，我赶快用手机一页一页地拍摄下来，一是留作纪念；二是如果病情有什么问题，留作证据。

我认识的一位朋友，他的孩子因为医疗事故去世，打官司缺乏病史记录证据，而且有些证据被医院改动了，在打官司时非常被动。

我从事政法工作这么多年，知道证据的重要性。

22:25

将自己的病史记录还给了护士。护士在放回病史记录时，我发现存放当前住院及手术的所有病人病史记录，都放在一个敞开的铁皮柜层中，如果趁医护人员稍不注意，可以轻易地拿走病史记录。这是很不规范的保管方法。

22:40

回到房间，躺在床上，一时难以入睡。

翻身下床，站在窗口，凝望窗外的万家灯火，欣赏S湖五光十色夜景，聆听街道来来往往的车流声……

遥望不远处的汉街，深夜依旧繁华，万达七星级酒店工地灯火通明，日夜加快建设。

S湖对岸，省委大院、宿舍小区、街头灯光，倒映在湖水中，波光粼粼，色彩斑斓。

双湖桥17个孔，在灯火通明的光波中绚丽多姿。桥面除了少数行人，更多的是来往不息的车流。

隐隐约约之中能够看到放鹰台，想起放鹰台上李白塑像和李白传说，前些年法国总统希拉克访问武汉时，专程慕名拜访过此景。

远处，东湖南岸，深沉夜幕中的珞珈山、武汉大学、中国科学院水生物研究所朦朦胧胧地倒映在水中，像是某个影视剧中的回忆场景。

23:10

躺在床上，刚要入睡，34床L爹爹打起了微鼾，不时地梦呓地呻吟着：我——没有——病，我——要——出院，我想——回家……

住院第五天：2012 年 5 月 25 日。星期五。阴天。

背着儿子，和妻子一起，到亲戚家里拜年。

在车站候车。

一直等到傍晚，没有车子经过，不得不怏怏不快地回家。

来到一家快餐馆，里面排了很长的队伍。

前面剩下三个人，就临到我买餐票。此时，突然被身后一双手拽着。

我回头，是省直机关一位老乡，他悄然说："我老婆在南方开了一家公司，那里缺乏人手，你老婆愿不愿意去，年薪 10 多万元呢。"

我说，"我老婆正在为找不到合适的工作着急，我等会儿问她是否愿意。"

轮到我掏钱买晚餐票时，晚餐已经卖完了。

我对卖票的人说，"我们一家三口整天没吃饭啊，你能不能下点面条水饺之类充饥？"

卖票的人收摊，不理我。

我干着急。

急醒了，才知道刚才是一场梦。

4:16

听到窗外清脆的鸟鸣。

春夏之交，鸟儿醒得早，比人勤快。给人间带来动听的歌声，给大地带来了生机。

我生病，不愿意告诉亲戚、朋友、同事、同学……少给别人增添麻烦，少一些人来探望，他们都有自己的工作、家庭、事业，不容易。我能够安心治病，养生。

更不愿意让父母知道。母亲 79 岁，仍在乡下，日夜勤奋地操劳着。

父亲 84 岁，身患严重哮喘病，自理都难。我怎能让两位老人为我的病情担心着急呢？再说，我自从初中开始离开了他们，在外读书、工作近 30 年了，一直把所有问题都自己扛着，从未让父母操心牵挂担心过我，只把好的一面展示给父母，把快乐和欢笑与父母一起分享……

5:30

36 床的 Z 爹爹因为住在监护室。一家人都在楼下等候。

36 床 Z 爹爹的床位被 34 床 L 爹爹的儿子睡着，正打着微鼾。

窗外，像是阴天。

房内，光线比天晴时虚弱很多。

鸟声阵阵，清脆悦耳。

走廊开始来往走动的人越来越多，说话声和咳嗽声相互交织着传进病房里。

5:40

我起身上厕所。大小便还算顺畅。心情也随之舒畅。

来到窗口，放眼望去，S 湖、东湖氤氲迷蒙。岸边的高楼大厦沉浸在似睡非睡的氛围之中。

6:30

36 床 L 爹爹的儿子起床，来不及洗漱，准备下楼去买早餐。他问我想吃点什么，顺便给我带来。

我请他帮助买一个花卷，好想嗅到葱油花卷的味道。

他刚刚出门，妻子就来电话，说她等会儿送稀饭馒头来。

6:50

L爹爹的儿子买来了早餐，递给我一个葱油花卷，我闻了闻，一种久违了的感觉让我胃口大开，来不及说声谢谢，就猛然地咬了两口，含在嘴里一边咀嚼一边与他聊天儿。

他说，他今生最幸福的事，也是最辛苦的事，就是他有一对龙凤胎，属于双卵双胞胎，1990年5月生，大的是女儿，成绩一直很好，南京外国语学校毕业，考到了澳大利亚悉尼科技大学，读大二年级。小的是儿子，自幼多病，成绩一般，大专毕业后，在一家旅游公司当导游，正在备考雅思，将来想在大女儿的帮助下，移民到澳大利亚。他说，你不知道我当年生下这俩孩子的苦呀，享受不了独生子女优惠政策，靠他和妻子辛苦劳作，省吃俭用，花双倍的钱培养孩子，十多年不敢买一件衣服，一个星期只能吃两次肉，孩子的衣服捡亲戚家孩子的……

我说，你已经熬过了人生最艰难的日子，现在好了。

他说，我刚刚好了两三年，父亲又患上了大病，哎——

他的一声长叹，让我感觉到，一个53岁男人内心的苦处，不知如何对人诉说。

7:20

走廊那对年轻夫妇见我饿着，主动送给我一块葱油软饼。

我也不客气，接过来就吃，笑着说，这可比吃海参鱼翅燕窝都可口呀。

走廊那对年轻夫妇说，现在他们那里的年轻人都外出打工去了，家里只剩下妇女儿童和老弱病残的人。

那对年轻夫妇说，现在农村就连送葬抬棺的青壮年人都找不到。

我不禁想起家乡有一个村子，一位60多岁的老汉病死了，没有青壮劳力，只有70多岁的老人来抬棺送葬。

8:00

科室主任召集医生护士开例会。

8:30

医生各自带着助手和护士例行查房。

主治医生检查我的伤口后说，病情正常，叮嘱我一天至少要用盐水洗三次伤口，外围消炎。

8:50

36床Z爹爹的女儿来了。因为父亲在监护室，她独自坐在36床旁的板椅上，一边编织毛衣，一边与我聊天儿。

她说，她爸爸来自农村，重男轻女思想非常严重。她是家中的第一个孩子，一出生爸爸就不喜欢，不怎么关照她。等到两个弟弟先后出生了，他像换了个人似的，整天乐呵呵地高兴，对两个弟弟特别溺爱。她初中一毕业，父亲就不让她读了，想办法让她进了父亲所在工厂上班，下班后，回到家买菜、做饭，带两个弟弟，什么家务都做。她恋爱结婚成家，父亲没有怎么过问。大弟弟大学本科毕业，小弟弟大专毕业，直到工作了，还帮他们相亲，帮他们成家立业，父亲乐意操心。直到近几年，他老了，两个儿子以自己的家为中心，没有怎么招呼他，是她一直主动照料他，他才越来越觉得女儿孝顺、贴心，才放心地把退休工资卡、存折放在她那里保管……

她说，五年前，她爸爸体检，发现了乳腺肿瘤。医院错将别个女人患乳腺癌的结果给了她爸爸，她爸爸吓得四处找医院切片活检、确诊，求了两年医，才发现当初的结果是一个女人的，其实他仅仅是长了纤维瘤，不治自愈了。

她还说，两年前，他爸爸大便结塞，到医院检查，当作痔疮治疗，做了手术，结果还是没有治好。直到今年春节过后，开始腹泻不止，每天要上十多次厕所，还经常拉在裤子里，没办法，前不久才到这个医院消化科诊治。治疗 20 多天，转到现在科室来，在走廊住着，等候了七天七夜，才转进病房来，才可以正式动手术，遭遇了很多冤枉折腾，花费了很多冤枉费用，如果不是享受城市医保政策，不知爸爸还在不在人世……

听了她讲述的故事，我想，假如医院医生诊断水平更高一些，就不会让病人和家属遭受这么多的痛苦和烦恼。

9:10

护士带着实习生，拿来一袋止血药液、一袋消炎药液。

护士看到我左手植入的软管针头将血管翘肿了，向外渗血，就干脆拔了出来，换上右手，在手背上找到血管，轻轻注入，没让我感觉到疼痛，就好了。

同样是注射，护士水平不一样，给病人的感觉就不一样。护士说，她们一天到晚忙不过来，按照标准，每个护士只能护理 5 ~ 7 个病人，但她们却要护理 15 ~ 20 个病人，非常辛苦，待遇却很低，有时候还得不到病人的尊重。

我说，现在做哪一行都不容易，就是你这个岗位，不知有多少学护理的女孩子都梦寐以求，却不能实现护理工作的理想呢。

护士和实习生都笑了。

9:20

另一个护士给34床的L爹爹挂上六袋注射液，让人看上去就着急。

L爹爹感慨道：只怪自己的病生苦寒了，除了老年性糖尿病，肠内流血，昨天去做了心脏造影，又发现了心脏病，冠状动脉异常，医生会诊说，我年龄大了，勉强可以做手术，但有很大风险。

我想，我必须从现在起，要注意饮食，注意锻炼身体，如果活到了L爹爹这么大年龄患有什么大病，需要做大手术，也会像他一样苦不堪言！

9:35

刚才那个实习生拿着笔和本子，站在我床边，学生气地问我一些基本情况，我有问必答，尽量配合她，因为这是她的必修课作业。她说，她来自广西桂林山村，家里穷，读护理专业，费用相对便宜，她打算本科毕业后，就回到家乡找工作，她特别喜欢家乡美丽如画的风景……

望着她憧憬未来的可爱模样，回想自己像她这个年龄的理想，年轻真好！

11:10

36床Z爹爹的幺儿媳妇来接替大女儿值班，一起到监护室看护爸爸去了。

11:30

34床L爹爹的女儿，带着妈妈一起送来中晚餐。

L爹爹说，老伴患了老年痴呆症，不记事，不记人，出门找不到方向，经常走失，闹出许多笑话。

正当L爹爹说老伴的笑话时，老伴摇晃着身子，来到L爹爹床前坐下，格外兴奋，像个开心的孩子，脸上笑得很灿烂，痴愣愣地凝望着丈夫，用一种期待和深情慈爱的目光。

不一会儿，她突然站起来，大声对L爹爹说，老头子，我要你回家，我要你回家嘛！

她女儿赶快过来，拽着妈妈说，你安静，别说话，爸爸需要安静！

她极不情愿地坐下来，继续深情地凝望着丈夫，眼睛一眨也不眨，生怕丈夫离开了她。

女儿对爸爸说，"你不知道，妈妈从天亮醒来第一眼就开始吵闹，在家里四处寻找你，一边找一边大声地喊着你的名字，哭着向我要你，吵得我晕头转向。刚把饭菜弄好，妈妈就迫不及待地拽着我来见你，真是拿她没有办法。"

L爹爹内心知道老伴对他好，他也有很多话想单独对老伴诉说，但病已至此，儿女和病友在此，只好沉默在心间。

老伴继续深情地凝望着L爹爹吃面条，埋怨女儿说，"你怎么不给肉丝、不给鸡蛋在里面呀，你怎么这样虐待爸爸，不把好东西给爸爸吃呢——"

老伴唠叨的话，女儿虽然有些讨厌，但也能体谅妈妈对爸爸的爱心。

12:00

L爹爹的女儿要带着妈妈离开。

妈妈极不情愿，舍不得离开。

女儿对爸爸说，"妈妈每次一回到家，就吵着要到医院来，晚上在家里，看不到你，满屋挨个房间找来找去，找累了，坐在床上打坐，念经，祈祷，祝福……希望你早日回家。”

女儿当笑话讲给爸爸听。

爸爸眼里噙着泪水，只有他懂得共同生活相爱了60多年的妻子，现在面临丈夫身患重病、束手无策时的一片苦心！

女儿搀着妈妈走出病房的瞬间，我再也抑制不住激动的泪水，任其流淌。这位84岁的老奶奶，与小她两岁的丈夫一起度过60余年人生。这份恩爱深情，多么纯洁神圣啊！

13:15

我打完了今天最后一瓶营养液。

走廊那对年轻夫妇进来看电视。

我请他们帮我将上午的稀饭和软饼拿去加热。

几分钟之后，他们送来，打开饭盒，香喷喷的味道引诱我很快吃完了，身上迅速冒出了汗水。

15:25

收到短信息：“班长：近好！全国二级心理咨询证书已经批下来了，从本周六起，你可以来本中心领取证书。祝贺你们！陆健”

我特别高兴，明天就是26日（周六），刚好我可以下床，可以去参加领证活动。

15:28

马上给陆主任回复短信：“谢谢你的帮助和支持，我争取明天按时参加领证活动。”

13:30

36床Z爹爹的幺儿媳妇走进病房，准备床铺，接公公从监护室回来。

病友和家属知道后，迅速聚拢来帮忙。

34 床 L 爹爹的儿子在走廊一声召唤，来了四个中青年人帮忙，将 Z 爹爹转移到 36 床上，继续输氧，做心电监测……

Z 爹爹裸身躺在床上，下身插着导尿管，鼻子插着软管。

幺儿媳妇站在床边，一会儿帮他垫高枕头，一会儿帮他擦汗，一会儿帮他揩嘴巴，忙个不停。

Z 爹爹手术之前曾经说过，幺儿媳妇不怎么讲孝道，对他感情淡薄。而此时，我看到他幺儿媳妇这么忙碌着，还给他擦洗身子、穿衣、扶正导尿管……

Z 爹爹打完止痛针之后，安然地入睡了。

14:05

Z 爹爹大女儿来换班了，让幺弟媳妇回家。

我迷蒙入睡。

15:08

我醒来了，走廊那对年轻夫妇与 34 床 L 爹爹的儿子聊天。

这对年轻夫妇感情很好，每次从武汉跑长途去深圳，同去同回，路上有个照应。

我冒昧地说，别人夫妻一般不坐同一趟飞机，也尽量不坐同一班长途客车，担心安全事故同归于尽，对孩子不利。

年轻的妻子说，与丈夫生在一起，死在一起，比什么都快乐幸福。

我反问，孩子怎么办?

她说，孩子有爷爷奶奶外公外婆叔叔舅舅们帮助，总会长大的。

如果我们两个人中失去了一个，活着有什么意思？

这是她作为一个专情女子对丈夫爱的诠释。

15:35

34床L爹爹的女婿和老伴来探望。

女婿对L爹爹说，“下午我休息。我一回到家，妈妈就吵天吵地，非要我送她来看望你。我说，上午不是送你去看望过了吗？她说，我要再去看看。我没有办法，只有送她来了。”

L爹爹惊讶地望着老伴。儿子也疑惑地对妈妈说，“你上午来过了，何必现在又来呢，你在路上跑，爸爸和我都不放心啊。”

她沉默不语，悄然地坐在L爹爹面前，痴痴地、呆呆地、凝望着，快乐着，不时地笑出声来，脸庞笑成了一朵盛开的鲜花。

15:50

一位30来岁的女子专程赶来看望L爹爹。主动与L爹爹的老伴打招呼。

L爹爹的老伴起身回应，笑着说，“你是谁呀，我就是想不起来。”并反复地问女子叫什么名字，“你到过我家吗？你结婚了吗？有孩子吗？”

她说，她现在对很多人一时想不起来。

她儿子突然起身，站在她面前说，“我是谁？”

她毫不犹豫地回答，“你是我儿子，我怎么会不知道。你爸爸、你两个妹妹，我永远记得，这是世界上我最亲的人，我到死都不会忘记的。”

她还自信地说，“那年你爸爸从楼上摔下来，昏死了三天三夜，是我把他扶起来，背他到医院抢救，并念经求佛了几天几夜，把你爸爸救活了。不信，你问你爸爸。”

此时 L 爹爹接过话头说，“40 岁那年，他还在军工厂工作，作为工程师，到车间检查，被楼上倒下来的钢管砸中，他从二楼摔到了一楼，不省人事……那些日子，多亏老伴抢救及时，精心照料，我才恢复了健康。”

L 爹爹说，老伴是出身宁波的大家闺秀，聪明能干，同学时期，她成绩优秀，又一直是学生干部，退休前是区里的副局级领导，德高望重。他俩恋爱、结婚、成家、生儿育女，同甘共苦了六十多年。在 2010 年前，她身体健朗，头脑清晰，思维敏捷，做事干练，是一个典型的贤妻良母，只可惜在 2010 年春季，患了肺炎，高烧不止，被医院误诊，导致老年痴呆症……

L 爹爹谈起与老伴的人生经历，非常兴奋快乐，沉浸在美好的往事回忆之中……

17:10

在床上躺多了，头很有些晕。

我起身下床，来到走廊来回活动。

17:45

妻子下班赶来，带来了她在单位食堂请师傅专门做的鸡蛋面条。

温度刚好，我迅速吃完了。

18:40

妻子将昨天儿子在澳大利亚首都堪培拉发来的游记也打印给我，让我欣赏。

看完儿子的游记，妻子告诉儿子在澳大利亚暂时使用的手机号码。

我马上给儿子发送短信："颂儿好！刚刚看完你昨天的游记，感到非常高兴，你的表达能力和文字功夫有很大提高，而且思路清晰，主次分明，令人欣赏。希望你再接再厉，坚持写日记，写出更多更好的佳作美文，能够在你大学毕业时结集出版，作为你青春时期努力奋斗的成果记录！（爸爸）"

颂儿马上回复我短信："嗯，过奖了。我会继续努力！"

19:40

接到妹妹电话，说母亲在吃晚饭时，因为父亲啰唆，说母亲将饭菜煮咸了一点，与父亲争吵了起来，父亲气得没吃饭就上床睡觉了。

我赶快给家里打电话，劝说母亲，让母亲息怒，并说些高兴的事情，哄着母亲随着我高兴。

我现在发现，父母年龄越来越大，脾气越来越返璞归真了，两个老人在家里像两个老小孩，经常为一点很小的事情怄气争吵，只要我打电话回去安慰一下两位老人，马上就好了。我怀疑两位老人是不是因为儿孙都不在身边，寂寞烦躁所致的情绪不稳。所以，我每隔一两天就要打电话回家，生怕两位老人在家里不开心。

一想到 34 床 82 岁的 L 爹爹，36 床的 Z 爹爹，重病缠身，而我的父母现在喜乐安康地活着，生活能够自理，不拖累儿孙，对儿孙们来说，这就是幸事。

21:36

走廊那对年轻夫妇进来高兴地对我们说，明天就要出院了，住院半个月了，总算解放了。

他俩留恋几位病友，特意来和病友们聊天。丈夫说，他父亲兄弟姐妹 10 个，在当地是一个大家族，每年团年饭，得四五桌才能坐下，热闹得很……他最后悔的是10年前，在广东打工时，手头有10多万块钱，没有首付买房子。那些当时买下房子的人，现在赚了上百万元，不用再辛苦挣钱了……

我说，你和老婆都年轻，有的是奋斗机会，未来的日子肯定会越来越好！

我一再提醒他俩，再忙，也不要疏忽关键时期的孩子教育，因为孩子教育是家庭中天大的事……

他俩觉得我说得很有道理，非常感谢我的提醒。

22:10

34床L爹爹儿子教这对年轻夫妇偷拍丈夫的病史记录，作为证据保留，或者作为纪念。

年轻妻子为了感激L爹爹儿子的提醒和我说的关于孩子教育的问题，她特意送给房间病友每个人一根香蕉，一个苹果。

我说，我现在不能吃水果，退还给了她。

病友们开心快乐地交谈着。

此时此刻，我才深切地感到，病人更容易同情病人，病友更容易安慰病友，弱者更容易帮助弱者。不像在党政机关或者企事业单位里，有些人会冷漠对待，相互提防，彼此忌妒……

同时，联想到，那些当大官的，挣大钱的，生病住院，来探望的、送钱物的、巴结讨好的……成天络绎不绝。一旦这些当大官的、挣大钱的出事儿了，那些巴结讨好的人迅速转身变脸，恨不得离得越远越好。

当然，那些当大官的、挣大钱的人生病住院，与平民百姓生病住院，本来就有天壤之别。医院也好，医生也好，对待那些当大官的，挣大钱的，与对待平民百姓的态度，也会大不一样。

22:30

感觉有些疲倦，躺下来，不知不觉地睡着了。

住院第六天：2012年5月26日。星期六。多云转晴天。

昨晚入睡时，闭上眼睛，因为36床Z爹爹打针，床头灯一直开着，感觉夜里与白昼没有多大的区别。

似睡非睡、似梦非梦地躺着。

1:15

起身上厕所。

回到床上，入睡之后，做了三个梦。

第一个梦：和妻子一起，在某个山谷旅游。山谷底端尽是漂亮的石头。我和妻子一起捡起一块形似玉器的蓝色宝石。它发出熠熠光彩，引来许多人围观，讨价还价，想买走，我俩不卖，带回家作纪念。

第二个梦：和单位的领导一起，到基层检查工作，被人带到山野深处的农家乐吃饭，面对满桌地道的农家菜肴，面对盛情难却的好朋友，因为在身体恢复期间，我按照医生的叮嘱，尽力节制，注意饮食，不喝酒，也不吃什么东西。领导和朋友都为我突然不吃不喝感到惊讶。

第三个梦：儿时。好友阿丽来看望我，带来了一箱古今中外文学名著，她让我在病中好好学习。这些名著都是我一直渴望的好书，正当我一本一本地翻阅时，阿丽突然裸身向我扑来，亲近我，拥抱我。我吓得惊叫着，赶紧往病房门口逃跑……

2:30

我被36床Z爹爹的呼叫声惊醒。他不停地大声喊叫着：哎哟……我的妈吔——，痛死我了哦——我受罪呀——

他女儿赶快起身，看父亲痛得难受，跑去叫来护士。

护士见Z爹爹疼痛难忍，请来夜班医生。

夜班医生给Z爹爹开了止痛针，让护士注射。

好一会儿，Z爹爹才安静下来。

4:20

我又被Z爹爹的呼喊声惊醒，一时难以入睡，起身上厕所。

窗外，鸟儿开始鸣叫，清脆悦耳的声音，像天籁之音，如果不是生病，还不知道现在的鸟儿比人醒得早，比人勤快。

想到今天是周六，是国家二级心理咨询师领证的日子，霎时感觉心情特别愉悦，赶快洗了一个澡，便于今天上午以干净整洁的容颜、以班长的姿态出现在培训班老师和学员们面前。

4:40

34床的L爹爹起床，大便。他白天每半个小时便血一次，晚上已经起床上了六趟厕所。他说，大便拉得人现在浑身一点劲都没有。

我非常同情他，安慰说，等你做了手术，就能够解决问题了。

他低声说，但愿如此啊。

5:10

天刚蒙蒙亮。护士进来给两位老人量体温、血压。

两位老人的体温和血压还算正常。

36床Z爹爹女儿起身给父亲倒掉从导尿管中导出来的尿水。

6:30

给妻子打电话，让她等会儿送早餐来的时候，顺便将我的灰色短袖衫、米色长 T 恤、黑色长裤都带来，我要穿得整齐一点，参加典礼。

7:15

妻子匆匆赶来，送来了红豆莲米稀饭、馒头、咸蛋。

我迫不及待地吃完，脱下病中服饰，换上妻子带来的衣服，梳理光鲜，戴上眼镜，换了一副形象。病友笑着说，“你稍微调整一下，还蛮帅气潇洒的呢。”

病友们的说笑，让我有点不好意思。

7:30

接到心理咨询师培训中心主任电话，让我作为学员代表，上台接受省心理咨询师协会领导颁证，并说明了一些注意事项。

我必须更加注意自己的形象，因为我不仅仅代表我们这个培训班，而且还要和其他三位同学一起，代表四个不同期的培训班学员上台领证。

妻子听到这个消息也很高兴。

嘱咐同病房的病人和家属，如果医生来查房，就转告我上午必须去参加一个重要活动，结束之后，马上回来。

我像个健康人一样，和妻子一起，快快乐乐地走出医院大门，高高兴兴地赶往颁证典礼地点……

8:10

来到培训大楼大教室，已经坐满人了。

与附近的几位同学打招呼，握手，聊天……

大教室前排坐着省心理咨询师协会的领导、专家、教授。我上前分别与他们握手、问好。

主任将会议资料给我，让我看看上面的议程、领导颁证时我上台的注意事项。

回到座位，我让同学给我和妻子照个合影留作纪念。

我特意嘱咐妻子，待会儿我上台接受省心理咨询师协会领导、专家、教授颁证时，给我照相。

妻子爽快地答应了。

8:30

颁证典礼正式开始。

典礼由培训中心主任主持。中国心理咨询师协会领导到会祝贺，省咨询师心理协会领导致辞，往届学员中的成功人士代表讲话……

轮到正式给学员代表颁证仪式，我高兴地走上讲台，由中国心理咨询师协会常务理事长沈教授给我颁发证书。

领导与学员代表合影。

妻子抢着给我照相。

回到座位，翻开国家二级心理咨询师证书，仔细欣赏，感到欣慰。一年来，心血总算没有白费。报名费、资料费、学习费，上课听讲、课余学习、回家复习、准备考试、参加严格考试、耐心等待成绩、期盼能够通过……一年来的酸甜苦辣喜怒哀乐，此时化作了希望。拿到证书，心里格外踏实。通过学习，不仅拿到了证书，自己的身心健康，也向前迈进了一大步，更利于今后几十年人生的身心健康，还可以帮助那些需要心理帮助的人。

10:30

颁证典礼结束。

10:45

告别领导和教授们，匆匆赶往医院病房。

走廊那对年轻夫妇办好了出院手续，正在详细地查阅结账发票和明细清单。丈夫说，在走廊住了半个月，只打了两个星期的消炎针，还没有动手术，花去了5632.89元，有点贵啊。

我说，到医院来治病，一切听医生护士的，花多少钱吃药打针，也是他们结账时说了算。不过，现在透明多了，发现哪些不对的款项和账目，可以找医院结算清楚的。

11:02

护士进来，给我注射。今天只打一瓶消炎针。看到吊牌上歪歪扭扭地写着："病人外出，等待打针"八个字。我问护士，"是你写的吗?"

护士说，"是呀，我不做记号，怎么知道你还没有打针呢?"

我开玩笑地说，"你写的字还不错嘛。"

她不好意思地说，"现在多半是用电脑打字，手几乎不太会写字了。"

11:10

妻子说，"已经缴纳了我们两个人加入省心理咨询师协会的会员费，从现在开始，我们夫妻俩不仅是省作家协会的会员，而且还成为了省心理咨询师协会的会员。"

我自豪地说，"夫妻俩同是省作协会员，又是省心理咨询师协会会员，恐怕在全省、全国不多见呢。"

吃完妻子给我加热的早餐没有吃完的饭菜，感到像是没有吃饱，让妻子到医院营养中心买来一碗面条、一个葱油花卷，只吃了一半，又吃不下了。

11:40

妻子提着饭盒回家。我说，“这些天你辛苦了，回到家好好休息。”

12:30

34床L爹爹的老伴、女儿送午饭来了。

老伴站在床头，凝望着丈夫，傻傻地微笑着，沉静，专注。

84岁的奶奶在经历人生几十年的苦与乐、爱与痛之后，一场大病让她得了老年痴呆，失去了很多记忆。然而，在我看来，她并没有像别人看到的那么痴呆，别人说她痴呆是她的表象。我仔细观察，她的内心深处，仍然有爱，仍然痴爱着她的丈夫、她的孩子，并努力地想让她的亲人好好活着，将生命活到极致！

13:20

我的药液注射完了。躺下来，午休。

14:25

午休醒来，上厕所。

口渴，拿着杯子，到配餐间打开水。

突然发现一位70来岁的农村老妇人，蹲在配餐间的一隅，将脸盆当便盆，正在大便。

嗅到一股臭味，我来不及打开水，就赶快退出配餐间。

此时，保洁员过来了，发现老妇人正在配餐间大便，发火了，大声地吼叫着，说她不要脸，不讲卫生……

老妇人像做了见不得人的坏事，不敢见人，羞愧地低着头，匆匆拎起裤子，夺着脸盆，想逃窜。

保洁员不让老妇人走，仍在冲她发火。

病人和家属闻声赶来围观。

我劝保洁员，说，“她老人家不到万不得已，哪会这样做呢。她住在走廊，现在走廊的公共厕所被人占着，病房的厕所她也不敢去。她腹泻得厉害，急得没有办法才这样啊！再说，谁愿意将大便拉在自己的脸盆里？”

我拉开保洁员，让老妇人赶快走。

保洁员仍在怒吼着。

老妇人惊恐万状地低着头，用右手捂着脸，仍然不敢动弹。

我对保洁员说，“到这里来治病的都是肛肠重症病人，不到迫不得已，她不会这么做的。再说，假如她是你母亲，你会怎样待她？”

此时，保洁员才不做声，愤愤地离开。

老妇人看见保洁员走远了，才胆战心惊地抬起头，感激地看了我一眼，拿着脸盆，仓皇逃走。

14:40

我是个闲不住的人，也是个躺不住的人，能够走动的时候，一定要在病房或者走廊走动。

一个星期了，没有看到什么报纸。

下楼。到医院大院内外，四处寻找报摊，没有。

医院广场，艳阳高照。

我晒了一会儿太阳，让全身在阳光中消毒。

沿着林荫道漫步，来到四角亭附近，还是没有找到报摊。

路过医院内的商店，信步闲逛，买了一碗康师傅香菇炖鸡面，想在饿时尝试一下。

走出医院，转悠到漫长的东湖路上，放眼望去，还是没有找到报摊。

回到医院大门口，看到阳光中的外科大楼高耸耀眼，便用手机拍照以作纪念。

院内，林荫道下，一条长廊上方，用弧形透明的塑料架构着，两边长椅上可以供很多人坐下来歇息。顶头有一个四角亭子，坐着几位老人聊天。

我坐在旁边，静静地听着。

从他们的谈话中听得出来，他们是医院的病人或者家属，来这里短则十天半月，长则一年半载，已经成为无话不谈、相互帮助的朋友。

不远处，一位大学生模样的长发女孩儿，可能是女大学生吧，身穿一条黑底起白花的碎格长裙，苗条清瘦，戴着金丝眼镜，独自沉静着、抑郁着，脸色阴晦，心事重重，不知她是病人，还是病人家属……

带着疑惑，起身走向外科大楼。

15:25

上到13楼的肛肠科，路过一间病房，满屋挤满了来探望的人。

据医护台的护士说，那病房刚刚住进来一位年轻的老板，因为急性肠炎住院，来看望他的属下络绎不绝。

再路过另外一间病房，那位尼姑仍然被几位信徒服侍着，她尽情地享受着。

如今，当尼姑，也是一种荣耀，生病了也是一种享受，连住院都有信徒争先恐后地守护着，伺候着。

17:35

妻子送来了晚餐，八宝稀饭（枸杞、红枣、薏米、花生仁……）、馒头、番茄炒鸡蛋。

我吃得很舒服，很久没有吃得这么饱了，感觉肚子有点被撑着了。

收到一条短信：当代人的尴尬与无奈：一天到晚，让手机牵着；一天到晚，让名利牵着；一天到晚，让爱你的或你爱的人牵着；一天到晚，让报纸、电视、收音机、网络牵着；一天到晚，让老婆把绳子牵着。

将短信读给妻子听，妻子开怀大笑起来。

17:50

36床Z爹爹的女儿，提着盒饭来换班了。

Z爹爹的大儿子今天陪护了一天，不是玩手机，就是外出接打电话，大多数时候，只有听到父亲喊他，他才被动地帮忙动手做事。

他女儿就细心多了，用心，用眼，只要Z爹爹稍有反应，女儿马上起身悉心地护理着父亲……

19:30

看完新闻联播。下楼散步。

在医院广场，碰到住在医院家属楼的同事，他正在陪着女儿打羽毛球。

他说女儿即将参加高考，为了减压，陪女儿出来锻炼放松。

我说，“你女儿有这么好的心态，已经很不错了。”

我鼓励他女儿说，“我儿子前年高考过后说，高考其实并不是他想象的那么可怕。首先是要有信心，同时要注意饮食健康，再就是有个轻松愉快的好心态，相信你一定会考出好成绩。”

与同事及他女儿分手后，联想到自己当年高考、儿子前年高考，每年高考牵动着多少个家庭、多少个家长和多少个学生的心啊！

22:20

入睡，比以往任何时候都早一些。

病房的门一直敞开着，便于走廊的病人和家属随时进来上厕所。

我担心安全问题，假如有小偷趁人熟睡之际进来，偷走贵重东西怎么办？

听说，曾经发生过被盗案件。

我不得不将手机、钱包、写下的文字，压在枕头底下。

但我还是不放心，万一有人趁我熟睡了，偷走了任何一样东西，对我来说，都是重大损失。

带着疑问，刚刚有点睡意，就被36床Z爹爹不停的呻吟声吵得睡意全无。

“哎哟——痛死我了呀——不得了啊……”

整个病房都弥漫着他的痛苦呻吟，笼罩着一种让人难以入睡的气息。

Z爹爹女儿一再安慰他，让他不要大喊大叫。

我深有体会，没有生过大病、住过院、做过手术的人，往往无法体会当事人手术之后的痛苦。

我说，“爹爹有了痛感你就喊，喊出来，痛感就会减轻一些。”

一个人，身体病了，可以医治。如果是心理病了，那就很难医治了。

住院第七天：2012 年 5 月 27 日。星期天。晴转多云。

4:50

被一个梦惊醒。

梦中，高中同学 Y 是省城某大医院医生，忙于工作，业余时间喜欢打牌，没有时间管教孩子。孩子学习成绩太差了，不得不花钱送到国外读大学。每年花费 20 多万元，他不得不拼命地工作，节假日私自外出接诊和做手术，挣钱寄给儿子。突然，他出了手术事故，被追究责任，受到查处。他的孩子在国外断了经济来源，读不下去了，不得不回国。他和他母亲找到我，让我想办法带他们去监狱看望他父亲。

我被惊醒后，联想到另外一位当年考取医科大学的同学，毕业后，也在一家医院当医生，面临红包诱惑，担心犯事，向我咨询收受多少钱，够纪委双规或者检察院立案的标准……

6:15

醒来，躺在床上，凝望着天花板，头很有些晕。

6:20

起床。到走廊转悠。周围很安静。

走廊床位上的病人、陪护人员，都在熟睡。

各个病房的病人和陪护人员，也都在睡觉。

医护台边，有一台体重秤。我轻轻地站上去，显示 76.5 公斤。住院到手术这几天，体重减掉了 1 公斤。这种减肥效果，很明显。

护士拿着血压计从值班室走来，准备到病房给病人例行量血压。

我请护士给我量一下血压。

护士一边做些记录，一边说，我这么忙，哪有时间给你量血压，你自己量吧。

我将血压计护套戴在右手臂上，按下开关。血压计开始计量。几秒钟之后，显示结果：高压126，低压73，属于正常值。

7:00

34床L爹爹的儿子说，父亲的手术遥遥无期，不知道一个月假够不够。如果不够，还必须顺延假期。

他说，单位领导还算通情达理，他请假时就对领导说，他就一个父亲，平时忙于工作，几十年都没有时间好好陪护父亲。父亲现在病重，他必须陪护。

他说，现在整天陪护着父亲，父子俩将几十年分居两地一直想说的心里话，都敞开心扉地说透了，亲密无间地与父亲面对面交流的感觉，真好！

他是个孝子，白天，精心地陪护着父亲，到了晚上，用硬纸箱折叠，放在地上当床垫，铺在父亲床边的地上，再将两层棉絮铺在上面当床，睡在父亲身旁。父亲有个什么动静，有什么需要，会立即起身，默默地悉心为父亲做着一些事情。

再联想到隔壁病房一位70多岁的大爷，他从住院以来，四个儿女一个都不来看望，好不容易昨天下午四个儿女一起来看望，都只站在病房门口，远远地看着他，都非常冷漠。他想坐起来，翻不动身子，没有一个儿女走上前来扶他，更不用说儿女陪护。他不得不请了一个护工，他住院的钱、请护工的钱，四个儿女都不愿意多摊一分，为此还闹得家里不得安宁。面对这样的儿女，父亲看在眼里，痛在心头。

相形之下，34 床 L 爹爹的儿子和女儿都算孝顺的，对他来说这是很好的宽慰。

我再联想到，我们这一代人都只有一个独生子女，若干年之后，假如我和妻子生病了，儿子不在身边，只有夫妻相互关照了。

7:25

妻子还没有送来早餐。

我站在窗口，遥望家的方向，天气晴朗，依旧是车子川流不息，人来人往。今天是星期天，该休息的人，在家休息；该出游的人，外出旅游；该加班的人，在岗位上加班；最辛苦的人，是即将参加高考、中考的学生，他们面临着人生的一次重大考试，谁都想尽最大努力考上一所理想的好学校，为今后的人生发展奠定一个好的平台。

这世界，不会因为一个人生病、住院、手术、出院，甚至死亡而停止运转，地球照样运行，时间照样前行……

8:06

一位护士疾速走进病房，大声说，“今天是我管你们啦。”

我开玩笑说，“你今天是我们的领导，大家都听你指挥。”

护士高兴地大笑。

这个年轻的护士也像官场中的某些人，官欲权欲特别强烈，喜欢用权力管制别人，享受别人服从指挥的感觉。

8:10

吃完早餐。妻子准备回家。分手时，妻子问我，中午想吃点什么。

为了省事，我让她到省委食堂买点饭菜来。过去午餐、晚餐经常在那里进餐，觉得总是那几样饭菜，有些腻，但已经有一个星期没有吃那些饭菜，还有点想念。

8:15

Z 爹爹的幺儿子两手空空，带着孩子来了。

幺儿子站在离床远远的地方，双手抱胸，像个领导似的，让孩子喊爷爷。

孩子埋怨说，“你也没有喊爷爷呢!”

幺儿子若无其事地问姐姐，“他还好吧。”

姐姐将父亲手术这几天来的情况，大致说了一遍。

幺儿子冷漠地说，“到了这么大的年龄，还要花这么多钱，做这么大的手术，值不值啊?”

姐姐听了这几句话，有点不高兴，没有搭理他。

8:30

Z 爹爹幺儿子对躺在病床上正盯着他的父亲说，“我很忙，我要走了。”

幺儿子转身，召唤上小学三年级的孩子一起回家。他从进来到出门，待了 15 分钟。幺儿子带着孩子出门时，连对 Z 爹爹说声再见都做不到。

Z 爹爹两眼噙泪，一句话也说不出来。

8:36

幺儿子返回房间，拿着父亲床头的一瓶矿泉水说，“我渴了，路上要喝的。”

幺儿子目中无人地匆匆走了，没有与任何人打招呼，他显得特别冷漠无情。

我情不自禁地想起前几天 36 床 Z 爹爹讲过，幺儿子一家三口长期与他住在一起，幺儿子下岗后，到处打工，收入不稳定，有时候在家里当起了甩手掌柜，什么都不操心，什么也不做，一家人都还要靠老父亲支撑。缸里没有米了，老父亲去买；冰箱没有菜了，老父亲去买。前几天Z爹爹回家一趟，他把家中的油盐菜肉蛋米都备好了，才放心地住院做手术。

他儿子多次对Z爹爹说，“你养儿养儿，我总是你的儿，你总得要养才是。”

人的一生，如果生了这样一个儿子，父母怎能不难过？

9:12

34床L爹爹的儿子打开电视，浙江卫视正在播放“壹周立波秀”节目，围绕公司职场规则、即将高考话题，诙谐幽默地侃侃而谈，让人忍俊不禁。

10:20

电视台播放着养生节目《养生贵在“按时”》，中医养生讲究人与自然、环境、社会的和谐统一，尊重人体固有的生命节律，并通过形神统一、动静结合、劳逸结合等具体养生的理论与实践，防微杜渐、未雨绸缪。故养生贵在按时，按时工作和休息，按时运动和睡眠，按时进行各种生理活动，才能达到健康长寿的目的。

11:08

今天，我只打了一袋消炎针。

11:15

妻子送来稀饭、馒头。她说，今天是星期天，省委食堂没有卖我想吃的水饺，她等会儿到医院营养中心替我买一碗水饺上来。

今天，我的胃口好多了，但一样只吃了一半，就感觉饱了。

12:20

妻子回家。我准备午休。

14:40

午睡醒来，漫不经心地看完了妻子带来的四份报纸，了解近日综合新闻和副刊丰富内容，有些好文章，我反复欣赏。

下午收到一条短信：

结婚前的（往下念）

男：太好了！我期待的这一天终于来临了！

女：我可以反悔吗？

男：不！你甚至想都别想。

女：你爱我嘛？

男：当然！

女：你会背叛我吗？

男：不会。你怎么会有这种想法？

女：你能吻我一下吗？

男：当然，绝对不是一下。

女：你有可能打我吗？

男：永远不可能。

女：我能相信你吗？

结婚后的（往上念）

创作这条短信的人，水平还不低。

不久，又收到一条短信：

几十年来中文词语含义的变迁：

小姐：从尊贵到低俗；

美女：从惊艳到性别；

老板：从稀有到遍地都是；

鸡：从禽类到人类；

同志：从亲切到敏感；

我们为了活命吃东西，为了保命又不敢吃东西。

交话费的时候，才发现自己的废话那么值钱。

世界上最遥远的距离，就是星期一上午到星期五下午。

婚姻是爱情的坟墓，更可悲的是，小三还要来盗。

我看完了以上两条短信，当即删掉了。

17:16

妻子送晚餐来了，比以往都早。苋菜、番茄煮的新鲜混饨，味道鲜美。我一口气吃完，并多吃了一个热气腾腾的馒头。

17:40

北京卫视正在播放养生堂节目，由女主持人悦悦主持，北京协和医院临床营养科于康教授讲授如何预防功能性与品质性消化不良……

看完这个节目，增长了饮食、预防消化不良的有关知识。

18:20

中央电视台10频道（科教频道）播放“健康之路”节目，四位专家教授诊断一位50来岁的男子痛风、糖尿病等病情，并提醒患者和观众，如何预防痛风和糖尿病。

过去，我没有生病的时候，不太注意养生和健康知识。现在，看完了这个节目，我又有些新的防病见识，知道今后如何尽量预防痛风、糖尿病。

经历了这场手术，出院之后，一定要注意饮食，注意养生和健康知识。

18:50

送妻子下楼，一起到医院林荫道上散步。散步是我病中最好的锻炼身体的方式。

19:20

路过医院太平间，听到有人在大声哭泣。

医院里，死人的事经常发生。

我情不自禁地想到去年今日的一位同龄老乡之死：他结过三次婚；有两个孩子；工作失意；事业遗憾；肺癌晚期，从发现到死亡，仅只有三个月。

我又想到高中时代的三个同学的死亡。一个死于心脏病，一个死于抑郁症，一个在北京打工坠楼身亡。

人的生命，如此脆弱。

所以，人在活着的时候，一定要开心快乐地好好活着。

20:30

返回房间。洗漱。

总算能够坐在木椅上了，一边看节目，一边与病友聊天……

口渴，到配餐室打开水，开水在24小时不停地烧着，我明知道这种开水喝了，对身体不好，但没有办法，只能将就着喝，病友们都这样喝开水啊。

21:00

护士进来，给34床L爹爹测量血压、血脂。我请护士顺便也量一下我的血压。低压71，高压120，属于正常。

我问护士，“你在医院工作几年了？这么辛苦地工作，待遇怎样……”

她说，她工作三年了，每个月三千元左右的工资，年底大约一万多元的奖金，待遇不算高，也不算低……

我说，“市县乡级医院的护士，待遇比你低得多呢。”

护士说，“他们的消费水平，也比省城低多了呀。”

是呀，人在自己的岗位上，对眼前的待遇总有些不满意。

21:30

34床L爹爹的儿子关掉了电视，熄灯，仅留下一盏夜灯，便于老人起夜。

36床Z爹爹痛得又开始叫唤起来。

他让女儿将导尿管打开放尿液，他痛得受不了了。

女儿说，医生说每两个小时打开一次。

Z爹爹发火了，大声地说道，你是听我的，还是听医生的？我下面胀痛得受不了，你想胀死我呀，真是的，我一个大活人会被尿憋死的！

女儿吓得赶快打开导尿管，安慰父亲不要再大喊大叫，吵得病房所有人不得安宁，睡不成觉。

21:50

我睡不着，起身下床，站在窗口，遥望窗外的世界。

夜幕中的城市，高楼大厦，万家灯火，车流灯光，倒映在湖水中波光粼粼，构成了一幅大都市不夜城的绚丽斑斓的迷幻夜景……

23:30

一直难以入睡。

蹑手蹑脚地到病房外漫步。

走廊，病房，病人，家属，深夜中的鼾声、呻吟声、梦呓声、咳嗽声……此时格外响亮清晰，喧闹了一天的楼层，仍然难以沉静。

男女混住，熟睡时袒胸露背、醒来上厕所、洗澡、换衣服、打鼾、被医生检查……彼此的隐私，大多暴露在别人面前。

突然，听到走廊南边尽头出现了争吵声，一名30来岁的女子，将另一张床上20来岁的女子推醒，要赶她走，说她鼾声如雷，吵得人睡不着。

我想，来医院住院的也好，手术的也好，陪护的也好，都是弱者，但弱者中也有强者，强者自然得利，弱者处于劣势，就像现实社会一样，物竞天择，适者生存。

躺在床上，我不时地回望邻床病痛中的两位老人，想到此时我只有两位老人一半的人生年龄，假如让时间穿越40多年，遥想40多年之后，我到了他们现在这个年龄，世界、国家、社会、家庭，会发展成一个什么样子呢？

但愿自己一直健康地生活着！

住院第八天：2012年5月28日。星期一。多云转晴。

0:50

36床Z爹爹痛苦的呻吟声越来越大，我被吵醒了，再也睡不着。他尿盆里散发出来的腥臊味，很冲人，让我闻着想吐却吐不出来。

回味着梦中自己还在农村种田，忙于插秧，累了，伸起身子歇息，站在偌大的一块水田中央，腰酸背痛，瞭望无穷无尽的田埂，着急，不知何时能够将田里的秧苗插完……

1:45

36 床 Z 爹爹的呻吟声再次将我吵醒。

雨打窗台的声音，越来越响亮，越来越清晰。

窗外下起了大雨。

Z 爹爹的女儿听见父亲的叫唤声越来越大，她不得不起身，准备去叫值班医生或者护士来打吗啡止痛。

Z 爹爹不同意，一是怕多花钱，二是担心注射吗啡上瘾，形成依赖。

2:10

值班医生和护士也听到了 Z 爹爹的呼喊声，进来检查了一会儿，安慰了 Z 爹爹几句。

Z 爹爹不一会儿，就响起了鼾声。

病房其他的人反倒都难以入睡了，不停地翻身、咳嗽、上厕所……

2:30

我一直没有睡意，来到走廊转悠。

转悠到医护台。

值班护士正埋头写东西。不经意间，抬起头来，突然发现我从走廊向她走来，她吓得惊叫一声“哦——”

我赶快安慰她说，“别害怕，我是 35 床的病人，睡不着，出来透透气儿。”

我坐在医护台外，与坐在医护台里面的值班护士聊天。

值班护士说，她医护专业本科毕业，前年通过公开招考，经过笔试、面试、考核，过五关斩六将，从几十名竞争者中脱颖而出，好不容易考进来当护士，尽管每个月只有两千多元的工资，而且上班经常三班倒，非常辛苦，但她十分珍惜这个岗位。

她说，护士的等级也很严格，护士、护士长、护师、高级护师……每个等级的工资、奖金、待遇都不一样，职能、职责、工作量也都不一样。

她说，她因为工资比较低，不得不在离医院很远的城郊租住一间房子，每个月得花500元房租。

她说，她下班后，最大的爱好就是上网看各种新闻、聊天、写点博客，因为这么做不花钱，又能找到乐趣……

她说，她有一个弟弟，今年大学毕业，在家乡市区总算找到了一份工作，虽然只有一千多元钱的月薪，但离家近，可以经常照看父母。父母身体不太好，前些年，家里供她姐弟俩读大学，借了不少债，她和弟弟每年要还一些债务……

在教育自费、物价飞涨的今天，像她这样的贫民家庭，能够供养两个孩子大学毕业，已经很不容易了。

3:00

回到房间，由于窗户和房门都紧闭着，一股闷热、腥臊、药味混合在一起的怪味，让人感到压抑，想呕吐，甚至有一种窒息感。

住在病房，置身这种环境，只有将就着，不得不强迫自己躺到床上歇息。

刚有一点点睡意，36床的Z爹爹又开始大喊着："哎哟——痛死我了呀——我的娘吔——”

4:40

半睡半醒中，听见34床L爹爹起床的声音，他要上厕所了。他每晚要往厕所里跑七八次，大多数时候是在便血。据这几天会诊的结果，他是由糖尿病引发冠心病、大肠出血、器质性消化不良……

他太痛苦了，好在他是一个比较乐观的人。他昨天说过，人吃五谷杂粮，鸡鸭鱼肉，哪有人不生病的呢？更何况，当今社会，吃什么都不放心，喝什么也不放心，走在路上马路杀手太多了也不放心，就连小孩衣服里也含有有害成分，这样下去，怎么得了呀？

回想起L爹爹所说的一些话，觉得现在的人，越来越缺乏安全感了。

6:30

天色已经大亮。

给妻子打电话，昨晚她让我这个时间电话叫醒她，她要早点陪岳母到汉口一家指定医院做出国体检。

家中无人接听。

打妻子手机，她也没有接。

几分钟之后，妻子主动回电，说她今早5:30时就起床了，弄好了早餐，已经在路上，马上到医院了。

妻子很辛苦。

我赶快起床，洗漱。

我还没有走出厕所，妻子已经提着早餐，来到了我的床头，将早餐放在床头柜上，匆匆告别，赶往岳母那里，陪岳母赶到汉口那家医院去体检。

7:40

吃完早餐，听34床L爹爹的儿子讲他妻子冒险生孩子的事儿。

他说，妻子从怀孕到生孩子，做过多次体检，也做过B超彩超，都没有发现是双胞胎。妻子在产房住了两天，发作时进行剖宫产，生下一胎5.8斤重的女儿之后，医生开始缝合伤口，进行到一半，医生发现不对劲，肚子怎么还这样大呢，贴着肚皮认真聆听，肚子里好像还有胎音和胎动，医生赶快拆卸伤口，仔细检查，竟然发现还有一胎，赶快取出，发现是个5.6斤重的儿子。

当时，他和妻子都懵了，有点不相信是双胞胎，过去检查了那么多次都没发现是双胞胎，而且，他家里也只为一个孩子准备了服饰和食物。现在突然变成了双胞胎，让他一家人措手不及。

关键时候，他岳母反倒镇定自若，一边高兴地招呼着虚弱的孕妇，一边尽快地准备另一个婴儿的衣物。

一对龙凤胎的突然来到，让他既惊喜又担忧，家庭经济条件本来不太宽裕，一下子养两个，又不能享受独生子女政策，多难啊！

据报道，两个受精卵一个为XX染色体，一个为XY染色体，即龙凤胎。龙凤胎的几率约为1/500，而一般双胞胎的几率是1/89。

我说，多少人羡慕的好事，做梦都想不来龙凤胎，却被你遇上了，值得高兴呀。熬过最艰难的日子，你现在不是很好吗？

他说，回想起那些年养一双儿女的艰辛和苦楚，至今都心有余悸，不过熬过来了，总算慢慢好起来了。刚刚感觉轻松一点了，父亲却又住院了……

凝望他半白的头发，满脸的憔悴，他的人生过得也不平坦。

8:10

单位同事来电，没问病情，只问我住院手术前起草的工作方案领导已经审定通过，可以下发全省，让我将文件拷贝给她印发。

我说，只有六页，文字不多，请打字员按照我原来的文字稿，帮助再打印。

同事说，打字室的人都忙。

我只好说，我中午或者晚上方便时，拷贝后放在你桌面上。

8:20

主治医生查房，说这些天病人太多，住院做手术的人也多，几个重症病人急需入院做大手术，你伤口还没好，我给你多开点药物，你能不能明天出院，出院回家后一边用药，一边到离家近的省直门诊注射消炎和止血的针剂。

我说我听医生的，顾全大局。

主治医生当众表扬说，省直机关的干部，素质和觉悟就是高一些。

之后，我将主治医生的意见，转告妻子。

8:45

单位办公室的三位同事来看望我。

我躺在床上，挂着吊瓶输液。

同事站在床边，与我聊了十多分钟。

我说，非常感谢你们，你们都很忙，快回单位去吧。

他们丢下慰问金，挥手告别。

生病期间，要好的同事知道了，并且来看望，这是一种情分。

9:00

中央电视台体育频道转播美国 NBA 职业篮球赛西部半决赛，马刺队对雷霆队。马刺队邓肯、吉诺比利、帕克等队员在主场灵活应变，经验丰富。雷霆队杜兰特、韦斯特布鲁克、哈登等队员在客场活力四射，爆发力强。雷霆队最终输了3分，遗憾结束。

10:22

我转悠到电梯通道，发现那位农村老妇人正对着走廊上消防栓窗口的玻璃，用手梳理着零乱的头发。

她发现我在看她用手梳理头发，不好意思地离开了。与我擦肩而过的时候，她怯懦地对我说，“你是好人，好人好报!”

她是用这句话来感激前几天她被保洁员吼骂时，我为她说了几句公道话。

老百姓就是这样，你为他们说了一句好话，做了一点好事，他们心里非常有数，他们会感激不尽。

10:40

34床的L爹爹是个有心人，每天都在记录着自己的病情、药名、药量……

L爹爹见我进来，坐在他身边，他情不自禁地讲起自己的经历来。

L爹爹说，他从16岁高中毕业就在上海当学徒。经历过上海沦陷、南京大屠杀，家中许多亲人和亲戚都死于战难。新中国成立后，国家安定了，他辗转北京、东北、江西、武汉多家军工厂工作。他说，82年的人生，经历了太多的曲折与坎坷……

L爹爹说，一个人，总是要死的。看怎么死，为什么而死，什么时候死，以什么方式死，生前死后的意义与区别太大了。现在已经把一切看得非常淡然，每天三餐有点粗茶淡饭吃，有一张床睡觉，有病能医，老有所养，就心满意足了。

他深有感慨地说，人，不到生病、住院或者手术，因为忙于生计，大都忽略了预防疾病，忽略了饮食卫生，忽略了身体健康。只有等到生病住院甚至做手术时，才会想到要注意健康。

我想也是，有些人，看上去是个健康强壮的人，但实际上是个疾病缠身的人，只是有些病没有被及时发现；有些病发现了，没有引起足够重视和治疗，导致小病拖成了大病，大病拖成了重病，甚至危及生命，才不得不住院手术。

L 爹爹说，主治医生终于给他会诊了，明天可以做手术了。他苦苦等候了半个月，总算看到了希望。

10:55

一位 30 来岁的女子，提着理发工具包，风风火火地走进病房，问道，“哪位是 L 师傅，我给他理发来了。”

她给 L 爹爹围好围巾，一边剪发，一边哼着歌曲：“今天是个好日子……”

她突然发现躺在床上看书的我，转身对我说，“你长得有点像歌唱家蒋大为。”

我问，“你喜欢唱歌？”

她说，她从小就喜欢唱歌，梦想长大了当一名歌唱家。可惜理想很丰满，现实很骨感，到现在还是一个打工妹。

她说，她歌唱家的梦想虽然破灭了，但她仍然喜欢唱歌，每天回家后，喜欢收看中央电视台综艺频道的“星光大道”和“天天把歌唱”节目，听那些美丽动听的歌曲，是一种享受。

我说，“你嗓子很好，可以报名参加‘星光大道’之类的选秀节目。”

她说，“我长得不漂亮，自己哼哼可以，但要上台表演，献丑啊。”

她是个爽朗多话的女子，话匣子打开了，就一发不可收拾。她说，她的命不好，出生在一个普通农民家里，家里特别穷，父母重男轻女，她初中毕业了，就让她辍学打工，帮助供养弟弟读书。父母包办婚姻，给她找了一个窝囊丈夫，生了一个女儿，一家人在城里的生活，主要靠她一个人的收入，太难了。

她说，没有爱情的婚姻，非常痛苦。包办的婚姻一直让她过得不快乐。为了找到慰藉，她暗地里尝试着找了几个情人，哪一个都比丈夫有本事多了。

她说，最近的一个情人，是她初中同学，他现在是身家几百万的老板，上个月得知他身患急性肠炎，也在这个医院住院，她一直精心地陪护同学十来天，比他老婆招呼得还要悉心周到，两个人在一起真快乐……

她说，同学出院时，依依不舍，给了她一笔辛苦费，让她兴奋得不得了。她丈夫婚后从未给过她一分钱，同样是男人，人比人，气死人啦。

我好奇地问，“你男同学的妻子知道你与她丈夫的事儿吗？”

她骄傲地说，“我和他老婆像姐妹，关系一直很好。”

我说，“假如他老婆知道了你俩的私情，或者你丈夫知道了你俩的私情，怎么办？”

“他的老婆，我的丈夫，已经知道了，但都默认了。”

她说，她真想离婚，与男同学结婚，即使结不了婚，当他的情人，也不错。

我说，“男同学愿意娶你吗？或者愿意与你保持情人关系吗？”

“我相信他更愿意我做情人，所以两个人一直保持着这份浪漫的情人关系。”她兴奋地笑起来。

病房的几个人都笑起来了。

理完发，她收取20元钱，唱唱乐乐地走出病房门。

望着她时尚新潮的背影，我想，做这个女人的丈夫，很难心安，因为她是一个不安分的新潮女人。

11:20

我打完针，总算能够轻松下床走动了。

拿着饭碗，来到医院营养中心，买了一碗原汤米粉，一个鸡蛋软饼，回到房间，36床Z爹爹的女婿送来午餐，就匆匆回家了。

我一边吃，一边听36床Z爹爹的女儿谈老公的一些事情。

她说，她老公今年55岁，大她5岁。年轻时看上去英俊潇洒，很有女孩缘，追求他的女孩很多，他唯独追求她。直到结婚后，才知道他虽然家庭比较殷实，但他一直隐瞒着病情——甲减，此病一辈子治不断根，只能长期服药。他徒有一副好相貌，脾气暴躁，抽烟喝酒打牌玩乐样样齐全，而且不注意身体，不喜欢运动，导致中年发福，体重近200斤，走路都不停地喘气。五年前下岗，找不到合适的工作，宅在家里领低保过日子。直到女儿结婚，生了孩子，他才帮助照看外甥女。

她感叹，女人找丈夫，不能仅看家庭条件和外貌长相，更要看重本人的素质、能力和身体……

她的话还没有说完，34床L爹爹的老伴和女儿送饭来了。

老伴搬来凳子，紧挨着L爹爹坐着，像个听话的女生，凝望着爱人。她不时地傻笑着，满脸的笑容，灿烂、纯真、圣洁，像一个返老还童的少女。

她满头银发，梳理得整整齐齐，像是特意梳给丈夫欣赏的。她身子有些微微颤抖，但她在努力抑制着。她对丈夫说，别人都说她老年痴呆，什么都忘记了，其实她心里明白得很，过去很多人或者事可能忘记了，唯独她心爱的丈夫和三个儿女，直到死，她都不会忘记！

L爹爹听她啰唆地说完这些，微微一笑，这笑容饱含着几十年来他与老伴同甘共苦的深情诠释……

11:55

妻子来电话，报喜，说岳母体检出来了，一切都很正常，让我放心。

我和妻子一样高兴，假如岳母能够顺利定居澳大利亚，和妻弟一家人团聚在一起，会比在国内过得更开心快乐，因为澳大利亚的生活环境、社会治安、老年保障、医疗条件等，都相对会好一些。

12:35

躺在床上休息。

随意翻阅一本香港杂志，其中有一篇《患绝症的富翁》：

有一个富翁得了绝症，他觉得自己将不久于人世，心中很难过。他去请教一位隐居的名医，名医为他把脉诊断后说："这病除了一个办法外，无药可医，我这里有三帖药，你依续照做，一帖做完再打开另一帖。"

富翁回到家，打开第一帖："请你到一处沙滩，躺下30分钟，连续21天。”富翁半信半疑，还是照做了，结果每次一躺就是2个小时，因为虽然他很有钱，却从来没有这么舒服过。

第22天，他打开第二帖：“请在沙滩上找五条鱼或虾或贝，将它们丢回海里，连续21天。”

富翁还是满心怀疑，仍然照做了，结果每次将小鱼虾丢回海里时，他都会莫名地感动。

第43天，他打开第三帖：“请随便找一根树枝，在沙滩上写下所有不满和怨恨的事。”

每次他写完没多久，海浪就把那些字冲刷掉了，他因领悟而感动得哭了。

回家后，他觉得全身舒畅，轻松而自在，甚至不再怕死了。

原来人之所以不快乐，之所以会生病，是因为还没学会以下三件事：

1. 休息；

2. 付出；

3. 放下。

读完此文，感慨万千，人，特别是中年人，要注意处理好付出、休息和放下三者之间的关系。

一份报纸中的一篇报道引起了我的注意：美国经济学家领衔发表论文《中国的生活满意度：1990—2010》指出，在过去的20年里中国老百姓的生活满意度呈急剧下滑的趋势，这与同期中国经济高歌猛进形成强烈反差，该论文发表于《美国国家科学院院刊》，大量数据分析印证了中国人的感受：

有关幸福感的研究非常复杂，可谓众说纷纭，莫衷一是。对幸福的感知和衡量既受绝对因素的影响，但更受主观和相对因素的左右。对此，中国古人早就一语道破，如《论语》就有“不患寡而患不均，不患贫而患不安”之说。患，苦也。这句话揭示出影响幸福感的因素更多的是来自主观方面的感知，强调了分配不均和生活不安定对生活满意度的负面影响，这也恰是造成当今中国国民幸福感大幅减退的主要原因。

收入分配本身属于一种经济现象和经济活动的后果，但如果分配不均尤其是缺乏公平则极易导致政治不安和社会动荡。除去收入分配等经济因素以外，导致中国人不快乐的原因还有社会方面的因素，而且这些因素正扮演着越来越重要的作用。入学难、看病难、看病贵等社会问题都是导致生活满意度下降和不幸福的具体表象。由于政府在提供这些基本公共物品方面的投入不足，欠账过多，使得一些社会群体无法获取这些基本社会服务。在中国许多偏远地区的低收入人群中，患了疾病尤其重病的人很难得到有效医治。除去缺乏医疗保险付不起医药费之外，医疗资源的可获得性也大成问题，因为医术高超的医师和先进的医疗设备往往集中在大城市中，而这也是一种社会资源分配的不均。

13:20

单位同事 T 以个人名义，特意赶来看望我，令我感动。

他说，他才知道我住院做手术的消息。

我与他聊了一会儿，然后他就回单位上班去了。

分手时，他留给我 500 元钱。

我难以拒绝，等到合适的时机，我会还他这一份人情。

14:32

我到主治医生办公室，打听何时能够给我开具医嘱，并办理出院手续。

主治医生不在办公室。听说，他今天上午和下午都有手术，非常忙碌。

15:07

我回到病房，以短信的方式提醒他："Z 主任好：我到你办公室找过你好几次，你都不在，听另外两位医生说你一直在做手术。不知我明天出院的事，你是否帮忙安排妥当了。等我出院完全康复了，再专门来感谢你！（35 床病人）"

15:31

收到 Z 主任的回复短信："不好意思，我在手术室，做了两台手术，还有一台手术待做，你明天上午可以办理出院手续。"

我立即回复短信："谢谢！我等候您的通知，准备好，明天出院。（35 床病人）"

15:40

我下到一楼大厅，在查询系统中查询入院以来的各种费用及总费用，并用手机拍照。一是便于以后查询，二是留作纪念。

我将总费用这一张照片，用彩信方式，发给妻子，让她知道我住院手术后，用了多少钱。

妻子收到彩信后，当即打电话，询问明天出院办理手续的一些详细情况。

我一边作答，一边走出大楼，来到广场漫步，走进阳光，来到不远处的结算中心，咨询能否用信用卡透支结算。得到肯定答复后，才放心地回到外科大楼五楼手术室前门。此时门前已经有很多人，站着、坐着、倚着、走动着，都在焦虑地等候手术后的病人出来……

15:55

回到病房。

34 床 L 爹爹正在服药。

主治医生进来，特意嘱咐他今晚到明天手术之前一些注意事项，并让他在手术协议上签字。

L 爹爹签字特别认真、细心，逐条逐句地看完之后，才签上自己的名字，不愧为严谨的高级工程师。

老伴痴愣愣、疑惑地望着医生，眼里充满了一些敌意，高度警惕着，生怕医生带走了老伴。

女儿拽她回家时，她极不情愿离开。

L 爹爹深情地望着她，憨然一笑，说，“你乖，听话吧，放心地回去好了。”

此时，她才放心了，带着微笑，步履蹒跚地离开，直到病房门口，还依依不舍地向着丈夫回眸一笑。

我情不自禁地想起那首《牵手》。

L 爹爹低声地说，他一直在全国各地多家军工厂工作，军工厂一般都在偏远、闭塞的地方。本来军工厂保密性就很强，与外界几乎没有往来，所以，他与一些亲人来往少了，有的渐渐失去了联系。

他经常沉思，有时候沉浸在过去的回忆之中……

他感叹道，古往今来，大到一个国家、一个地方，小到一个单位，改革也好，不改革也好，受益的大多是那些当官掌权的，受损的大多是老百姓。

他还说，到了医院，看病也好，住院也好，手术也好，病人和家属永远是属于弱势的一方，一切都得听从医护人员的。即使医护人员水平不高，态度不好，甚至偶尔出现医疗问题和事故，病人及家属也处于劣势，因为医院有专门的团队和措施来应对医疗事故，病人和医院打官司，基本上是会输的。

我想起前些年，省直机关一位厅级干部的孩子，因为医疗事故死在医院，花了那么大的精力，找了那么多的领导和主管部门，最后还是输了官司。医院从人道主义出发，只赔了几十万元了事。如果是普通百姓，可能不仅输了官司，而且还得赔钱。

17:20

妻子送来了晚餐，红豆莲米百合枸杞熬稀饭，番茄炒鸡蛋。

我吃得格外舒服。

明天可以出院，我将所有生活用品、食品、衣物清理好，让妻子先带一部分回家。

因为公务，我必须去单位处理。陪妻子下楼，拦出租车，到省委大院门口下车，径直走向省委大院。

妻子继续乘车回家。

走进省委大院，漫步在葱郁清香的林荫道上，一种久违了的感觉让我体味到在健康时没有体味过的心情。平时经常走在林荫道上，习以为常，并不觉得什么特别。今晚重新漫步在此，感觉真好！

20:15

走进单位办公大楼，因为病未痊愈，不得不小心翼翼地上到四楼，打开办公室大门，八天没进来了，久违了的感觉油然而生。

开启电脑，找出我起草的工作方案，拷贝到光盘，放在同事桌面上，便于单位明天印发全省。

20:40

给办公室的花草浇水。锁门。

下楼。走在省委大院内，楼栋整洁，树林茂密，花草清香，环境幽静，人文气息浓郁。

省委大院门外，一些中老年妇女，在优美动听的歌舞旋律中，跳着扇子舞。饭后散步锻炼的人、下班赶路的人，来来往往。各种车辆川流不息。街头依旧，大楼依旧，树木景观依旧。

悠然漫步到东湖之滨的亲水平台。这里悠闲的人、放风筝的人、路过的人，络绎不绝。

放风筝的人比较忙，高兴地将风筝放飞到高高的夜空，风筝上的光，在高远的夜色中熠熠生辉。

东湖水面，倒映着沿岸璀璨的景色。

走在双湖桥上，来来往往的陌生人，在夜幕中行色匆匆地从我身边擦肩而过。

放眼S湖、东湖沿岸，五彩缤纷的高楼大厦和霓虹光影，倒映在湖水中，美妙无穷……

凝望城市的万家灯火，感慨万千，回想起自己刚刚踏入武汉市打工，下班后，夜晚孤身走在街头，望着大街小巷的匆匆回家的人们，遥想何年何月何日自己也能够在繁华都市打拼到自己有一方立足之地，梦想今后能够在城里找一个人恋爱，结婚，成家……

21:25

走进武汉大学医学院，丛林掩映，操场台阶、休闲公园、花园草地，一对对情侣亲密无间。

回想起去年3～6月，每个周末，和妻子一起在此学习培训心理咨询知识的经历，时间过得真快，仿佛就在昨天。

大学同学来电，诉说孩子大学毕业三年了，难以找到理想的工作，今年好不容易考取研究生，又不太珍惜时光，成天上网玩游戏混日子。她现在对孩子已经束手无策。

不由想起其他几个大学同学和同事，面临孩子不珍惜工作岗位、不珍爱研究生学习时光、不追求上进、不愿意与家长交流，都十分焦虑郁闷，却又无可奈何。

我想，现在孩子的教育和成长是一个大问题，既有社会的原因，又有学校的原因，更重要的还是家长自身的原因。

幸好，我的孩子在我和妻子以身作则、潜移默化的教育引导下，成长非常顺利，听话，懂事，自律性强，独自生活能力强，而且他非常有爱心，有孝心，有责任心，他不管在哪里求学、生活、谋职，我都能够放心。

一想到儿子，十分惦念，不知儿子今晚此时在干什么。他放暑假了，在澳大利亚实习和游历，那里现在是冬天，冷吗？衣服够吗？饮食习惯吗？工作努力吗……

21:56

回到病房。34 床和 36 床的两位爹爹入睡了。

36 床 Z 爹爹的女儿也睡了。

34 床 L 爹爹的儿子忙得才洗完澡，拿着饭盒到配餐室，用微波炉加热饭菜。

不一会儿，我发现他在走廊的一张空床上坐着，慢慢地吃着饭菜，看样子，他满脸伤感，非常郁闷。

我问他，是不是太辛苦了?

他小声说，辛苦倒无所谓，关键是内心很苦，这种苦，只能闷在心中。他说，远在南京的妻子今天到医院检查，因为子宫肿瘤非常严重，住进了医院。儿子工作很忙，没有时间去招呼，他放心不下。他要在这里招呼病重的父亲，更不能让老父亲和母亲姐妹知道他媳妇住院的事儿，还得在他们面前微笑着……

他说着说着，已经泣不成声，泪水流进了碗里，和着饭菜一并吞下。

他今年已经 55 岁了，一下子面临父亲和妻子都病重住院手术，分身乏术，不能同时照顾最爱的两个人。他内心的痛苦，我非常理解，也非常同情。

他的坚强，他的孝心，他的爱心，他的善良，他的勤劳朴实，深深地感动着我。

22:38

我带着沉重的心情，准备睡觉。

36 床 Z 爹爹的伤口生疼，又开始呻吟。

今晚是住院的最后一个夜晚，明天就要出院了，我必须迁就着这些可敬可怜的病人和病人的家属。

住院八天，我对1312病房、对35床有了感情，也对34床和36床两位老人有了感情，明天就要离开他们了，有点难舍难离的感觉。

我为两位老人默默祈祷：

但愿34床L爹爹明天上午的手术安全顺利！

但愿36床Z爹爹早日康复，愉快回家，安度晚年！

为两位老人祈祷之后，也希望40多年后的自己和妻子，还像现在一样安康喜乐地过好每一天，不因为病痛住进医院！

住院第九天：2012年5月29日。星期二。中雨转大雨。

6:10

一觉醒来，感到昨晚比前晚睡得相对安神一些。

窗台上的雨声越来越大。

躺在床上，回忆梦境。

第一个梦境：儿子突然回国。

家中的客厅，儿子满面笑容地对我说，他好想好想家，隐隐约约感觉到我生病住院了，就连夜坐飞机，特意赶回来看望我。

我非常感谢儿子有这份孝心，也责怨他不该从遥远的外国回来……

另一个梦境，我年少时放牛。

我七八岁时，家中穷困，暑假时给生产队放牛。牵着一头老母牛，在村后的河滩上，让牛吃草。

突然，不远处，一头公牛发情，向我放牧的老母牛追来。

老母牛不愿意，逃窜着。

公牛加快脚步，在老母牛后面追赶。追上老母牛，跨上老母牛的身子，将长长的生殖器伸进老母牛身体……

伙伴们追赶着正在交配的两头牛，起哄，看热闹……

这两个毫不相关的梦，扯在了一起，让我百思不得其解。

6:20

起床。

34床L爹爹的儿子已经起来了，扶着父亲上厕所。

我祝愿L爹爹今天手术顺利。

我来到走廊过道转悠。

走廊过道依然睡满了人，大多还在睡梦中，有些人打鼾，有些人熟睡，有些人衣衫不整，有些人半裸着身子……

6:30

电梯口，楼层的大门处，聚结着几个病人，正在交流着病情、经验、教训、注意事项……

听得最多的话是病是三分治，七分防，重在平时的饮食和运动……

转悠到医护台，称一下体重，76公斤，从九天前入院到今天出院，体重减轻了1.5公斤。

6:42

回到房间，站在床头，凝望35床床位，床单、床套已经九天没有换了，里面的被絮、下面的床垫都很脏，带有血迹和污垢，入院那天就提出换，至今都还没有换成。护士说，医院的床位和床品非常有限，现在医院大力提倡节约，要尽量降低成本。

在医院住了九天院，我越来越体会到，环境影响着人，甚至决定着人，人很难主动改变环境，只能被动地适应着环境。

6:46

护士来到病房，给 34 床的 L 爹爹插入软管，将一根 1 米多长的软管，从鼻孔插入胃部，抽空胃部的残渣剩液，便于 8:30 之后做肠部手术。

插入软管时，L 爹爹也非常难受，但他没有像 36 床的 Z 爹爹那样逆反、烦躁、恐惧，很配合护士，两分钟之后，就顺利地插入胃部。

L 爹爹儿子轻轻地抚摸 L 爹爹的手臂，分散 L 爹爹疼痛难受的注意力。

7:00

我仍然有点困，躺在床上，不知不觉地睡着了。

7:50

醒来。

36 床 Z 爹爹女儿说，“你老婆刚才送饭菜来，看见你睡得正香，没有打搅你，匆匆上班去了。”

看到床头柜上放着的饭菜，摸了摸，热乎乎的。

我赶快下床，洗漱。

早餐仍然是番茄鸡蛋煮面条。

我很快地吃完了。

8:20

主治医生来查房，对我说，他昨天三台手术，太忙了，来不及给我写医嘱和出院小结，今天一定办好，并给我开具四周的病休假，便于身体恢复健康。

我非常感谢他的精心治疗和关照。

8:30

34床的L爹爹被护士和家人推到五楼手术室去了。

护士马上进来，给L爹爹换上新床单床套。医院有个约定俗成的规矩，病人一旦进入手术室，必须给病人马上换上一床干净的床单被套，迎候病人手术成功归来。

8:36

给妻子短信："已经查完病房。主治医生说，我今天可以出院了，并给我开具一个月的病休证明单。一生有你和颂儿相爱相伴，很幸运很幸福!"

10:40

单位机关党委的同事过来看望。

我说，我生病了耽误工作，你们还放下工作来探望，实在过意不去。

他们安慰我好好休养，便赶往单位上班去了。

11:05

科室的护士长送来了《出院通知书》。

收拾整理好所有东西，准备去医院结算中心结账。

11:24

给主治医生发短信：您好，刚才接到出院通知，准备出院，因您太忙，来不及与您道别，等我康复了，再专门来面谢你！

11:28

窗外的雨，越下越大。

我向36床Z爹爹和他的女儿女婿告别，祝愿Z爹爹早日康复。

走进医生办公室，向几位医生告别，感谢他们的治疗、关心、支持。

来到医护台，向护士告别，感谢她们的热心帮助。

来到电梯口，正好遇见主治医生，我非常感谢他，我说，等到我康复后，一定会专程来感谢他！

12:10

走出外科大楼，外面正下着瓢泼大雨。

艰难地撑着雨伞，走向医院结算中心。

雨中，有些人没有打伞，淋着暴雨赶路。

天晴时，很少有人想到大雨的情景，就像健康时，很少有人注意生病住院手术一样。

12:35

在医院结算中心结账，总费用为6892.45元，除去入院时缴纳的3000元现金，用妻子的信用卡补交了3892.45元。

结完账，工作人员叮嘱，等会儿拿着发票和明细单，到科室去办理出院的相关手续。

拿好发票、费用明细单，从结算中心出来，正好遇上一家电视台记者采访，镜头刚巧对准了我。

我赶快避开，以免别人和自己的亲戚朋友从电视镜头看到我住院的形象。

12:55

来到医院营养中心，买了一个花卷，一个鸡蛋，一碗稀饭，找个位置坐下来，慢慢地吃完。

13:30

再次上到外科大楼13楼的结直肠肛门科，到医生办公室办理出院手续，取《武汉I医院诊断证明书》、《武汉I医院出院记录》、《武汉I医院病休证明单》。

此时，一位护士与医生正在为什么事情争吵了起来。

医生批评护士工作粗心。

护士生气地说，你算是哪一根葱，敢教训我？

科室主任赶来了，好不容易平息了两人之间的争吵。

这正是应验了一句俗话，有人的地方，就有矛盾。在医院里，领导之间，领导与医生之间，医生之间，医生与护士长、护士之间，护士长与护士之间，护士之间，病人之间，病人与陪护人员之间，都不可避免地会产生一些矛盾，这就要看彼此之间如何正确地处理。

13:50

办好了所有手续，提着行李，最后看了一眼住院的普外三科。

这个科室，我住过的房间，我住过的床位，不断地有病人住进来、搬出去。

这个科室，不断地有病人住进来，又不断地有病愈者走出去，来来往往，难以停歇。也有极少数病人，从这医院里直接走向太平间，走向了另外一个世界。

日复一日，月复一月，年复一年，每个来住院手术的病人不容易，家属更不容易，花时间，花钱物，花精力……

医院里，一代又一代的医生、护士，一直在默默无闻地奉献着。

医院里，培养了一代又一代的医生、护士、实习生。

走出医院大门的时候，回望一眼医院全景，长长地舒了一口气，告别了，医院！

但愿我、我的家人、我的亲戚朋友，以后尽量少来甚至不来医院看病、住院、手术。

但愿国家实行的医保政策越来越完善，但愿更多的病人，特别是重症病人能够得到省城大医院更多高明医生的及时救治。